韓国の読者の皆様

いつも応援してくださって
ありがとうございます。

さらに面白い作品を書きますので
ご期待ください！

　　　　　　薬丸 岳 [印]

한국 독자 여러분

언제나 관심과 성원을 보내주셔서 감사합니다.
앞으로 더 재미있는 작품을 선보이겠습니다.
많이 기대해주세요.

　　　　　　　　　　　야쿠마루 가쿠

돌이킬 수 없는 약속

誓約

Original Japanese title: SEIYAKU

© 2015 Gaku Yakumaru

Original Japanese edition published by Gentosha Inc.

Korean translation rights arranged with Gentosha Inc.

through The English Agency (Japan) Ltd. and Eric Yang Agency, Inc

돌이킬 수 없는 약속

야쿠마루 가쿠 장편소설 ｜ 김성미 옮김

BOOK PLAZA

오카야마

센다이

도쿄

요코하마

소설의 주요배경이 되는 일본의 도시

버려버린 과거 속에 묻어버린
15년 전 어떤 약속

"제 딸을 살해한 놈들을 15년 후에
죽여주세요!"

"그들이 지금 교도소에서 나왔습니다!
이제 당신이 한 약속을 지키세요!"

얼음을 채운 믹싱 글라스 안에 드라이 베르무트와 탱커레이 진을 따르고 재빨리 휘젓는다. 올리브를 꽂은 꼬챙이를 칵테일 잔에 넣고, 잔을 받침 위에 올려놓았다. 믹싱 글라스에 여과기를 끼우고, 안에 들어있는 술을 칵테일 잔에 따른다. 레몬 필로 마지막 향을 내고, 잔 받침과 함께 완성된 칵테일을 눈앞의 야마데라 씨에게 내밀었다.

"오래 기다리셨습니다. 마티니입니다."

야마데라 씨는 칵테일 잔에 입을 대고 천천히 음미했다.

"맛있네. 이 나이 먹도록 칵테일은 마신 적이 없었는데 이거라면 괜찮겠어. 아무래도 이런 건 달착지근하다는 선입견이 있었거든."

"야마데라 씨는 위스키파니까요."

나는 미소 지으며 말했다.

야마데라 씨는 평소와 다르게, 오늘은 첫 잔으로 뭔가 괜찮은 칵테일을 만들어 달라고 주문했다. 우리 가게에는 벌써 5년째 단골이지만 칵테일을 주문한 건 처음이었다. 보통 때는 스카치나 위스키를 마신다.

갑작스러운 심경 변화의 이유를 물으니 야마데라 씨는 오늘이 예순 살 생일이라고 대답했다.

야마데라 씨는 자신의 가치관과 취향에 확고한 애착을 가지고 있지만, 환갑을 맞은 오늘부터는 이제까지 관심이 없었던 일과 몰랐던 것을 적극적으로 시도해보는 것도 좋을 것 같다고 생각했다고 한다.

잠시 궁리한 나는 야마데라 씨의 첫 칵테일로 기념이 될 만한 마티니를 골랐다. 칵테일의 왕이라 불리는 것이다.

"물론 달콤한 칵테일도 많이 있지만, 그렇지 않은 것도 많으니 또 여러 가지 만들어 드리지요."

"잘 부탁하네."

"생신이신데 곧장 집에 안 가셔도 괜찮습니까?"

"저녁 준비에 시간이 걸리니까 어디 가서 시간 좀 때우고 오라는 문자가 왔어."

야마데라 씨에게는 12살이나 어린 아내와 대학생 딸이 있다. 이 가게에도 몇 번 데려온 적이 있었다.

"멋진 가족이네요. 부럽습니다."

"자네 집도 좋은 가정이잖아. 부인도 미인이고 딸아이도 상당히 귀엽더군."

한번은 가오루와 호노카를 데리고 백화점에 갔다가 우연히 야마데라 씨를 만난 적이 있다.

"그나저나 장사 잘 되네."

야마데라 씨가 가게 안을 둘러보며 말했다.

홀에 있는 4개의 테이블석은 전부 찼고, 줄지어 앉을 수 있는 12인용 바 좌석들도 단골 고객으로 거의 만석이다.

"신년회를 하는 시기니까요."

"우리도 여기서 할까?"

야마데라 씨는 이 근처에서 변호사 사무실을 운영하고 있다. 야마데라 씨가 그 사무실 대표 변호사이고, 변호사 몇 명을 더 고용하고 있었다.

"잘 부탁드립니다."

나는 야마데라 씨에게 가볍게 인사하고, 신경이 쓰이는 홀 쪽으로 시선을 돌렸다.

아니나 다를까 아르바이트 직원인 사토 고헤이가 홀에서 허둥대고 있었다.

"마스터, 진토닉이랑 스크루드라이버랑 또…, 저 손님이 귀찮게 하는데, 진 베이스로 산뜻하면서 깊이 있는 칵테일을 만들어 달래요…. 산뜻하면서 깊이 있다니, 대체 뭐라는 거야?"

고헤이는 짜증 섞인 말을 내뱉더니 작게 혀를 찼다.

"일단 안으로 들어와서 진토닉이랑 스크루드라이버를 만들어 줘." 나는 고헤이를 손짓해 부르며 이렇게 말했다.

그리고는 바 안으로 들어온 그에게 넌지시 다가갔다. "누차 말했지만, 손님 앞에서는 혀를 차지 마." 고헤이의 귓전에 대고 소곤거렸다.

"하지만 왠지 잘난 척하는 손님이잖아요. 갑자기 듣도 보도 못한 칵테일 이름을 꺼내길래, 제가 저희 가게 메뉴에는 없다고 했더니 여기 바텐더는 그런 것도 모르냐면서 저를 바보 취급했다고요."

가게가 너무 바빠 질려버린 건지, 고헤이는 평소보다 더 초췌해 보였다.

"손님은 잘난 척하는 게 아니라, 잘난 거야."

고헤이가 진토닉과 스크루드라이버를 만드는 동안, 나는 손님의 주문에 가까운 오리지널 칵테일을 만들었다.

시계를 보니 밤 10시를 넘겼다. 문을 연 6시부터 쭉 바빴다. 오늘 밤은 문 닫을 때까지 이런 상태가 계속될지도 모른다.

"고헤이, 지금 식사하고 쉬고 와. 너 슬슬 담배 땡기잖아."

나는 바 안쪽에 있는 주방으로 들어가서, 칵테일을 올린 쟁반을 들고 홀로 나왔다.

내가 손님에게 칵테일을 내주고 바로 돌아가는데, 그것과 엇갈려 주방에서 파스타를 든 우토 메구미가 홀 쪽으로 나왔다.

오늘은 주방도 무척 바빠서 그런지 손님에게 파스타를 내가는 메구미의 표정도 지쳐 있다. 아니, 지친 것 이상으로 어딘가 침울해 보였다.

메구미가 홀에서 주방으로 돌아오자, 오치아이의 목소리가 울렸다. 손님들의 이야기 소리로 소란한 홀에서는 잘 들리지 않겠지만, 바 안에서는 오치아이의 엄한 질책이 계속 들린다.

잠시 지나자, 고헤이가 얼굴을 찡그리며 바 쪽으로 돌아왔다.

"벌써 다 쉬고 온 거야?"

나는 시계를 보며 말했다. 쉬러 간 지 채 15분도 지나지 않았다.

"저런 걸 들으면서 어떻게 목구멍으로 밥이 넘어가겠어요?"

고헤이가 불만스럽게 주방을 돌아보았다.

"무슨 일인데?"

"크림소스 간이 잘못됐다고 오너가 메구미 씨를 막 꾸짖고 있어요. 오너는 너무 엄격해요. 메구미 씨도, 저도, 들어온 지 이제 고작 3개월 정도예요. 그렇게 잘할 수가 없잖아요. 더구나 아르바이트인데."

고헤이는 메구미와 거의 같은 시기에 아르바이트로 이 가게에 들어왔다.

예전 주방에는 셰프인 오치아이 밑에 조수 한 명이 있었지만 독립한다고 그만두고 말았다. 바는 원래 나 혼자 맡았지만 바텐더가 한 명 더 있으면 여러모로 도움이 될 거라는 오치아이의 제안으로, 주방과 바에 각 한 명씩 사람을 채용하기로 했다. 먼저 반년쯤 아르바이트로 일하는 모습을 보고, 정직원으로 고용할지 판단하기로 이야기가 되어 있었다.

고헤이와 달리 메구미는 빨리 정직원이 되어서 안정된 급여를 받고 싶어 하는 눈치였다. 그래서 열심히 일한다는 인상이 있다. 하지만 그것은 주방 일을 잘 모르는 내 생각이고, 오치아이는 이런저런 불만이 있을 것이다.

밤 12시를 기점으로 손님들의 발길이 뜸해졌다. 그래도 테이블석에는 처음 온 커플 손님 한 팀이 남아 있고, 바 좌석에도 이 시간대부터 출몰하는 단골손님 4명이 앉아 있다.

직원 휴게실 문이 열리고 오리털 패딩 점퍼를 입은 메구미가 나왔다.

음식 메뉴의 마지막 주문은 12시다. 오치아이는 그 후에도 주방에 남아서 정리와 다음 날 재료 준비 등을 해야 하지만 아르바이트인 메구미는 그 시간에 퇴근하도록 해주고 있다.

"먼저 실례하겠습니다."

메구미가 이쪽을 향해 가볍게 머리를 숙여 인사를 하고 가게를 나섰다.

나는 메구미의 침울한 표정이 신경 쓰여 바 안쪽에서 나왔다. 그리고 가게를 나와 메구미를 쫓았다.

"메구미 씨!"

내가 부르자 메구미가 멈춰 서서 천천히 뒤돌아보았다.

말을 걸긴 했지만 어떤 식으로 말하면 좋을지 애매했다. "괜찮아요?"라고 묻는 것도 이상한 것 같다.

오치아이는 확실히 일에 대해 엄격하긴 하지만 틀린 말을 할 사람은 아니었다.

여기서 내가 메구미를 편드는 듯한 다정한 말을 하는 것은, 공동 오너로서 함께 가게를 꾸리고 있는 오치아이에게 실례되는 일이기도 하다.

"이번 주 일요일에…, 무슨 일정이 있나요?" 내가 물었다.

"아뇨…, 특별히는."

"우리 집에서 전골요리라도 먹으면서 신년회 같은 걸 할까 합니다."

일요일은 가게의 정기 휴무일이다.

방금 갑자기 생각해낸 것이지만 오치아이와 고헤이를 불러 다 함께 친목을 도모하는 것도 좋을 것 같았다.

"오너랑 고헤이도 부를 생각입니다. 물론 쥰도 같이 데려오세요. 그러면 호노카도 좋아할 겁니다."

메구미에게는 쥰이라는 9살 된 아들이 있다.

"오너도 오시는 건가요?"

메구미가 물었다.

"일단 오라고는 해 보겠지만, 보시다시피 저런 녀석이라 올지 안 올지는…."

오치아이는 사람들과 어울리는 걸 어려워해서 우리 가족과도 접촉할 기회가 많지 않았다.

"그 녀석이 오면 좀 그런가요?"

나는 신경이 쓰여 물었다.

"아뇨…. 혹시 제가 오너를 싫어한다고 느끼실지도 모르겠지만 전혀 그렇지 않아요. 혼나는 건 제가 부족하기 때문이고…. 저를 위해서 엄격하게 하시는 것은 잘 알고 있어요."

38살인 메구미는 3년 전에 이혼했다고 한다. 외아들인 준을 데리고 친정이 있는 이곳, 가와고에로 돌아왔다. 이혼에 이른 구체적인 경위는 듣지 못했지만, 전 남편에게서 위자료는커녕 양육비도 기대할 수 없는 것 같다. 손 벌릴 친정이 있다고 해도, 앞으로 아이에게 이래저래 돈이 들기 때문에 빨리 취직하고 싶다는 이야기를 면접 때 했었다.

　메구미는 조리사 면허를 가지고 있었다. 결혼한 뒤에는 일하지 않았지만 이전에는 인근의 이탈리안 레스토랑에서 일했다고 한다. 다시 요리사로서 안정된 직장을 얻고 싶었고, 이 동네에서 이탈리안 음식 맛으로 평판이 좋았던 오치아이 밑에서 배우기를 희망했다. 그래서 그때까지 일하던 마트 아르바이트를 그만두고 우리 가게에서 일하게 되었다.

　"네에…. 저 녀석은 일에 대해서는 엄격하지만 인간적으로는 따뜻합니다." 15년 간 알고 지내면서 정말 그렇게 느끼고 있다.

　"그러시더라고요. 정말로 따뜻한 분이라고 생각합니다. 무척 흠모하고 있어요. 앗, 이상한 의미가 아니라…. 요리사로서…."

　메구미는 왠지 동요하는 듯했다.

　그 모습을 보고 나는 '혹시?'하는 생각이 들었다.

　"방해가 되지 않는다면 준과 함께 찾아뵙겠습니다."

"꼭 오세요. 시간이 정해지면 문자로 보낼게요."

내 말에 메구미의 어두웠던 얼굴이 한결 밝아졌다.

새벽 2시 반이 되기 전에 손님들은 모두 돌아갔다.

폐점 시간은 2시지만 그 시간이 되었다고 해서 손님을 바로 돌려보낼 수는 없다. 때로는 더 늦은 새벽까지 계속 손님의 푸념을 듣기도 했다.

"오늘은 피곤하지? 그만 가도 좋아."

나는 싱크대에서 잔을 씻고 있는 고헤이에게 말했다.

평소에는 가게 뒷정리가 끝나는 새벽 3시 반까지 남게 하고 있었다.

"하지만…."

고헤이가 머뭇거렸다.

"아르바이트비는 3시 반까지 한 걸로 달아둘 테니까 걱정 마."

"고맙습니다."

고헤이는 고개를 끄덕이고 바에서 나갔다.

"일요일에 무슨 볼일 있어?"

내가 묻자 고헤이가 발길을 멈추고 이쪽을 쳐다보았다.

"우리 집에서 전골 요리를 할까 해. 메구미 씨랑 준도 올 거야."

"전 육아 도우미인가요?" 고헤이가 말했다.

두 사람의 환영회를 겸해서, 고헤이와 메구미 모자, 그리고 우리 가족이 모여 바비큐 파티를 한 적이 있었다. 그때 호노카와 준이 놀아달라며 고헤이를 쫓아다녔었다.

"안 되나?"

내가 묻자 고헤이는 살짝 웃더니 직원 휴게실로 향했다.

그다지 싫지는 않은 것 같았다.

고헤이가 가게를 나가고 잠시 후, 안쪽 주방에서 오치아이 유키히로가 밖으로 나왔다. 오치아이는 몸을 옆으로 돌려, 바 안쪽으로 들어왔다. 바 안은 90킬로그램 가까이 나가는 육중한 오치아이가 들어오기에는 비좁았다.

"맥주면 돼?" 내가 오치아이에게 물었다.

그리고는 냉장고에서 차갑게 식힌 생맥주용 잔을 꺼냈다. 그냥 나한테 '맥주 한 병 꺼내줘'라고 말하면 더 살갑고 좋을 것 같다는 생각이 들었다.

우리 바텐더들은 근무 중에 술을 마시기도 한다. 일을 하다 보면 손님이 술을 권하는 경우가 꽤 있다. 하지만 주방에 있는 오치아이는, 손님이 아무리 권한다고 해도 자신의 일이 완전히 끝날 때까지는 절대 술을 마시지 않았다. 대신 일이 끝나면 맥주나 우리가 만든 칵테일을 마신 다음에야 가게를 나섰다.

"아니, 오늘은 이거야."

오치아이는 냉장고를 열고 병을 꺼내 이쪽으로 들어보였다. 모엣샹동. 샴페인이다.

"장난치지 마. 그거 비싼 술이야."

나는 항의했다.

"오늘이 무슨 날인지 기억하나?"

"글쎄…."

"우리가 만난 기념일이야."

오치아이가 진지한 표정으로 바에서 나왔다.

그랬었나? 비싼 술을 마시기 위한 핑계는 아닐까 의심이 들기도 했지만, 할 수 없이 샴페인 잔 두 개를 들고 바에서 나왔다.

오치아이 앞에 잔을 놓고 샴페인 뚜껑을 땄다. 퐁 하는 파열음과 함께 안에 든 액체가 재잘대는 소리를 내며 거품을 만들었다. 나는 두 개의 잔에 샴페인을 따른 다음 오치아이 맞은편에 앉았다.

"정말 오늘이 우리가 처음 만난 날이야?"

나는 잔을 부딪치기 전에 물었다.

"그래. 1월 14일. 정말 무슨 일이 있었는지 잊어버린 건가?"

"어어…. 잘도 기억했네."

나는 엉겁결에 웃었다.

"잊을 리가 없지. 운명의 날이니까 말이야."

"나한테도 그래. 오너랑 만난 덕분에 이렇게 성실하게 살아갈 수 있는 거니까."

"그럼, 우리의 우정에, 건배—."

오치아이와 잔을 부딪치고 샴페인을 마셨다.

아주 잠시 예전 일을 떠올린 탓인지 입에 머금은 샴페인은 평소보다 쓴맛이 강렬한 것 같았다.

오치아이와 만난 건 지금으로부터 15년 전이다. 내가 일하던 이케부쿠로의 바에 오치아이가 손님으로 찾아온 것이 계기였다.

그 무렵의 나는, 지금의 고헤이처럼 아르바이트로 채용된 수습 바텐더였다. 오치아이가 몇 차례 가게에 오는 사이에 자연히 그와 대화를 나누게 되었다. 그때 오치아이는 29살이었다. 내가 한 살 위였지만, 그는 처음 대화를 나누었을 때부터 반말에, 언행이 거침없고 시원시원했던 것으로 기억한다.

오치아이는 당시 내가 일하던 가게에 오면 마스터가 아니라, 수습 격인 내게 자주 칵테일을 주문했다.

처음에는 진피즈를 만들게 했다. 오치아이는 내가 긴장하며 만든 진피즈를 마시고는 흡족하게 고개를 끄덕였다.

오치아이는 어떤 가게에 처음 가면 꼭 바텐더에게 진피즈부터 시켜본다고 했다.

셰이커에 진과 레몬주스와 설탕을 넣고 흔든 다음, 거기에 탄산수를 조금 탄다. 언뜻 간단해 보이는 칵테일이지만 만드는 과정에는 바텐더로서의 다양한 자질이 필요해서 맛있게 만드는 건 의외로 어렵다고 한다. 오치아이는 흔히 오믈렛을 주문해보면 셰프의 실력을 쉽게 알 수 있다고 알려진 것처럼, 칵테일 바에서는 진피즈 맛으로 그 가게와 바텐더의 역량을 대략 짐작할 수 있다고 했다. "물론 사람마다 취향은 다르겠지"라고 덧붙였지만.

내가 만든 진피즈 맛을 인정하게 되자, 이번에는 마티니와 김렛 등 다양한 칵테일을 만들게 했다. 오치아이는 이것저것 주문을 하면서 내가 맛있는 칵테일을 만들 수 있도록 조언을 아끼지 않았다.

나는 당시에 좀처럼 셰이커를 흔들 기회를 얻지 못하고 허드렛일만 하던 터라 슬슬 일이 지겨워지던 차였다. 그런 내게 오치아이와 보낸 시간은 소중한 자산이 되었다.

어느 날 영업이 끝날 때까지 가게에 남아 있던 오치아이가 따로 한잔하자며 나를 데려갔다. 그리고 그 자리에서 오치아이로부터 함께 가게를 운영해보지 않겠냐는 제안을 받았다.

오치아이는 고교 졸업과 동시에 들어간 이탈리안 레스토랑에서 8년간 근무했는데, 슬슬 독립하고 싶어 레스토랑을 그만두고, 지금은 개업자금을 모으기 위해 트럭 운전사를 하고 있다고 했다.

오치아이가 꿈꾸는 가게는 요리뿐만이 아니라 술도 제대로 즐길 수 있는 레스토랑 겸 바였다. 요리는 자신 있지만 술은 그렇지 않은 게 문제였다. 요리를 만들면서 술까지 준비하려다 둘 다 어중간해져 버리면 큰일이었다. 그렇다고 가게의 얼굴인 바를 아르바이트 직원에게 맡기는 것도 내키지 않는다고 했다.

오치아이는 술을 맡길 수 있는 파트너를 찾기 위해 이곳저곳 여러 바를 돌며 칵테일을 마셔보았다고 한다.

아마추어인 자신의 주문에 불평도 없이 필사적으로 응해준 내 열의에 끌렸다고 했다. 게다가 자기와 성격도 잘 맞을 것 같으니 함께 가게를 해나갈 수 있을 것 같다며 열심히 나를 설득했다.

나는 오치아이의 이야기를 들으며 망설였다.

어렵게 얻은 새 삶을 살고 있지만, 앞날이 보이지 않는 막막함은 1년 전과 거의 달라지지 않았다. 이대로 허드렛일을 계속해도 내 미래에 얼마만큼의 빛이 내리쬘지 초조하고 애가 탔다.

그렇다고 해서 넙죽 오치아이의 제안을 수락할 수도 없었다. 그 무렵 내게는 돈이 없었다. 공동 오너가 된다는 것은, 나도 그 나름대로 가게에 출자금을 내야 한다는 얘기일 것이다. 애초에 하루 벌어 하루 먹고 사는 게 고작인 내 인생이었다. 그러다 보니 돈을 빌려야 할 텐데, 나는 돈을 빌릴 때 보증을 서줄 만한 가족이 한 명도 없었다. 결국 오치아이의 제안에 응했다가는 그와 너무 깊이 엮이게 될 것 같다는 두려움이 들었다.

나 같은 사람은 떠돌이처럼 혼자서 비틀거리며 미래도 없이 살아가는 편이 차라리 낫다고, 그게 나를 위한 것이라고, 내 마음속의 또 한 명의 내가 필사적으로 호소해왔다.

나는 그 제안을 거절했지만 오치아이는 쉽게 포기하지 않았다. 매일 같이 가게에 찾아와서는, 마스터에게 들켜 혼나지 않도록 조심하며 나를 설득했다.

서서히 내 마음이 흔들리기 시작했다. 내 인생에서 이만큼 남이 나를 필요로 한 적은 한 번도 없었다. 지금 일하는 가게에서조차 내가 그만두고 싶다고 하면 마스터는 당장이라도 "그러세요"하고 문을 가리킬 것이다.

나는 오치아이에게 몇 가지 조건을 내걸고 그 제안을 받아들이기로 했다.

모아둔 돈이 없기 때문에 가게 오픈에 필요한 자금을 보탤 수 없고, 보증을 서 줄 가족이 한 명도 없어서 추가로 돈이 필요해도 대출을 받기는 어렵다고 솔직하게 내 상황을 설명했다.

오치아이는 개업에 필요한 자금을 내게 기대지 않겠다고 말했다. 그 대신 가게 매출에서 여러 경비와 매달 갚을 은행 대출금을 제한 다음 수익을 서로 나눌 때에는, 당연히 오치아이가 더 많이 가지기로 했다.

거기까지 얘기가 진전되자 이제 둘이서 분주히 점포 자리를 찾으러 다녔다.

여러 곳을 찾아다닌 끝에 사이타마현의 '가와고에'라는 지역이 눈에 들어왔다. 세 개의 지하철 노선이 교차하는 번화한 거리였다. 그곳은 에도 시대(1603~1868년)에 크게 번화했던 곳이기도 해서 아직까지 곳곳에 그 시절을 느낄 수 있는 운치 있는 풍광이 남아 있었다.

정착하기에 더없이 좋은 장소 같았다. 무엇보다도 나와는 연고가 전혀 없는 곳이라 좋았다. 우연히라도 예전의 지인 등과 마주칠 가능성이 없기 때문이었다.

우리는 가와고에역에서 그리 멀지 않은 뒷골목에 좋은 입지를 찾아 거기에 가게를 내기로 했다.

"가게를 연 지 벌써 14년인가…?"

그 목소리에 나는 잔에서 오치아이에게로 시선을 옮겼

다. 오치아이는 감개무량한 얼굴로 샴페인을 홀짝이고 있었다.

"시간 참 빠르네. 이래저래 힘든 일도 있었지만…. 다 오너 덕분이야." 나는 진심으로 말했다.

가게를 열고 3년 정도는 거의 벌이가 없었다. 오치아이가 돈을 구하러 뛰어다녀준 덕분에 가게를 닫지 않을 수 있었다. 명의상으로는 나도 경영자지만 실질적인 오너는 오치아이다. 부르는 명칭도 나는 마스터이고 오치아이는 오너로 구별하고 있다.

"혼자였으면 포기하고 가게를 닫았을지도 몰라. 네가 있었기 때문에 여태까지 열심히 할 수 있었어."

평소에는 입이 거친 오치아이가 이토록 따뜻한 위로의 말을 건네자, 좀 쑥스러워져서 뒤를 돌아보았다.

바를 아련히 쳐다보았다. 다양한 술이 늘어선 선반 위에 《HEATH(히스)》라는 간판이 걸려 있다.

"가게 이름도 좋았지."

오치아이가 내 시선을 눈치챈 듯 말했다.

《HEATH(히스)》라는 가게 이름은 내가 붙였다.

가게 인테리어가 완성되고, 오치아이가 뭔가 좋은 가게 이름이 없을지 물었을 때 별 생각 없이 그 말을 입에 올렸다.

히스란 영국 스코틀랜드 지방의 황무지와 거기서 군생

하는 키 작은 식물을 말한다. 혹독한 기후에도 불구하고 8월 하순에서 9월에 걸쳐 황량한 대지 일대에 히스와 엉겅퀴 꽃들이 핀다고 한다. 실제로 가 본 적은 없지만 전에 일하던 가게에서 스코틀랜드에 갔다 왔다는 손님이 사진을 보여준 적이 있었다.

그때 왜 그런 말을 했는지도 잘 기억하고 있다.

황량한 대지—.

그때까지의 내 인생과 황폐했던 마음을 떠올렸던 것이다. 언젠가 그 황무지를 아름다운 것으로 채우고 싶다. 그런 바람을 이 가게에 담았다.

"그런데…, 일요일에 우리 집에서 전골요리라도 할까 해. 가게 신년회 겸 고헤이랑 메구미 씨 모자도 불렀어. 오너도 와 줘."

"좀 봐 줘라. 그런 거 질색하는 거 잘 알잖아."

오치아이가 손사래를 치며 얼굴을 찌푸렸다.

"메구미 씨에 대해 어떻게 생각해?"

내가 묻자 오치아이가 어리둥절한 얼굴로 쳐다보았다.

"어떻게 생각하냐니…? 요리 실력은 아직 부족하지만 꽤 열심히 해주고 있어. 슬슬 정직원으로 고용해도 좋지 않을까?"

"그게 아니라…."

오치아이는 44살인 지금까지 독신이다. 15년간 알고 지내면서 어떤 여성과 교제한다는 이야기를 들어본 적도 없다. 혹시 그쪽 취향이 아닐까 하고, 내게 가게를 하자고 한 이유를 의심한 적도 있었지만 다행히 이제까지 내게 구애한 적은 없다.

"여성으로서 어떠냐는 뜻인가?"

오치아이가 쓴웃음을 지었다.

나는 좀 아까 우토 메구미의 반응을 보고 혹시 오치아이에게 호의를 품고 있는 건 아닐까 하는 느낌이 들었다. 메구미는 실제 나이보다 5살은 어려 보이고, 용모도 퍽 매력적인 여성이다. 성격도 온화하고 상냥했다.

"그런 관점에서 생각해 본 적은 없어. 다만 아이를 위해서 빨리 안정된 일자리를 줘야겠다는 생각뿐이야."

오치아이는 그렇게 말하고 일어섰다.

"가족은 좋은 거야. 뭔가 싫은 일이 있어도 가족들의 얼굴만 보면 행복해질 수 있잖아."

그렇게 말하는 나를 향해, 가게를 나가려던 오치아이가 돌아보며 말했다.

"널 보면 분명히 그런 것 같다."

그리고는 "수고했어. 뒷일은 부탁해."라며 손을 흔들고 가게를 나갔다.

도어록의 비밀번호를 누른 뒤, 1층 공동현관문을 지났다. 우편함에서 조간신문을 빼들고 계단을 이용해 2층에 올라가 우리 집 문을 열고 안으로 들어갔다.

양옆 방에서 각자 자고 있는 가오루와 호노카가 깨지 않도록 발소리를 죽이며 살금살금 복도를 지나 거실로 들어갔다. 보일러 타이머를 새벽에 켜지도록 맞춰놓은 덕분에 실내는 따뜻했다.

나는 냉장고에서 캔 맥주를 꺼낸 뒤 소파에 앉아 TV를 켰다. 아침 방송을 보며 홀짝홀짝 맥주를 마셨다.

"좋은 아침―." 꾸벅꾸벅 졸기 시작했을 때 가오루가 거실에 들어오며 말했다.

"좋은 아침." 나도 얼굴을 돌려 답했다.

"당신 괜찮아? 얼굴이 무척 피곤해 보이는데…." 가오루가 내 얼굴을 들여다보고 말했다.

"신년회다 뭐다 좀 바빠서 그래."

"너무 무리하지 말고 바로 자도 돼. 호노카도 아빠 일은 이해할 테니까."

호노카는 초등학교 3학년생이다. 분명 아버지가 하는 일을 이해하기 시작할 나이이다. 일요일은 가능한 한 가족과 보냈지만, 그래도 하루에 한 번은 얼굴을 보고 이야기하고 싶어서 호노카가 일어날 때를 늘 기다린다.

"일요일에 가게 직원들을 불러서 전골 요리라도 할까 하는데 괜찮을까?"

"크게 상관없어. 나도 호노카도 특별한 일정은 없으니까. 오치아이 씨도 오셔?"

"아니…." 가오루는 '역시…'라는 것처럼 살짝 한숨을 쉬고 부엌으로 가서 아침 식사 준비를 시작했다.

"안녕."

7시가 되자 호노카가 일어났다.

"호노카. 할아버지, 할머니한테 물 좀 올려줄래?"

가오루의 말에 호노카가 서랍장 위 액자 앞에 둔 제사용 그릇을 집었다. 부엌에 가 그릇에 담긴 물을 갈아서 노부부의 사진 앞에 새 물을 떠다 놓는다.

"아빠, 그런데 할아버지랑 할머니 무덤은 어디에 있어?"

불쑥 물어오니, 순간 말문이 막혔다.

"니가타에 있어." 나는 대답했다.

"다음에 성묘하러 가보고 싶다."

"조만간 가보자."

나는 소파에서 일어나 식탁으로 이동했다.

아침 식사는 생선구이와 낫토, 밥과 된장국이다. 지금은 셋이서 식탁을 에워싸고 아침 식사를 하는, 30분 정도의 짧지만 단란한 한 때다.

호노카는 아침부터 식욕이 왕성했다. 밥을 두 그릇이나 먹고 있다.

"잘 먹네. 그렇게 먹으면 수업시간에 안 졸리니?"

나는 허겁지겁 밥을 입으로 가져가는 호노카에게 말했다.

"자리를 바꾸고부터 아침밥을 잔뜩 먹는 버릇이 생겨버 렸어."

호노카가 얼굴을 들고 말했다. 호노카의 그 말에 나는 고개를 갸웃했다.

"오늘은 학교에 안 가는 토요일이라 상관없지만, 평일에 학교에 가면 요즘 항상 급식을 못 먹으니까." 호노카가 말 했다.

"급식을 못 먹는다니…? 무슨 얘기야?"

나는 의미를 알 수 없어서 가오루를 쳐다보았다.

가오루는 사정을 아는 것 같지만 아무 말도 하지 않았다.

"몬스터 때문이야." 호노카가 입을 삐죽이고 말했다.

"몬스터?"

호노카 말로는, 급식 시간에 앞에 앉는 후시미라는 동급 생이 있는데, 그 아이의 얼굴 오른쪽 반이 멍으로 덮여 있 다고 했다. 그 얼굴이 역겨워서 밥이 목구멍으로 넘어가지 않는다고 했다.

호노카의 입에서 그런 이야기가 나오다니, 나로서는 충격을 받지 않을 수 없었다.

아무리 딸이 한 말이어도 불쾌함이 가슴 속에서 끓어올랐다.

"그래도 몬스터라고 부르는 건 심하잖니." 나는 타일렀다.

"다들 그렇게 말하는걸."

"모두가 그런다고 너도 그러는 거니? 그런 말을 듣는 후시미가 불쌍하다는 생각은 안 들어?"

"자업자득이야. 항상 난폭하게 굴어서 모두가 싫어한다구. 아아, 빨리 자리 안 바꾸려나. 최소한 급식 시간 정도는 하루마다 자리를 바꿔줬으면 좋겠어."

입을 삐죽이며 말하는 호노카를 보고 나는 한 소리 안 할 수가 없었다.

가게로 향하는 도중에 나는 문득 발길을 멈췄다.

오늘 아침 일이 마음에 걸린다. 말이 지나쳤나 하고 좀 반성하고 있었다. 호노카의 말을 듣고 나서 호노카를 호되게 야단쳤기 때문이다.

사람의 외모를 보고 그렇게 심한 말을 하는 사람은 형편없다고. 그런 인간은 내 자식이 아니라고 큰소리로 화를 내자, 호노카는 울면서 자기 방으로 뛰어 들어갔다.

가오루는 내 말에 대해 반론하거나 나를 비난하지는 않았다. 다만 처음 보는 내 격분한 모습에 놀라는 것 같았다.

왜 그렇게까지 화를 내는 거냐고 물었다면 아마 나는 아무 대답도 하지 못했을 것이다.

하지만 나는 후시미라는 소년의 괴로움과 내면의 분노를 손바닥 들여다보듯 알 수 있다. 나도 예전에는 그랬기 때문이다. 어릴 때부터 얼굴에 대한 말을 계속 들으며 주위로부터 소외되어왔다.

눈앞의 쇼윈도에 내 모습이 비친다. 나는 내 얼굴에 손을 대 보았다. 손바닥으로 뺨과 코와 입가를 쓰다듬어 보았다. 이전의 감촉은 이제 전혀 생각나지 않는다.

그 시절의 기억이 되살아나기 전에 나는 다시 걷기 시작했다.

가게에 도착해서 문을 열기 전에 우편함을 들여다보았다. 광고 전단지와 전기요금 청구서가 들어 있다. 그것들에 섞여 있던 편지 한 통을 집어 들었다. 이곳 주소가 적혀 있고 수신인은 '무카이 사토시 님'이라고 쓰여 있다.

나는 봉투를 뒤집어 발신인을 보았다. 주소는 쓰여 있지 않고 '사카모토 노부코'라고만 되어 있다.

그 인물이 누구인지 바로 알아채지는 못했지만 이윽고 그 이름의 주인에 생각이 미치자 심장 박동 소리가 요란해지고 봉투를 든 손이 미세하게 떨리기 시작했다.

봉투 입구를 뜯고 안에 든 편지지를 빼냈다.

그들이 교도소에서 나왔습니다.

편지지에는 그것만 적혀 있었다.

"수고했어."

사복으로 갈아입은 오치아이가 주방에서 나와 그대로
바 의자에 앉는다.

"고헤이! 진피즈."

오치아이의 말에 설거지를 하고 있던 고헤이의 얼굴이
일그러졌다.

"내 말 들었잖아."

오치아이가 한 번 더 말하자, 고헤이는 할 수 없이 진피
즈를 만들기 시작했다.

오치아이가 눈앞에 놓인 진피즈에 입을 댔다. 그 모습을
고헤이가 어딘가 못마땅한 눈빛으로 보고 있다. 오치아이
가 잔을 놓고 고헤이를 바라보았다.

"아직 손님에게 내놓을 수 있는 수준은 아니야."

그렇게 잘라 말하자 고헤이가 분한 듯이 입술을 깨물었다.

오치아이는 가게 일이 끝나면 자주 고헤이에게 칵테일을

만들게 한다. 하지만 대개의 경우, 호되게 트집을 잡고 돌아간다.

"너 여기 들어온 지 벌써 석 달째잖아. 이래선 아무리 시간이 지나도 계속 수습이다. 집에서 연습은 제대로 하고 있는 거냐? 셰이커도 믹싱 글라스도 전부 샀잖아. 할 생각이 없으면 다른 사람을 넣고 싶으니까 빨리 관둬."

오치아이가 한 모금만 마신 진피즈를 남겨놓고 일어섰다.

"마스터, 듣고 있어요?!"

고헤이가 내 어깨를 흔들길래 나는 옆에 있는 고헤이를 보았다. 꽤 취했는지 초점이 흐리다.

"오너니까 그럴 수 있다는 건 알지만 왠지 말투가 짜증나요. 나도 열심히 하고 있잖아요. 거기다 마스터가 말하는 거면 몰라도, 술의 프로도 아닌 오너한테까지 왜 그런 말을 들어야 하는 건지…. 엄청 열 받아요."

고헤이는 마구 지껄이더니 술잔을 단번에 들이켰다.

일을 끝내고 가게에서 나가려는데 고헤이가 한잔하자며 붙잡았다. 처음에는 도저히 그럴 기분이 아니어서 거절했지만 오늘 밤 고헤이는 끈질겼다. 게다가 나도 이 기분을 질질 끈 채 집에 가는 것도 썩 내키지 않아서, 그냥 같이 근처 술집에서 한잔하기로 했던 것이다.

"오너는 너한테 기대하는 바가 크기 때문에 독설을 내뱉는 거야."

나는 일단 그런 말로 위로했다.

"정말 그럴까요? 그냥 단순히 내가 마음에 안 드는 것뿐일지도 모르죠. 오너는 절 고용하기 싫었던 거 아니에요?"

"그렇지 않아. 나랑 오너가 상의해서 결정했어."

"나 말고도 괜찮은 녀석이 면접 보러 왔었다고, 들으란 듯이 말한 적이 있어요."

분명 3개월 전 바텐더를 모집했을 때 고헤이 말고도 4명이 더 면접을 보러 왔다. 그 중에는 서비스업에 맞을 것 같은 싹싹한 인물도 있었고, 바텐더 경력이 있어서 바로 영업에 보탬이 될 만한 인물도 있었다.

솔직히 고헤이는 그 어느 쪽도 아니었다.

25살인 고헤이는 고교를 중퇴하고 여러 일을 전전한 것 같다. 이력서에 적힌 경력 중에서도 반년 넘게 계속 일한 직장은 없었다. 이력서에 적혀 있는 것이 그 정도라면 그외에 며칠 만에 그만둔 곳도 많을 거라 짐작됐다. 면접 때의 언행도 존댓말 같은 건 아예 쓰지도 않았고 태도도 썩좋지 않았다.

오치아이의 반대를 무릅쓰고 내가 그런 고헤이를 채용한 이유는 두 가지였다.

하나는 솔직한 면이다. 왜 고교를 중퇴했느냐는 내 물음에, 고헤이는 폭력사건을 일으켜 경찰에 체포되었다고 이야기했다. 싸움 상대는 전치 2개월의 중상을 입었고, 고헤이는 한동안 소년원에 들어갔었다고 주저하지 않고 말했다.

또 다른 이유는 젊은 시절의 나를 닮았다는 점이다. 마음 어딘가에서 이 젊은이에게도 자신의 노력 여하로 현재의 환경을 바꿀 수 있다는 것을 가르쳐주고 싶다는 생각이 솟아올랐다.

"젊어 고생은 사서도 한다잖아. 지금은 이래저래 힘든 일이 있을지 모르지만, 열심히 하면 누군가는 그걸 지켜보고 있고 꽃을 피울 때가 올 거야."

"그럴까요? 이런 생활을 해도 죽을 때까지 고생만 할 것 같은 기분이 드는 걸요. 정말 앞이 캄캄한 느낌이고…."

"그렇지 않아. 자신의 노력에 따라 얼마든지 빛은 보이는 거야."

"정말로 빛 같은 게 보일까요?"

어제까지의 나라면 진심으로 그렇게 생각했겠지만 지금은 강하게 고개를 끄덕여줄 수가 없었다.

고헤이가 잔을 들어 올렸을 때 뒤를 지나가던 남자의 손에 술잔이 부딪쳐서 술이 쏟아졌다. 젊은 취객 일행은 신경 쓰지 않고 출구로 향했다.

"어이, 기다려. 부딪쳐 놓고 무시하는 거냐?"

고헤이가 분연히 일어나서 그들에게 향했다.

큰일이다!

나는 바로 일어나 고헤이를 뒤쫓았다.

고헤이가 부딪친 남자의 머리를 살짝 때렸다. 그것을 계기로 남자들은 열이 확 뻗친 것 같았다. 네 명의 남자들이 고헤이를 붙잡아 가게 밖으로 데리고 나갔다.

"미안합니다. 좀 취해서요."

나는 고헤이를 겁박하는 남자들 속으로 비집고 들어갔다.

남자들은 몹시 취해서 내 말이 들리지 않는 것 같았다. 그들은 내가 고헤이 편을 들며 대든다고 생각했는지 그들 중 한 명이 내 안면에 주먹을 날렸다.

머리에 피가 확 솟구쳤지만 그저 머리를 조아리며 그 자리를 정리하려고 했다.

이런 곳에서 경찰이 출동하는 소동을 일으킬 수는 없다. 만약 경찰에 붙잡혀 지문이라도 찍게 되는 날에는 내 현재의 삶은 종지부를 찍고 말 것이다.

나는 그들 사이에 끼어 이리저리 치이며, 땅에 쓰러져 남자들에게 마구 차이고 있는 고헤이의 몸을 감쌌다.

한결같이 계속 사과했더니 남자들이 막말을 토해 내고 그제서야 자리를 떠났다.

"저 자식들 죽여 버릴 거야."

일어난 고헤이는 분노가 가라앉지 않는 듯 그들을 쫓아가려고 했다. 나는 그것을 필사적으로 막았다.

"왜 그래요! 잘못한 건 저 자식들이잖아."

가게 안에서 종업원이 상황을 보러 나왔다.

"경찰을 부를까요?"

"괜찮습니다."

종업원의 말에 나는 고개를 옆으로 저었다.

세면대 거울로 얼굴을 확인하니 눈 주위에 멍이 들었다.

나는 부엌으로 가서 비닐봉지에 얼음을 넣어 눈 주위를 식혔다. 잠시 소파에 앉아 부기를 가라앉힌 뒤 자려고 일어났다.

이런 얼굴을 가오루와 호노카에게 보일 수는 없다.

오늘은 집에서 전골요리를 할 예정이기 때문에 어차피 얼굴을 안 보여줄 수는 없겠지만, 저녁 때까지 얼굴의 부기가 조금이라도 가라앉기를 기도했다.

침실에 들어가 편한 옷으로 갈아입고 이불 속을 파고들었다.

"어색해?"

갑자기 가오루의 목소리가 들렸다.

"뭐가?"

나는 되물었다.

"호노카는 어제 일 별로 신경 안 써. 그 후에 분명히 자기도 잘못했다고 말했어."

딸 보기가 어색해서 아침밥을 같이 안 먹고 자러 들어온 거라고 생각하는 것 같다.

"그게 아니야. 오늘은 다 같이 전골요리를 할 거니까 자두는 편이 좋겠다고 생각한 것뿐이야."

"그래. 오전에 호노카 데리고 장보러 다녀올게. 몇 시쯤에 깨울까?"

"3시면 되지 않을까?"

"알았어. 푹 쉬어."

나는 눈을 감았다. 하지만 전혀 잠이 오지 않는다.

가오루가 침실을 나간 걸 알았다. 호노카가 떠드는 소리가 들린다. 세탁기 돌아가는 소리가 울렸다. 신발 신는 소리와 현관문 닫히는 소리가 났다. 아무래도 가오루와 호노카가 장보러 나간 것 같다.

나는 자는 걸 포기하고 침대에서 일어났다. 옷장을 열고 그 안에 쌓아져 있던 종이 박스 하나를 꺼냈다.

그런 것은 이미 버렸을지도 모른다. 하지만 과거를 더듬는 것처럼 박스 속을 헤집어가자 기억 속에 남아 있는 클

38

리어 파일 하나가 눈에 들어왔다. A4 크기의 빨간색 클리어 파일이다.

나는 가슴을 움켜쥘 정도로 메스꺼움을 느끼며 클리어 파일을 집어 들었다. 클리어 파일에는 신문이 스크랩되어 있었다. 첫 페이지에 붙여져 있는 것은 30년도 더 지난 기사라서 종이가 꽤 칙칙하다.

1980년 6월 7일 기사로, 여행용 캐리어에서 여고생의 토막 시체가 발견되었다는 내용이다.

내게 미소를 던지고 있는 피해자 사진이 눈에 들어왔다.

나는 기사를 속독하며 페이지를 넘겨갔다. 몇 장째인가 뒤에 스크랩되어 있는 기사에는 《여고생 토막 살인사건 범인 체포》라는 글자가 춤추고 있다. 기사에 실린 두 남자의 증명사진 아래로 가도쿠라 도시미츠, 이이야마 켄지라는 이름이 적혀 있었다.

나는 침대 옆에 벗어던져 둔 겉옷을 집으러 갔다. 호주머니에서 봉투를 꺼내 편지지를 다시 꺼냈다.

'그들이 교도소에서 나왔습니다.'

이 편지를 보면, 그 시절 사카모토 노부코의 얼굴이 머릿속에 어른거린다.

설마, 그때 한 약속을 지키라는 건가—?

말도 안 돼. 그런 약속을 지킨다는 건 애초에 불가능한 일이잖아.

나는 편지지와 봉투를 꾸깃꾸깃 구겨 찢어버렸다.

초인종이 울리자 내 시선은 인터폰으로 향했다.

"여보. 미안하지만 나가 볼래요?"

부엌에서 요리를 준비 중인 가오루의 말에 나는 소파에서 일어났다.

"메구미입니다."

인터폰을 받으니 우토 메구미의 조심스러운 목소리가 들렸다.

"잠시만요."

나는 인터폰을 끄고 현관으로 향했다. 문을 여니 메구미와 쥰이 서 있다.

"어서 오세요."

눈 주위의 멍을 들키지 않도록 나는 얼굴을 살짝 돌리면서 두 사람을 맞았다.

"죄송합니다. 6시에 찾아뵙기로 했는데, 얘가 빨리 가자고 졸라서…. 괜찮나요?"

메구미가 쥰을 쳐다보며 변명처럼 말했다.

솔직히 그 편이 고마웠다. 호노카는 어제 아침 일 때문에 아빠와 얼굴을 마주하는 게 어색한지, 내가 일어나고부터 쭉 방구석에 틀어박혀 있다.

"아뇨, 아니에요, 신경 쓰지 마세요. 호노카도 심심해하는 것 같은데 오히려 잘됐습니다."

나는 두 사람에게 슬리퍼를 준비해주고, 현관 옆에 있는 호노카의 방문을 두드렸다.

"호노카, 메구미 씨랑 준이 왔어."

잠시 지나 문이 열리고 호노카가 얼굴을 내밀었다. 호노카는 준과 얼굴을 마주하자 기쁨과 부끄러움이 뒤섞인 듯한 표정을 지었다.

"엄마가 포켓몬 게임 사줬어. 같이 하자."

준이 웃으며 말하고 주머니에서 게임기를 꺼냈다.

"응."

호노카도 웃는 얼굴로 준을 자기 방에 들였다.

"저 이거…, 케이크를 사왔는데 이따 다 같이 먹어요."

메구미가 케이크 상자를 내밀었다.

"신경 써 주셔서 고맙습니다."

얼굴을 보고 감사 인사를 하자, 메구미의 눈이 휘둥그레졌다.

"마스터, 어떻게 된 거예요…? 그 얼굴…?"

메구미가 내 눈 주위를 가리키며 물었다.

"아니 그게…. 어젯밤에 엄청 취한 것 같아요…. 좀 넘어져 버렸어요."

좀 아까 가오루에게 한 변명을 메구미에게도 똑같이 했다.

"저런…."

"별 거 아니니까 내일 가게에 나갈 때쯤에는 부기도 빠지겠죠."

나는 머리를 긁적이며 말하면서 메구미를 집 안으로 안내했다.

메구미는 거실로 들어가자 부엌에 있던 가오루에게 인사를 하고, 바로 겉옷을 벗더니 일손을 돕겠다고 나섰다. 메구미는 가오루가 만든 전골 요리와 필요한 앞접시 등을 능숙하게 거실로 날랐다.

3개월 전에 바비큐 파티를 했던 그날, 이미 두 사람은 하루 만에 완전히 마음을 터놓는 사이가 된 것 같다.

대강의 준비가 끝나고 슬슬 아이들을 부르려 했을 때 초인종이 울렸다.

현관문을 열자 고헤이가 서 있었다. 고헤이의 눈 주위에도 멍이 생겼다.

"어젯밤 일은 기억나?"

"당연하죠."

내가 묻자 고헤이는 분한 듯 말을 내뱉었다.

"나는 가족들이 걱정할까 봐 취해서 넘어진 걸로 했어.

그 일은 비밀로 해줘."

방에 있는 아이들에게 들리지 않도록 작은 목소리로 말했다.

"알겠어요. 저도 연립주택 계단에서 구른 걸로 해둘게요. 그건 그런데 마스터도 마음이 참 약하네요. 그런 술주정꾼들은 우리 둘이면 충분히 반격할 수 있었는데."

고헤이가 나를 깔보듯이 말했다.

내가 마음만 먹었다면 고헤이가 없어도 그런 무리를 때려눕히는 것쯤은 일도 아니다.

"난 너랑 달라서 이 일대에서 못 다니게 되면 곤란하니까 그러지."

"얼굴이 왜 그래?"

둘이 나란히 거실로 들어가자, 아니나 다를까 고헤이의 얼굴을 본 가오루와 메구미가 물었다.

"좀 취했었는지, 연립주택 계단에서 발을 헛디뎠어요."

고헤이가 아픈 것처럼 얼굴을 찡그렸다.

"정말 주정뱅이들이란…. 그렇죠?"

가오루가 질렸다는 듯 동의를 구하자 메구미가 웃으며 고개를 끄덕였다.

그 후 아이들을 불러 여섯 명이서 냄비를 에워쌌다.

호노카와 쥰은 학교에서 유행하는 게임과 애니메이션

얘기에 푹 빠졌다. 어른들의 화제는 자연히 가게 얘기로 이어졌다.

"오너랑은 알고 지낸 지 오래되셨어요?"

메구미가 물었다.

"15년 전에 만났습니다. 오너가 그러던데, 어제가 마침 우리가 만난 기념일이었던 것 같아요."

"만난 날을 기억하다니 마치 연인 같네요."

메구미가 미소 지었다.

"정말인지 어떤지는 모르겠습니다. 그냥 기념일이라는 핑계로 비싼 샴페인을 마시고 싶었던 것인지도 모르고요."

"그럴지도 모르겠네."

나는 그렇게 말하는 가오루를 쳐다보았다.

"예전에, 오치아이 씨랑 처음 만났던 날에 대한 얘기를 당신한테 들었는데, 티셔츠 밖으로 나온 팔뚝이 굉장히 두꺼워서 존재감이 있었던 것 같다는 말을 하지 않았었나? 요즘 같은 날씨에 티셔츠 한 장만 입고 다니는 사람은 없을 텐데?"

듣고 보니 그랬다. 처음 오치아이가 내가 일하는 바에 찾아왔을 때, 오치아이는 빨간색 티셔츠에 청바지 차림이었다.

겉옷이나 외투 같은 건 입지 않았던 것으로 기억하고 있으니, 적어도 한겨울은 아니었을 것이다.

"그 녀석한테 감쪽같이 속았구만."

나는 쓴웃음을 지었다.

"그런데 오너는 결혼했어요?"

나는 불쑥 그런 질문을 한 고헤이를 쳐다보았다.

"독신이지요?"

메구미의 말에 나는 고개를 끄덕였다.

"결혼을 왜 안 하실까요?" 메구미가 조금 몸을 앞으로 내밀며 물었다.

"글쎄요."

"결혼생활이 지긋지긋하다든가…?" 메구미가 다시 물었다.

"그 녀석 입으로 결혼한 적 있다는 얘기를 한 적은 없습니다. 하긴 아무리 친해도 사생활 얘기를 전부 하는 것은 아닐 수도 있으니까요."

나도 오치아이에게 하지 않은 이야기가 많다.

"오너 일인데, 아무렴 어때요."

고헤이는 그렇게 말하고 젓가락을 냄비로 가져갔다.

"네가 말을 꺼내 놓고선."

"그렇게 잔소리 심한 사람이랑 결혼할 여자가 있는지 궁금했던 것뿐이에요."

고헤이가 코웃음 치듯 말했다.

"조만간 또 이런 모임을 갖고 싶네. 다음에는 꼭 오치아이 씨도 같이."

"그러네."

나는 멍하니 천장을 올려다보며 대답했다.

냄비를 에워싸고 있을 때도, 고헤이와 아이들이랑 카드놀이를 할 때도, 그 편지가 머릿속에 달라붙어 떠나지 않았다.

"메구미 씨 말이야, 혹시 오치아이 씨한테 마음이 있는 것 아닐까? 왠지 그런 것 같아." 가오루가 내게 말했다.

나도 그렇게 느끼고 있다.

"오늘은 피곤하지? 어서 자."

가오루가 침실 불을 끄며 말했다.

"저기…, 아까 메구미 씨랑 무슨 얘기했어?" 내가 물었다.

우리가 카드놀이를 하고 있을 때 가오루와 메구미는 거실에서 와인을 마시며 이야기 삼매경에 빠져 있었다.

특별히 꼭 알고 싶었던 건 아니지만, 이대로 혼자만의 세계로 내던져지는 것이 싫어서 가오루에게 물었다.

"비밀이야."

가오루의 장난기 섞인 목소리가 들렸다.

"뭐야. 남편한테 말 못할 나쁜 계략이라도 꾸몄던 거야?"

나는 내가 끌어안고 있는 불안을 들키지 않도록 농을

지껄였다.

"내가 부럽대."

가오루가 속삭였다.

"메구미 씨가?"

"그래…. 당신같이 다정한 사람이 남편이라서 정말 부럽대. 메구미 씨는 전 남편 일로 꽤 고생한 것 같아."

"준의 양육비도 안 주는 것 같던데."

"양육비는커녕 헤어진 후에도 종종 돈을 뜯으러 찾아오는 것 같아."

"그래?"

"전 남편은 원래 매장 같은 곳의 인테리어를 하는 회사를 했었대. 결혼할 무렵에는 사업도 순조로웠던 모양인데, 5년쯤 전에 부도가 나버려서…."

5년 전이라면 메구미가 이혼하기 2년 전인가.

"돈 문제라면 부부가 힘을 모아 어떻게든 이겨나갈 수 있을 것 같아서 메구미 씨도 일을 시작했다는데, 부도를 계기로 남편은 사람이 완전히 변해버렸대. 없는 돈을 도박에 쏟아붓거나, 매일 고주망태가 되거나. 그걸 말리자 메구미 씨에게 손찌검까지 해서…."

가오루는 폭력이라는 말에 다른 사람보다 몇 배는 민감했다.

"쥰이 있기 때문에 가능하면 이혼하고 싶지 않아서 한동안 참았지만…. 곧 쥰에게까지 손을 대게 돼서 헤어졌대."

"그런 일이 있었군."

"메구미 씨 말처럼…, 나는 당신을 만나서 정말 다행이야. 당신 같은 다정한 사람이랑 함께 있을 수 있어서…."

"그렇게 다정하지는 않아."

"다정해. 당신이 손을 올린 적은 한 번도 없었는걸."

잊은 것 같지만 과거에 딱 한 번 가오루의 뺨을 때린 적이 있다. 하지만 그 무렵의 일을 떠올리고 싶지 않았기 때문에 입 밖에 내지는 않았다.

가오루와 처음 만난 것은, 가게 문을 열고 1년쯤 지났을 때였다. 하루 저녁 마시고 간 것만으로도 뭔가 사연이 있는 여자라고 느껴졌다.

그때 가오루의 인상은 별로 좋지 않았다. 하지만 내가 그녀를 거북하게 생각하고 있다는 사실에 아랑곳하지 않고 가오루는 매일 밤이면 가게를 찾아왔다. 항상 버번 위스키를 스트레이트로 들이켜고, 바에 엎어져 고주망태가 되는가 하면, 갑자기 벌떡 일어나 주변 손님들에게 히스테리를 부리는 성가신 손님이었다.

오치아이는 가오루를 출입하지 못하게 하라고 했지만 나는 그러지 못했다.

그때 가오루는 서른 살이었다. 나보다 2살 어린 걸로 되어 있지만, 사실은 동갑이다.

나와 동갑인 여성이 어째서 이렇게까지 거칠게 술을 마시는 것일까? 그 이유를 알 때까지는 내칠 수 없다고 생각했다.

그녀는 가게를 닫아도 돌아갈 기미를 보이지 않았다. 그저 술을 계속 마셨다. 어느새 그런 그녀와 새벽까지 함께하고, 고주망태가 된 그녀를 택시에 태워 귀가시키는 것이 내 일과가 되었다.

가오루는 그 날도 바 앞에서 몹시 취해 있었다. 평소보다 더 심하게 취했었기 때문에, 술을 달라는 가오루의 요구를 거절하고 빨리 집에 돌아가도록 설득했다.

"술을 내놓는 게 당신 일이잖아. 하라는 대로 하면 되는 거야!"

가오루는 격한 말투로 달려들었다.

나는 좀 꽤씸했지만 가오루의 말을 대수롭지 않게 넘겼다.

"나 같은 건 살아도 소용없어. 죽고 싶어. 죽고 싶다고…"

가오루는 그렇게 말하며 소매를 걷고 자신의 손목을 내쪽으로 뻗었다. 가오루의 손목에는 면도칼로 그은 것 같은 몇 개의 상처 자국이 있었다.

"죽고 싶어…. 매일 죽고 싶다고 비는데도 항상 죽지 못해…. 그래서 이렇게 술을 마시는 거야! 술을 안 내놓을 거면 거기 있는 칼을 빌려줘! 그러면 이번에는 꼭—."

그렇게 외치면서 몸을 내밀어 칼을 붙잡으려는 것을 보고 나는 나도 모르게 가오루의 뺨을 때리고 말았다.

어떤 폭언을 내뱉든 아무리 민폐를 끼치든, 손님에게 손을 댄 적은 없었다. 아마도 가오루가 내 안에서 손님 이상의 존재가 되어 있었기 때문에 그런 짓을 하고 만 것이리라.

내게 뺨을 맞고 정신을 차린 가오루는 그 자리에서 흐느껴 울었다. 그리고 3년 전에 자신을 덮친 소름끼치는 재앙을 더듬더듬 내게 이야기했다.

가오루는 그 때까지 도쿄에 살면서 의류업체에서 근무했다고 한다. 결혼을 약속한 연인도 있고 행복한 날들을 보내고 있었다.

어느 날 밤, 가오루는 일 때문에 할 얘기가 있다는 상사를 따라 한잔하러 갔다고 했다.

상사가 권하는 대로 술을 마신 가오루는 의식이 뚜렷하지 않을 정도로 취해 버렸다고 한다. 그리고 정신을 차렸을 때는 이미 호텔 침대에 눕혀져 있었다. 가오루는 비틀거리면서도 돌아가려고 했지만 상사가 그녀를 막고 침대에 밀어 넘어뜨렸다. 그리고 억지로 관계를 가졌다고 한다.

겨우 의식이 또렷해진 가오루는 울면서 상사에게 화를 냈다. 하지만 상사는 "합의한 거였잖아."라며 정색을 하고 방을 나가버렸다.

합의 따윈 한 적이 없었다. 마음속으로는 격하게 저항했지만 몹시 취해서 몸이 말을 듣지 않았을 뿐이다.

상사에게 강간당했다고 경찰에 신고할까도 생각했지만 결국 하지 못했다고 한다. 이런 일을 가족과 연인에게 알리고 싶지 않았기 때문이다.

가오루는 그 뒤 바로 회사를 그만두었다. 하지만 그것으로 마음의 상처가 아물지는 않았다. 무슨 일에든 무기력해졌고, 그때부터 집에 틀어박혀 지내는 생활을 하게 된 것이다.

나쁜 쪽은 억지로 자신을 욕보인 상사임에도 되려 가오루가 죄책감에 시달렸다. 가족에게도 연인에게도 그 괴로움을 호소하지 못하고 그저 무방비했던 자신을 계속 탓했다. 마침내 격심한 정서불안에 시달리게 되었고 가족이나 연인과의 관계도 어색해져 갔다.

그 후 가오루는 연인과 헤어지고, 자신을 이해해 주지 못하는 가족과도 떨어져 지내고 싶어 집을 뛰쳐나왔다고 한다.

가오루의 이야기를 들은 나는 참을 수 없이 괴로웠다. 그리고 어떻게든 눈앞의 여성을 구하고 싶다는 생각에 사로잡혔다.

가오루에게 이성으로서의 호감을 품기 시작한 것도 있었지만, 그 이상으로 내가 그때까지 해 온 여러 악행에 대한 속죄를 하고 싶었던 것이다.

물론 망설여지기도 했다. 내 과거는 온통 거짓이다. 가오루가 내게 무엇과도 바꿀 수 없는 소중한 존재가 되었을 때, 내 과거를 가오루가 알아버리면 어떡하지, 하는 두려움이 내 마음을 움츠러들게 했다.

하지만 그런 두려움보다도 가오루를 구하고 싶다는 마음이 더 간절했다.

"당신은…, 나랑 결혼한 거 후회 안 해?"

가오루의 말에 정신을 차리고 옆을 보았다.

"당연하지."

"정말?"

"어, 그럼."

그 덕분에 나는 무엇과도 바꿀 수 없는 소중한 존재를 손에 넣었다. 가오루라는 훌륭한 아내와 호노카라는 귀여운 딸아이에 둘러싸인 따뜻한 가정을.

그 무엇과도 바꿀 수 없는 소중한 존재를 잃을 수는 없다.

'그들이 교도소에서 나왔습니다—.'

지금의 내가 그런 약속을 지킬 수는 없다.

아니 애초에 지킬 필요 따윈 없는 꺼림칙한 요구였을 뿐이다.

가게에 들어가자 홀 쪽 테이블석에 오치아이가 앉아 있었다. 테이블 위에 영수증을 늘어놓고 장부 정리를 하고 있는 것 같다.

"좋은 아침."

내가 말을 걸자 오치아이가 이쪽을 보고 "어어." 하고 답했다. 나는 바 안으로 들어가 오픈 준비를 시작했다.

"저기…, 좀 상의할 게 있는데."

오치아이가 말했다.

"뭔데?"

나는 오픈 준비를 위해 손을 움직이면서 시선만 오치아이에게 돌렸다.

"그 두 사람을 슬슬 정직원으로 고용할까 하는데…."

메구미와 고헤이를 말하는 것이리라.

"어어, 메구미 씨는 문제없을 것 같아. 하지만 고헤이는 아직 이르지 않을까? 오너도 늘 의욕이 없다고 불평했잖아."

"그렇긴 한데 말이지, 아무래도 그 녀석은 아르바이트라는 처지에 대해 응석을 부리는 것 같단 말이야. 그러니까 정직원으로서 그 나름의 월급과 4대 보험 같은 대우를 해주면, 일에 대한 자세도 조금은 달라지지 않을까 싶어서 말이지."

고헤이는 오치아이를 그냥 잔소리 심한 아저씨 정도로만 생각하는 것 같지만, 오치아이는 가게의 책임자로서 고헤이의 입장도 충분히 고려하고 있었다.

"하지만 정직원이 되면 지금 이상으로 노동법의 적용을 받게 돼. 일을 못 한다고 쉽게 자를 수도 없어."

"그건 그렇지만 말이야…. 그 녀석한테 빨리 바 쪽을 맡길 수 없으면 곤란해."

"내가 있는데 그렇게 조급해할 필요도 없잖아."

내가 그렇게 말하자 오치아이는 어깨를 으쓱하는 동작을 취했다.

"호노카도 무럭무럭 크고 있어. 너도 쉬는 날이 더 필요할 거 아니야? 그렇지 않아도 일반 직장인들과는 일하는 시간대가 달라서 가족과 같이 있을 수 있는 시간도 적어. 주 하루 정기휴일로는 어디 가서 자고 오기도 어렵잖아."

"그러네."

나는 오치아이의 배려에 감사하며 끄덕였다.

"오너 생각이 그렇다면 난 전혀 이의 없어."

"그럼 그 녀석한테 그 이야기를 해 줘. 아무래도 난 거북

해 하는 것 같으니까."

오치아이가 겸연쩍은 미소를 보냈다.

"알았어. 고헤이가 그럴 생각이 있는지부터 물어볼게."

나는 그렇게 대답하고, 옷을 갈아입으러 바에서 나왔다.

"그러고 보니 네 앞으로 편지가 한 통 와 있었어."

오치아이의 말에 나는 순간 멈칫 했다.

그가 내민 봉투의 발신인을 보고 또다시 깜짝 놀라고 말았다.

'사카모토 노부코'

"가게로 보낸 걸 보면 손님인가?"

오치아이가 물었지만 바로 대답하지 못했다.

"어어…"

나는 간신히 고개를 끄덕이고, 떨리는 몸을 진정하며 직원 휴게실로 향했다.

방에 들어가 문을 닫고, 부들부들 떨리기 시작한 손으로 봉투를 뜯고, 안에 든 내용물을 꺼냈다.

최근 일주일 동안 당신을 지켜봤습니다만, 정말로 약속을 지킬 생각이 있기나 한 건가요? 지금 당신이 행복한 것은 나와 그 약속을 한 덕분 아닙니까? 만약 당신이 이대로 약속을 지키지 않는다면, 당신 주변에도 나와 똑같은 재앙이 덮칠지도 모릅니다.

'당신 주변에도 나와 똑같은 재앙이 덮칠지도 모릅니다.'

나는 그 글자에 시선을 고정하면서, 그것이 무엇을 의미하는지를 곱씹어 보았다.

"마스터!"

고헤이가 내 어깨를 흔들자 나는 시선을 돌렸다.

"마스터, 마에하라가 화이트 레이디를 주문했어요."

고헤이가 바에 앉은 마에하라를 보면서 초조하게 말했다.

아마도 마에하라의 주문을 받고 수차례 나를 불렀던 것 같다.

"아…, 죄송합니다. 금방 만들어 드리겠습니다."

나는 마에하라에게 눈짓을 하고 칵테일을 만들 준비를 시작했다.

"몸이 안 좋으세요?"

화이트 레이디를 만들어 내놓자 마에하라가 물어왔다.

"아니, 그런 건 아니에요."

"그런가요…? 아까부터 멍하게 있는 것 같은데."

마에하라는 그렇게 말하고 화이트 레이디에 입을 댔다.

"연습 끝나고 집에 돌아가는 길인가요?"

"오늘은 아르바이트를 했어요." 내가 묻자 마에하라는 고개를 저으며 대답했다.

28살인 마에하라는 아마추어 극단에 소속된 남자 배우다. 그 나이까지 다양한 아르바이트를 전전하면서 프로 배우가 될 날을 꿈꾸고 있었다.

지금은 가까운 마트에서 일하고 있다는데, 그전까지는 빌딩 청소와 건설 현장 막노동, 냉동 창고 하차 작업 등 경험해 본 아르바이트가 50가지는 족히 넘는다고 한다. 특이한 곳으로는 장의사와 흥신소 심부름꾼도 해본 적이 있다고 했다. 우리 가게에 한잔하러 와서는 늘 그 일들의 재미있는 내부 사정을 들려주었다.

"어서 오세요."

고헤이의 목소리에 나는 문으로 시선을 돌렸다. 야마데라 씨가 가게에 들어와서 바 맨 끝자리에 앉았다.

"잠시 실례하겠습니다."

나는 마에하라와의 이야기를 일단 마무리 짓고 야마데라 씨에게 향했다.

"어서 오세요. 뭘 드릴까요?"

칵테일 잔 받침을 앞에 놓으면서 묻자 야마데라 씨는 마티니를 주문했다.

변호사인 야마데라 씨에게 물어보고 싶은 것이 잔뜩 있었지만, 마티니를 내놓고 그와 잡담을 시작하고 나니, 막상 어떻게 말을 꺼내면 좋을지 당최 감이 잡히지 않았다.

"그러고 보니…, 얼마 전 나가노 쪽에서 스토커 하나가 살인을 저질렀잖아요?"

나는 요즘 뉴스에서 보도되고 있던 사건을 떠올리면서, 내가 하고 싶은 질문을 유도하기 쉬울 만한 주제를 골랐다.

"나도 들었네. 스토커 피해를 당하고 있던 여성의 어머니가 살해당한 사건이지."

야마데라 씨가 참혹하다는 듯 표정을 찡그렸다.

전에 사귄 상대 여성을 쫓아다니던 20대 남성이, 행방을 알 수 없게 된 여성의 거처를 묻기 위해 여성의 본가에 갔다가 응대하러 나온 어머니를 감금하고 살해한 사건이다.

"그 범인은 몇 년 형을 받게 될까요?"

"마스터가 그런 얘기를 하다니 별일이네."

야마데라 씨가 의외라는 표정으로 나를 보았다.

손님들에게 잠깐이나마 평안을 주는 것이 내 직무라는 것을 알고 있기 때문에 그동안 사건이나 재판 같은 야마데라 씨의 일에 얽힌 얘기를 내가 먼저 꺼내는 일은 없었다.

"네에, 너무 비참한 사건이었기 때문에 좀 신경이 쓰여서요." 나는 핑계를 댔다.

"글쎄. 내 담당 사건이 아니라서 딱히 뭐라고 말할 수는 없지만 배심원 제도가 도입되고 처벌이 엄격해지는 추세니까…."

"사형이나 무기징역이 될 수도 있습니까?"

"피해자가 한 명이니 아마 사형은 아니겠지만, 무기징역 가능성은 충분하지. 범인은 엄마를 방에 감금하고 딸이 있는 곳을 알아내기 위해 몹쓸 짓을 했잖아. 좀처럼 입을 열지 않는 엄마의 손가락을 하나씩 식칼로 잘라버리기도 하고…. 죄질이 안 좋지. 거기다 붙잡혀서도 반성은커녕 피해자와 딸이 나쁘다고 뻔뻔하게 나오고 있는 것 같아. 판사들과 배심원들에게 나쁜 인상을 줄 테지."

"무기징역이라면 대략 얼마 만에 사회로 다시 복귀할 수 있습니까?"

"통계적으로 보면, 10년쯤 전까지는 평균적으로 대략 20년 정도 살다 나왔을까? 그 이후로는 감방에 있는 기간이 25년, 30년 정도로 길어지는 추세야. 요즘은 대략 35년 정도 살다 나오지 않을까? 하긴 수형자마다 꽤 다르겠지만 말이지."

"어쨌든 범인이 살아있는 한 언젠가는 교도소에서 나오는 거지요? 피해자의 딸과 가족 입장에서는 도저히 납득이 가지 않겠네요. 게다가 출소하면 다시 자기들 앞에 나타날까봐 두려울 테고요. 범인이 교도소에서 나왔다는 것이 피해자 가족에게도 알려질까요?"

"지금은 범죄피해자 통지제도라는 게 있어서 신청해 두

면 알려줘."

"피해자와 그 가족 이외에는요?"

"가족에 준하는 사람과, 피해자나 그 가족의 대리를 맡은 변호사지."

"어떤 것을 가르쳐주나요?"

이렇게까지 끈질기게 물어본 탓인지 야마데라 씨의 표정이 좀 의아해져 갔다.

"언제 교도소에서 출소할 예정인지와, 출소 후 보호관찰 기간 중의 처우 상황 같은 거야."

"범인이 어디에 살고 있는지는…?"

"그건 아마 안 가르쳐줄 거야. 그런 걸 알려주면 피해자 유족에 의해 또 다른 사건이 유발될 수 있으니까."

야마데라 씨의 담담한 답변이었지만, 그나마 이것이 최소한의 구원처럼 느껴졌다.

설사 누군가 내게 그 두 사람이 교도소에서 나왔다는 사실을 알려줘도, 나는 지금 그들이 어디에 있는지 알 도리가 없다.

물론, 설령 그것을 안다 해도 사카모토 노부코와의 약속을 지킬 생각은 없었다.

알람 시계가 울리자, 나는 바로 침대에서 일어났다.

평소에는 낮 1시 경에 일어나지만 오늘은 오전 10시 반에 알람을 맞춰 놨다. 가오루는 오전 10시까지는 집에 있기 때문에 그 이전으로 맞춰 놓으면 수상하게 여길 것이 분명했다.

거실에 나가 보니 가오루는 이미 파트타임 일을 나가고 없었다. 호노카가 초등학교에 들어가고부터 가오루는 가와고에역 근처에 있는 헌 옷 가게에서 저녁때까지 일을 하고 있다.

식탁 위에 점심밥으로 샌드위치가 준비되어 있었다. 나는 나갈 채비를 한 뒤, 샌드위치를 가방에 넣고 집을 나섰다.

가와고에역에서 지하철을 타고 요코하마*로 향했다. 요코하마역에서 사가미선으로 갈아타고 두 번째 역인 니시요코하마역에서 내렸다.

손목시계를 보니 이제 오후 1시가 다 되어간다. 5시까지는 가게로 돌아가야 하기 때문에 시간이 별로 없다.

니시요코하마 역에서부터는 어렴풋이 남아 있는 기억을 따라 걷기 시작했다.

사카모토 노부코가 살던 연립주택에는 몇 차례 간 적이 있기 때문에, 구보마치라는 마을 이름만큼은 명확히 기억에 남아 있었다.

---

* 도쿄와 가까운 남부 위성도시

구보마치 주변을 배회해도 좀처럼 머릿속에 남아 있는 풍경을 만나지 못했다. 16년의 세월 동안 이 주변 거리도 꽤 달라져버린 것 같았다.

초조한 마음으로 이리저리 배회하다 보니, 마침내 머릿속에 남아 있는 편의점이 눈에 들어왔다. 나는 골목 어귀를 몇 번 돌아 목적지로 향했다. 하지만 그곳에는 내 기억속에 남아있는 노부코가 살던 연립주택은 없었다. 그 대신 눈앞에는 새로 들어선 6층짜리 원룸텔이 서 있다.

나는 포기할 수 없어서 원룸텔 현관으로 들어갔다. 우편함 문패를 하나하나 살폈지만, 거기에 '사카모토 노부코'라는 이름은 없었다.

물론 그녀가 여기 있을 거라고 생각한 것은 아니지만 지푸라기라도 잡는 심정으로 여기까지 찾아왔다.

그시절 노부코는 말기 암환자로 생이 얼마 남지 않았다고 말했었다. 그렇기에 마음속에서 불타오르는 분노를 느꼈지만, 그 일은 내게 맡겼던 것이다.

하지만 그 말대로 그녀가 이미 죽었다면 대체 그 편지는 누가 보냈단 말인가!

어젯밤, 야마데라 씨는 사건 피해자의 가족과 친족에 준하는 사람이라면 범인이 언제 교도소에서 나오는지에 대한 정보를 알 수 있다고 했다. 하지만 노부코는 가까운 가족이 아무도 없다고 말했었다. 적어도 그런 일을 부탁할 만한 사람은 없다고 했다.

피해자 가족의 대리를 맡은 변호사도 알 수 있다고 했지만, 노부코가 내게 내민 제안에 변호사가 가담할 리는 없었다.

나는 앞으로 어떻게 해야 할지 막연한 가운데 정처 없이 주변을 헤맸다.

정신을 차려보니 구름다리 위에 혼자 우뚝 서 있었다. 굉음이 들려 내려다보니, 구름다리 밑을 전동차가 빠르게 통과했다.

여기가 바로 노부코와 만난 곳이었다.

날짜는 정확하지 않지만, 딱 지금처럼 찬바람에 뺨이 아리던 것을 기억하고 있다.

16년 전 이 무렵 나는 찬바람이 휘몰아치는 요코하마의 거리를 떠돌고 있었다. 직업도, 머무를 집도 없이, 신변을 위협하는 위험에 덜덜 떨며 길바닥 생활을 하고 있었다.

오치아이와 만나기 얼마 전까지 나는 난폭함을 달고 살던 남자였다.

그 모든 원인은 내 얼굴에 있었다. 적어도 그 시절의 나는 그렇게 생각했다. 태어날 때부터 내 얼굴은 다른 사람과 많이 달랐다. 얼굴의 절반 이상이 멍으로 뒤덮여 있었던 것이다. 그 탓에 부모에게도 버려졌을 것이다. 나는 아기 때 버려졌고 그 후로 보육시설에서 생활해 왔다.

보육시설에서도, 학교에서도 '괴물'이라는 별명이 붙었고, 거리를 걷고 있으면 지나가는 사람들이 대부분 움찔한 표정으로 내 얼굴에서 시선을 돌렸다.

어디에 가든 괴롭힘을 당하고, 조롱당하고, 소외되었다.

그런 내 마음을 유일하게 위로해 준 것은 바로 폭력이었다.

보육시설에서도, 학교에서도, 사회생활 속에서도, 나는 폭력으로 내 몸을 지키고, 내 존재를 과시했다. 중학생 때는 내가 때려눕혔던 동생 하나와 함께 도둑질과 싸움을 반복하면서 소년원을 들락거렸다.

노부코와 만나기 1년 전, 나는 복역하던 교도소에서 나왔다.

나는 일단 교도소에서 만난 마카베라는 남자에게 의지하기로 했다. 마카베는 경찰에 잡히기 전까지 절도단을 이끌고 있었는데, 나에게 출소하면 같이 일해보자고 제안했었기 때문이다.

그 후로 나는 마카베와 그 동료들, 그리고 내가 개인적으로 알게 된 10대 남자애들과 함께 건설 현장에서 구리나 철사를 훔치거나 차량 털이를 하면서 살았다. 수입이 적은 보잘것없는 일거리라도 찾아보고 싶었지만, 전과자인데다 얼굴이 이런 내게 달리 일거리가 있을 것 같지도 않았다.

나는 언젠가 얼굴을 성형할 요량으로 돈을 모으고 싶어 마카베 무리와 계속 함께 했다. 하지만 시간이 흐르면서 좀 더 쉽게 큰돈을 벌고 싶어 하다가, 야쿠자들이 이끄는 사기 도박판에 걸려들고 말았다. 몇 번 이긴 걸로 우쭐한 나머지 베팅금을 올리는 사이 나는 가당치도 않은 액수의 빚을 떠안고 말았다.

커다란 풍채의 남자들이 나를 양쪽에서 붙잡아 사무실로 끌고 갔다. 사무실 소파에 스스로를 책임자라고 밝힌 남자가 떡하니 기대앉아 있었다. 간부급까지는 아니겠지만 조직 안에서 나름의 입지가 확실한 사람으로 보였다.

"지금부터 열심히 몸으로 때워서 우리한테 빚을 갚아야 하는데, 그 얼굴로는 어디서도 받아주지 않겠군. 얼굴이랑 달리 장기가 멀쩡하다면 좋은 병원을 하나 소개해 주지."

남자가 내뱉은 그 말에 오랫동안 억눌려 있던 응어리가 터져버렸다. 그 순간 나는 숨겨뒀던 칼로 세 남자를 연달아 찌르고 사무실에서 도망쳐 나왔다.

곧바로 마카베에게 연락해 사정을 이야기했다. 마카베는 도와주고 싶지만 지금은 자기도 어찌할 방도가 없다며 전화를 끊었다.

나는 일단 도쿄를 떠나 요코하마 주변에 몸을 숨겼다. 그 후에도 몇 차례 마카베에게 연락을 넣었다. 그때마다 나는 마카베가 들려주는 말에 부들부들 떨 수밖에 없었다.

세 명의 조직원은 겨우 목숨을 건졌지만 중상을 입었다고 했다. 특히 내게 폭언을 내뱉었던 남자는, 내가 휘두른 칼에 두 눈을 찔려 실명했다고 한다.

야쿠자들은 조직원을 총동원해 나를 찾고 있는 것 같았다. 물론 붙잡히면 그냥은 넘어가지 않을 것이다. 단지 살해당하는 정도가 아니라, 틀림없이 그 이상의 고통을 받으리라.

사무실로 끌려갔을 때 지갑을 빼앗겼기 때문에, 안에 들어 있던 운전면허증을 보고 내 신원을 파악했을 것이다.

마카베는 해외로 도망치든가 호적을 바꾸는 것밖에 방법이 없을 거라고 했지만, 그 방법들은 모두 몇 백만 엔의 비용이 든다고 했다. 도저히 그런 돈을 마련할 방법이 없었다.

차라리 이대로 전동차 선로에 뛰어드는 편이 고통 없이 죽는 길이 아닐까 생각하면서, 나는 구름다리 위에 서 있었다. 그때 무슨 소리가 나서 그쪽을 쳐다봤다.

구름다리를 건너던 백발의 노파가 장바구니를 떨어뜨려서 안에 들어있던 귤 몇 개가 내 쪽으로 굴러왔다.

나는 그 귤을 주워 노파에게 건넸다.

"고맙습…."

거기까지 말한 노파는 깜짝 놀란 듯 어깨를 떨고 입을 다물었다.

내 얼굴을 봤을 때 모두가 보이는 반응이다.

불쾌하기는 했지만 그것을 겉으로 드러낼 기력도 없어, 시선을 구름다리 아래로 돌려버렸다.

"고맙습니다."

노파가 마음을 가누었는지 다시금 말을 걸어왔지만 나는 무시했다.

"…저, 혹시 무슨 일 있나요?"

잠시 시간이 흐르고 노파가 또다시 말을 걸어와, 나는 뒤돌아보았다.

"몸이라도 안 좋으세요?"

노파가 내 얼굴을 빤히 들여다보며 물었다.

"당신이랑은 상관없잖아."

나는 노려보듯 말했지만 노파는 그 자리에서 떠나려 하지 않았다.

물건을 주워준 사람에게 순간이나마 그런 경멸 어린 태도를 취한 것이 미안했는지, 노파는 무척이나 걱정스러운 눈빛으로 나를 쳐다보고 있었다.

"배가 좀 고픈 것뿐이야."

도박장에서 도망친 이후로 나는 거의 제대로 식사를 하

지 못했다.

"괜찮으면, 저희 집에 오시지 않겠어요? 마침 이제 돌아가서 저녁 준비를 할 참이에요."

온화한 얼굴로 노파가 말했다.

미안함의 표시로 장바구니 속에서 요깃거리라도 좀 꺼내줄 요량인가 했는데, 설마 집으로 오라고 할 줄은 몰랐다.

거절할 이유도 없었기 때문에 나는 노파를 따라가기로 했다.

노파의 집은 그로부터 걸어서 5분 정도 거리에 있는 낡은 연립주택이었다. 문패가 걸려 있지 않았기 때문에 이름은 알 수 없었다. 방 2개에 부엌이 딸린 조그만 집이다.

노파는 거실로 쓰는 것 같은 방으로 나를 안내한 뒤, 음식 준비를 시작했다.

나는 딱히 할 게 없어서 방을 둘러보는데 작은 제단이 눈에 들어왔다. 두 개의 영정 사진이 놓여있었다. 하나는 20대 후반 정도의 남자 것이고, 또 하나는 교복을 입은 여자아이의 것이었다.

잠시 시간이 흐르자 맛있는 카레 냄새가 감돌았다.

"많이 만들었으니 사양하지 말고 들고 가요."

배가 고팠던 나는 눈앞의 음식을 허겁지겁 입으로 가져갔다. 노파를 보니, 급하게 음식을 먹는 나를 흐뭇한 듯 쳐다보며 식사를 하고 있었다.

"잘 먹었습니다."

나는 밥을 다 먹자마자 자리에서 일어났다.

"좀 더 쉬다가 가요. 공교롭게도 오늘 술 종류는 없지만, 과자랑 과일이라면 있으니까."

노파가 나를 올려다보며 붙들었다.

"얻어먹고 나서 이런 말 하는 게 좀 뭣하지만 말이야, 동정이나 죄책감 때문이더라도 낯선 사람을 집에 들이는 건 위험한 일이야."

오랜만에 맛있는 밥을 먹게 해 준 데 대한 인사 치고는 부족했지만, 나는 그런 충고를 했다.

"별로 위험할 것도 없어요. 나나 이 집을 보면 알겠지만 훔쳐 갈 만한 것도 없고요. 단지 오랜만에 누군가와 함께 식사를 하고 싶었던 것뿐이에요. 이런 늙은이랑 같이 식사 해 줘서 고마워요."

"나도 다른 사람이랑 같이 식사한 건 오랜만이야."

내 얼굴을 보면 다들 식욕이 싹 사라진다고 생각한다는 걸 잘 알고 있었기 때문에, 난 원래 다른 사람과 함께 식사를 하는 일이 거의 없었다.

"아직 자기소개도 안 했네. 나는 사카모토 노부코라고 해요. 당신은?"

"다카토 후미야."

노부코가 자아내는 따뜻한 분위기에 끌려 나도 자리를 고쳐 앉았다.

"몇 살이에요?"

"27살."

"그래요…? 이 근처에 사나요?"

"뭐, 이 근처에 있다고 하면 그렇게 볼 수도 있지 않을까? 그런데 집은 없어."

내 대답에 노부코는 고개를 갸웃했다.

"노숙자라고 말하면 알아 들으려나?"

"그렇게 젊은데 어쩌다…?"

"이 얼굴을 보면 알잖아. 날 고용해 주는 곳 따윈 어디에도 없어."

그렇게 말하자, 노부코의 표정이 좀 어색해졌다.

"가족은요?"

"없어."

노부코는 그 이상 할 말이 없었는지 입을 다물었다.

"당신이 나한테 말을 걸기 직전에 거기서 뛰어내려 죽어 버릴까 생각하던 참이었어. 모든 일에 절망하고 있었으니까. 그 마음이 완전히 사라진 건 아니지만 적어도 오늘 밤은 살아있길 잘했네. 오랜만에 맛있는 밥을 먹을 수 있었으니까."

"절대 죽으면 안 돼요. 정말 간절히 살고 싶었는데도 죽어버리고 만 사람들을 위해서라도, 스스로 죽으려는 생각은 절대로 하면 안 돼요."

노부코는 단호한 말투로 그렇게 말하더니, 제단을 쳐다보았다. 순간 그 눈에서 흘러넘치는 눈물을 보고 나는 당황하지 않을 수 없었다.

"저 여자아이는?" 나는 영정사진을 보며 물었다.

"딸이에요."

그 대답이 좀 의외였다. 노부코는 70대로 보인다. 그 사진으로 봐서는, 그리 오래 전에 찍은 것처럼 느껴지지는 않았다. 조금 전까지는 손녀일 거라고 생각하고 있었다.

"남자 쪽은?"

"내 남편이에요."

그것도 의외의 대답이었다.

"결혼하고 3년 뒤에 교통사고로 죽고 말았어요. 그 후로 딸 유키코와 둘이서 생활해 왔어요."

"딸은 병이나 그런 걸로?"

내가 묻자, 노부코가 몇 번이나 고개를 옆으로 저었다.

"살해당했어요."

그렇게 말하는 노부코의 눈을 보고 온몸에 소름이 돋았

다. 나를 쳐다보는 그 눈빛 속에 가늠할 수 없을 정도의 크나큰 복수심과 원한이 느껴졌다.

"살해당했다고?"

"유키코가 17살 때…."

노부코는 그 뒤로 딸이 살해당한 사건을 더듬더듬 이야기했다.

그때로부터 다시 16년 전 5월, 고등학교에서 하굣길에 오른 것을 마지막으로 유키코는 행방불명되었다고 한다. 밤이 늦었는데도 귀가하지 않는 유키코가 걱정이 되어 노부코는 경찰서로 뛰어갔지만, 놀고 있거나 일시적인 가출이 아니겠느냐며 진지하게 상대해주지 않았다고 했다. 하지만 다음 날이 되어도 유키코는 돌아오지 않았다. 친구들에게 이것저것 물어보아도 유키코가 있을 만한 곳을 알 수 없었고, 가출을 할 만한 이유도 짚이는 것이 없었다. 그다음 날이 되어서야 경찰도 범죄 사건에 연루되었을 가능성이 있다고 보고 본격적으로 수색에 나섰지만 유키코의 소재는 여전히 오리무중이었다.

유키코가 엄마 곁으로 돌아온 것은 행방불명된 지 2주가 지난 후였다. 숲에 방치되어 있던 캐리어 안에서 여러 조각으로 토막 난 여성의 변사체가 발견되었고, 그것이 유키코라고 판명 났다.

사체가 발견되고 5일 후에 범인이 체포되었다.

근처에 살고 있던 가도쿠라 도시미츠와 이이야마 켄지라는 스무 살의 무직 남성들이다. 가도쿠라와 이이야마는 초등학교 때부터 어울려 다니며 동네에서도 품행이 좋지 않기로 유명했던 모양이다.

두 사람은 차로 유키코를 납치해, 가도쿠라가 이전에 근무했던 창고로 데려갔다. 둘은 그 창고를 소유한 회사가 1년 전에 부도가 나 당분간 그곳에 출입할 사람이 없을 거라 예상했다고 진술했다.

창고에 감금한 열흘 동안, 두 사람은 유키코에게 도저히 형언할 수 없는 능욕을 가한 뒤, 자신들의 범행이 발각될 것을 우려해 유키코를 목 졸라 살해했다. 그리고 사체를 절단해 캐리어에 넣어 인기척이 없는 숲에 유기했다는 것이다.

노부코가 제단 옆에 있는 장롱 서랍을 열었다. 안에서 클리어 파일 하나를 집어서 내게 내밀었다. 펼쳐 보니 사건에 관한 각종 기사가 스크랩되어 있다. 그중 하나에는 노부코의 사진도 실려 있었다. 범인들에게 무기징역을 내린 확정판결에 대해 노부코가 쓴 기고문이었다.

기고문 속에서 노부코는 그들이 그토록 극악무도한 죄를 저질렀음에도 불구하고 사형에 처해지지 않는 것은 도저히 납득할 수 없다고, 매섭고 준엄하게 유족으로서의 감정을 강변하고 있었다.

지금과는 아예 다른 사람처럼 느껴질 정도로 오래전 젊은 시절의 사진 같았지만, 막상 날짜를 보니 10년 정도밖에 지나지 않았다.

새하얀 머리칼과 생기가 거의 없는 완전히 야윈 얼굴을 보고 70대 후반 정도로 생각했지만, 눈앞의 노부코는 아직 55살이었다.

딸이 살해당한 뒤 노부코가 어떤 나날을 보냈을지 무심코 떠올리자, 억누를 수 없는 답답함이 나를 덮쳐왔다.

어느새 밖에서 빗방울 소리가 들렸다. 유키코의 원통함이 기가 막힌 타이밍에 하늘을 그렇게 만든 것이 아닐까 생각하니, 등골이 서늘했다.

"슬슬 일어나겠습니다."

나는 그렇게 말하고 일어섰다.

"비가 오네요. 괜찮다면 이 방에서 자고 가도 돼요."

모처럼 만의 따뜻한 배려였지만 나는 거절했다. 물론 쏟아지는 빗방울 속에서 노숙을 하는 것은 고된 일일 테지만, 유키코의 영정 사진이 있는 방에서 자는 것은 그 이상으로 망설여졌다.

"또 놀러 와요."

그 말에 나는 일단 고개를 끄덕였지만, 마음속으로는 이제 올 일은 없을 거라고 생각했다.

노부코에게 악감정이 있는 것은 아니다. 하지만 그녀 안에서 활활 타오르고 있는 범인에 대한 증오의 감정이 나까지 다 태워버릴 것 같아서 두려웠다.

하지만 그런 생각도 잠시 뿐, 나는 그 이후에도 몇 차례 노부코의 집을 찾아갔다. 허기와 피로감, 그리고 누군가가 날 노리고 있다는 극도의 긴장감을 도저히 견딜 수 없었던 것이다.

노부코와 함께 음식을 만들거나 시시한 잡담을 하며 식사를 할 때만이 심장을 옥죄는 듯한 공포감에서 해방되는 유일한 시간이었다.

며칠 만에 마카베에게 연락한 나는 사태가 더 악화되었음을 알게 되었다.

추격자들은 나를 찾느라 혈안이 되어 있었다. 도쿄 일대에 있으면 붙잡히는 건 시간문제일 거라고 마카베는 충고했다.

하지만 도망친다고 해도 딱히 갈 만한 곳도 없었다. 무엇보다 수중에 있던 돈이 다 떨어졌다.

나는 조금이라도 돈을 빌려줄 수 없는지 부탁하기 위해 노부코의 집에 갔다.

"무슨 일이에요?"

내 얼굴을 보자마자 노부코는 내 신변에 생긴 변화를 감지했다.

나는 당장 이 지역을 떠나야 해서 마지막 인사를 하러 왔다고 말하고, 가능하다면 조금이라도 좋으니 돈을 빌려달라고 부탁했다.

노부코는 나를 거실로 들이고 사정을 물어왔다.

나는 거짓을 섞어가면서 현재의 어려운 상황을 설명했다.

부모가 야쿠자에게 큰돈을 빌리고 도망쳐 버려서 내가 대신 갚아야 하는 상황이라고 말했다. 그런데 빚을 갚지 못하면 장기를 떼어내 가겠다고 협박당해, 너무 두려운 나머지 그 자리에 있었던 야쿠자를 다치게 하고 도망쳤다고. 만약 그 야쿠자에게 붙잡히면 장기를 빼앗기는 것만으로 끝날 리 없고, 살해당할지도 모르기 때문에 당장 도망쳐야 한다고 호소했다.

내 얘기를 들은 노부코는 어안이 벙벙해진 모양이었다. 자신이 몸담고 있는 현실과 완전히 동떨어진 이야기라고 느낀 것이리라. 하지만 다음 순간 냉정함을 되찾은 듯 내게 물어왔다.

"도망친다 해도 어디로 갈 곳은 있어요?"

나는 모르겠다고 고개를 옆으로 저었다.

"일단 10만 엔 정도라면 못 빌려줄 것도 없지만…. 그걸로 그 사람들로부터 완전히 벗어날 수 있겠어요?"

나는 다시 고개를 옆으로 저었다.

"그놈들이 내 신원을 알고 있으니까 현재의 호적을 쓰는 한 언젠가는 내가 있는 곳이 발각되고 말 거야. 호적이 없는 인간으로 평생 살든가, 새 호적을 손에 넣어 다른 사람으로 살아갈 수밖에…. 하지만 이 얼굴로는 언젠가 그놈들 눈에 띄고 말 거야. 전혀 다른 사람으로 살아가려면 상당한 돈이 들 테고. 그런 돈은 어디에도…."

"어느 정도 드나요?"

노부코가 물어왔다.

"모르겠어…. 하지만…. 오백만 엔은 들지 않을까."

내가 대답하자 노부코의 입에서 탄식이 흘러나왔다.

"일단 10만 엔이라도 빌려주면, 지금의 나한테는 너무나…."

내가 머리 숙여 부탁하려 하자, 노부코가 "잠깐"하고 나를 가로막으며 말했다.

"만약…, 만약에…, 내 부탁을 들어준다면…."

노부코는 머뭇거리며 거기서 말을 끊었다.

"만약…, 부탁을 들어주면?"

나는 몸을 앞으로 내밀고 다음을 재촉했다.

"만약…, 내 부탁을 들어준다고 약속만 해 준다면, 당신을 위해 그 돈을 마련해 줄게요."

그렇게 말한 노부코의 입술이 미세하게 떨리고 있다.

"정말로…, 정말 그렇게 큰돈을 내게 준다는 거야? 아니, 대체 뭘 하면 되는 거야? 내가 할 수 있는 일이라면 뭐든지 할게!"

나는 노부코의 말에 필사적으로 매달렸다.

노부코는 가만히 나를 쳐다보며 다음 말을 해야 할지 망설이는 것처럼 보였지만, 마침내 결심한 듯 입술을 지그시 다물었다가 천천히 입을 열었다.

"그놈들이 사회로 나오면…, 나 대신 유키코의 복수를 해 줘요."

노부코의 말을 듣고, 나는 숨죽이지 않을 수 없었다.

'유키코의 복수를 해 줘요.'

나는 머릿속으로 그 의미를 반추하면서 노부코를 쳐다보았다. 노부코도 가만히 나를 바라보았다.

"그놈들이 교도소에서 나오면 복수를 해줬으면 좋겠어요. 언젠가 그 일을 하겠다고 약속해 준다면 당신을 도와줄게요."

노부코는 내게 시선을 고정한 채 말했다.

나를 도와주겠다는 말에 당장이라도 매달리고 싶었지

만, 나는 끄덕이기를 주저했다.

"복수를 한다니 대체 어떤…?"

나는 말을 쥐어짰다.

"유키코는 그 놈들에게 온갖 능욕을 당하고 살해당했어요. 유키코를 그렇게 만든 놈들에 대한 제대로 된 복수는 죽음 말고는 없잖아요."

그 말에, 나는 격하게 동요하지 않을 수 없었다.

"유키코는 열흘 동안 창고에 감금되어 있었어요. 식사도 제대로 못 하고, 완전히 발가벗겨진 채로 쇠사슬에 묶여 움직이지도 못하는 상황에서…. 매일 매일 그놈들에게 능욕당하고, 희롱감이 되었어요. 유키코에게는 그 1분, 1초가 지옥이었을 거예요. 말로는 도저히 표현할 수 없는 지독한 고통을 겪은 끝에 살해당했어요. 그때 유키코가 느꼈을 절망을 상상하면 나는 미쳐버릴 것 같아요. 유키코를 죽인 그놈들이 지금도 살아서 내가 마시는 공기와 같은 공기를 마시고 있다는 생각만 해도 미쳐버릴 것 같다고요! 하지만…, 지금의 나는 교도소에 들어가 있는 그놈들을 죽일 수가 없잖아요!"

저주로 가득 찬 노부코의 눈망울을 보니, 가슴이 미어지는 것 같은 답답함이 나를 덮쳐왔다.

"그놈들이 교도소에서 나오면…, 나더러 죽이라는 거야?"

내가 묻자 노부코는 주저하면서 끄덕였다.

"사실은 내 손으로 죽여 버리고 싶어요. 내가 생각할 수 있는 가장 잔학한 방법으로."

"그런 짓을 하면 경찰에 붙잡히고 말아. 게다가 사람 두 명을 죽이면, 그 사람은 사형당할 가능성이 높아."

"상관없어. 유키코의 원수를 갚을 수만 있다면 사형당해도 좋아요. 하지만…, 내게는 이제 시간이 없어요."

노부코가 분노에 찬 듯 입술을 깨물며 고개를 숙였다.

"시간이 없다고?"

의미를 알지 못해 다시 묻자 노부코가 얼굴을 들었다.

"3개월 전에 암으로 시한부 판정을 받았어요."

"암?"

나는 놀라 되물었다.

"네에. 자궁암 말기로 여생이 그렇게 길지는 않을 거라고…."

노부코는 분명 실제 나이를 알고 나면 놀랄 정도로 허약하고 야위어 있었다. 그 이유가 딸의 신변에 일어난 무시무시한 사건 때문이라고 짐작했는데, 그것만은 아니었던 모양이다.

"그렇구나…."

다른 말이 생각나지 않았다.

"죽는 건 조금도 두렵지 않아요. 오히려 쓸데없이 오래 살아버렸다고 생각할 정도야. 남편은 20대 후반에 죽고, 외동딸은…. 그런데도 나 혼자 왜 이렇게 살아있는 걸까 나를 탓하기도 했어요. 유키코를 대신해 복수해 주고 싶었어. 17살의 유키코는 미래가 창창한 소녀였는데…."

나는 눈앞에서 오열하는 노부코를 그저 바라보고 있을 수밖에 없었다.

"몇 번이나 죽어버릴까 생각했어요. 이런 세상 더 살아봤자 소용없다고. 그런 심한 짓을 한 놈들에게 올바른 형벌이 내려지지 않는 세상과 사법 현실에 대해, 정말이지 절망했으니까. 1심에서 그 놈들에게 무기징역이 선고됐을 때, 나는 충격을 받은 나머지 법원 앞에서 분신자살을 할까도 생각했어요."

"분신자살이라니…."

나는 섬뜩해서 중얼거렸다.

노부코가 얼굴을 들고 내 눈을 바라보았다. 눈이 새빨갛게 충혈되어 있었다.

"내 목숨과 바꿔서라도 그놈들과 그놈들을 제대로 벌하지 않던 사람들에게, 절대로 풀 수 없는 저주를 걸어줄 수 있을까 싶어서…."

노부코의 눈을 쳐다보는 동안, 그녀가 품은 원통함의 불꽃 속으로 나도 끌려 들어가 버릴 것 같았다.

"하지만 그런 일은 의미 없다고 다시 생각했어요. 내가 그렇게 죽는다 해도 그놈들은 태평하게 살아갈 뿐일 테니까요. 그렇게는 두지 않을 거야! 그놈들을 사형대에 보내기 위해 나는 살아야 한다고 맹세했어요. 그 사명을 다하기 위해 내게 남은 인생을 바칠 각오로 살아왔어요. 그런데도…."

결국 유키코를 죽인 남자들은 대법원에서 무기징역이 확정되었다고 한다.

"사법당국이 그놈들에게 그들이 범한 죄에 상응하는 형벌을 가하지 않는다면 내 손으로 그것을 해내자고 생각했어요. 그런데, 난 놈들이 교도소에서 나올 때까지 살 수가 없어요. 이제 곧 남편과 딸을 만날 수 있다고 생각하면 죽음의 공포는 누그러지지만 이대로는 못 죽어요. 이대로 죽어버리면, 천국에서 유키코와 재회해도 도저히 얼굴을 마주할 자신이 없어요. 나는 유키코의 원수를 갚아줄 수가 없어요. 이승에서 유키코의 원통함을 풀어줄 수가 없어요. 부탁입니다. 부디 나 대신 유키코의 한을 풀어주세요."

노부코가 머리를 숙이고 간청했다.

"당신의 원통함은 이해하지만 그렇다고 해서 이런 일을 남에게까지 부탁하는 건…."

"알아요!"

내 말을 자르며 노부코가 외쳤다.

"이런 부탁을 입에 담는 걸 보면 나는 이미 실성한 사람이겠죠. 그런 것쯤은 잘 알고 있어요. 하지만 이런 말은 당신에게 밖에 안 했어요. 신변의 위험을 느끼고 곤란한 처지에 놓인 당신에게 이런 조건을 내거는 나 자신이 밉긴 하지만…. 하지만…, 그것 말고는 딸의 원통함을 풀어줄 방법이 없어요."

"미안하지만 그런 일은 도와줄 수 없어. 당신에게 다소 은혜를 입은 것은 알지만…. 그런 약속을 할 수는 없어."

더 이상 노부코의 말을 듣고 있을 수 없어서 나는 자리를 박차고 일어섰다.

"앞으로 어쩔 생각인가요?"

노부코가 물었지만 나는 대답하지 못했다.

"좀 전의 이야기대로라면, 당신은 지금 상당히 위험한 상황에 처해 있어요. 그 사람들로부터 완전히 벗어날 수 있겠어요?"

오직 이 자리를 떠나고 싶다는 마음으로 일어섰지만, 노부코의 말로 인해 나는 다시 절박한 현실로 되돌아왔다.

"그 사람들한테 붙잡히면 당신은 살 수 있어요?"

노부코가 재차 물어왔다.

아마도 힘들 것이다. 그들에게 붙잡히면, 나는 틀림없이 살해당한다.

"새 호적을 구하고 성형수술을 받는 데 오백만 엔 정도 필요하다고 했지요? 지금 내게는 그 정도의 돈이 은행 통장에 있어요."

대답이 없는 것이 내 나름의 대답이라고 헤아린 노부코는 그렇게 말하며 고개를 끄덕였다.

"지금 나는 몸 상태가 이래서 일을 하지 못해요. 아마도 이제 일하는 건 어렵겠지요. 그러니까, 이게 내 전 재산인 거예요. 편안한 죽음을 맞기 위해 의료기관에 쓸 요량으로 모아둔 소중한 돈이니까, 이 돈을 당신에게 조건 없이 내놓을 수는 없어요."

"내가 그 약속을 지키겠다면 그 돈을 내놓아도 좋다는 거야?"

"네. 당신이 정말로 약속을 지켜준다면, 나는 괴로움에 몸부림치며 길바닥 어디선가 죽어도 상관없어요."

노부코가 결연히 말했다.

그 돈을 손에 넣으면, 야쿠자들의 손에서 도망칠 수 있지 않을까? 새 호적을 손에 넣고, 얼굴을 성형하고, 완전히 새로운 인간으로 다시 태어나—.

"망설일 게 뭐가 있어요?"

노부코의 목소리에 다시금 제정신이 들었다.

"당신은 여기를 나가면 오늘 당장 살해당할지도 모르잖아요. 나랑 약속하면 앞으로도 계속 살아갈 수 있어요."

"그야 물론 나도 살고 싶어!"

나는 노부코를 노려보며 내뱉었다.

"하지만 사람을 죽인다는 약속을 할 수는 없잖아!"

"죽는 것보다는 낫잖아!"

노부코의 날카로운 말투에, 나는 흠칫 놀라 물러섰다.

당장이라도 무너져버릴 것 같은 허약한 몸 속 어디에, 나를 이리도 떨게 할 정도의 힘이 남아 있는 건지 신기했다.

"그놈들은 죽어도 싼 짓을 유키코에게 했어. 그놈들을 죽인다 해도, 아무런 죄책감을 가질 필요가 없어요. 당신은 옳은 일을 한 거니까."

"죄책감을 느끼고 말고에 대해 운운하는 게 아니야. 그놈들을 죽이면 나는 새로운 죄를 짓게 되는 거라고."

나는 정신을 차리고 응수했다.

"그놈들을 죽인다 해도 당신은 경찰에 잡히지 않아."

"무슨 뜻이야?"

나는 의아한 표정으로 노부코를 쳐다보았다.

"당신과 나는 관계가 전혀 없으니까."

"관계가 없다?"

"그래요. 가족도 친척도 아니니까. 회사 동료도 친구도 아니죠. 나와의 접점은 아무것도 없어요. 나와 이렇게 얘기하고 있는 것도 아무도 몰라요. 그놈들이 살해당하면, 경찰은 분명 유키코의 가족이나 관계자가 범인이라고 생각하겠죠. 유키코가 살해당한 것에 대한 복수로 그자들을 죽인 거라고. 하지만 그 무렵에 나는 이미 이 세상에 없을 거예요. 내게도 남편에게도 가족은 없어요. 아무리 수사를 한들 나 대신 유키코를 위해 복수해 줄 만한 친척도 친한 친구도 찾지 못할 거예요. 사건은 미제로 끝날 뿐. 물론 현행범으로 붙잡히지 않도록 세심한 주의를 기울여야겠죠. 증거를 남겨서도 안 되고요."

노부코의 말이 살인이라는 죄에 대한 허들을 확실히 낮춰주었다.

그래도 나는 노부코와 약속하기를 주저하며, 시선을 딴 데로 돌렸다.

"나를…, 어처구니없는 인간이라고 생각하겠죠?"

나는 다시 노부코를 보았다.

"남의 약점이나 파고들어 이런 일을 제안하는 악랄한 인간이라고."

"그러네." 나는 본심을 말했다.

"어떻게 생각하든 좋아요. 유키코의 원통함을 풀기 위해서라면 나는 귀신이나 악마라도 될 거니까."

노부코의 눈을 보자, 등줄기에서 식은땀이 흘렀다.

"생각할 시간을 좀 줘."

나는 그렇게 말하고 집에서 나가려고 문으로 향했다.

"한동안 여기 있는 편이 좋지 않을까요?"

노부코의 말에 나는 발길을 멈추고 돌아보았다.

"밖에 있는 건 위험하잖아요. 마음을 정할 때까지 여기에 있어요."

"여기서 신세를 진다해도, 내가 당신과 약속을 할 거라고 장담하지는 못해. 그래도 좋은 거야?"

"애당초 쉽게 들어줄 거라는 생각은 안 했어요. 오히려 이런 일을 선뜻 약속할 수 있는 사람이라면 신뢰하지 못하겠죠. 차분히 생각해보고, 그래도 약속할 수 없다면 그때는 나가 줘요."

노부코는 그렇게 말하더니 일어나서 옆방으로 들어갔다. 그리고 이불을 가져와 제단 앞에 깔았다.

나는 좀처럼 잠들지 못했다.

이러고 있는 동안에도 나를 쫓는 녀석들이 내 코앞까지 와 있는 건 아닐까 불안했다. 이 집에서 나서는 순간 붙잡히고 마는 것은 아닐까? 그렇게 되면 나는 어떤 끔찍한 짓을 당하게 될까?

설사 추격자의 눈을 피해 도쿄 일대에서 벗어난다고 해도 이대로는 미래 따윈 없으리라.

내 이름을 밝히지도 못하고, 정착할 곳과 일자리도 얻지 못한 채, 남의 시선을 두려워하며 계속 도망치며 살 수밖에 없다.

나는 앞으로 어떻게 살아가면 좋을까? 아니, 애초에 앞으로 얼마나 살 수 있는 것일까?

그런 생각을 하면 불안해서 잠들 수가 없었다.

그것과 동시에 노부코가 내민 제안이 줄곧 머릿속을 뛰어다녔다.

유키코를 잔혹하게 살해한 두 남자를 죽이겠다고 약속하면, 노부코는 내게 오백만 엔을 준다고 했다. 그 돈이면 이 궁지에서 벗어날 수 있을 것이다.

두 남자가 언제 교도소에서 출소하는지는 알 수 없다. 그것이 5년 후일지, 10년 후일지, 아니면 더 훗날의 일일지는 알 수 없지만, 적어도 그때까지는 평온한 시간을 손에 넣을 수 있으리라.

나는 잠자리에서 일어나 거실 불을 켰다. 장롱 서랍을 열고 클리어 파일을 집어 든 채, 한 장 한 장 넘겨가며 사건에 관한 기사를 읽어갔다.

왜 그랬는지 나도 이해하기 힘들었다. 어쩌면 그자들이 유키코에게 무슨 짓을 했는지 앎으로써, 그들이 죽어 마땅한 사람들이라는 명분을 찾고 싶었는지도 모르겠다.

난 그때까지 여러 악행에 손대왔다. 그런 내가 봐도 그자들이 유키코에게 한 짓은 욕지기를 불러일으킬 만큼 잔혹한 것이었다.

정말이지 짐승만도 못한 짓.

사건을 다시 곱씹어 보면서, 나도 재판장이 판결문에서 늘어놓은 판결 이유에 공감했다.

그자들은 강간을 목적으로 유키코를 자동차로 납치해, 예전에 일하던 창고에 감금했다. 유키코를 능욕하고 욕망을 채운 후에도, 자신들의 범행이 드러날 것을 우려해 그녀를 놓아주지 않았다. 유키코는 사슬에 묶여 꼼짝도 못하는 상태로 열흘간을 지내게 된다.

처음 그자들은 자신들의 성욕을 채우고 나서 범행이 발각될 것을 우려해 유키코를 데리고 있었지만, 그 자리에서 대소변을 볼 수밖에 없는 유키코의 모습에 성적인 흥미는 사라져버린 것 같다. 그 뒤로 유키코는 남자들의 울분을 푸는 도구로 전락하고 말았다.

남자들은 유키코가 도망치는지 살피기 위해 하루에도 수차례 창고에 들러, 그녀의 자존심을 짓밟는 폭언과 폭행을 일삼았다.

유키코는 식사도 제대로 하지 못했고 거듭되는 폭행으로 인해 급격히 쇠약해져 갔다. 그자들은 유키코가 빨리 죽여 달라고 부탁해서 목을 졸랐다고 진술했다고 한다.

유키코는 얼마나 큰 절망감을 끌어안은 채 죽어갔을까?

자신을 빨리 죽여 달라고 간청할 정도의 절망감을 떠올리려고 하자, 억제할 수 없는 통증이 가슴을 덮쳐왔다.

그것은 유키코라는 여성의 원통함과 그녀에 대한 연민을 생각했기 때문만은 아니었다. 어쩌면 나 자신도 그리 머지 않은 시일 내에 그녀와 같은 절망을 품게 될지도 모른다는 공포감이 온몸을 뒤덮었기 때문이었다.

어떻게든 이 궁지에서 벗어나야 한다.

나는 클리어 파일을 덮고 필사적으로 그 방법을 궁리했다.

노부코에게는 오백만 엔의 은행 잔고가 있다고 한다. 어떻게든 그 돈만 손에 넣을 수는 없을까?

간단한 일이다. 이 자리에서 노부코를 결박하고 현금카드를 빼앗아 비밀번호를 알아내면 된다. 그렇게 하면 나는 살 수 있다.

하지만 그러기에는 깊은 망설임이 있었다.

그 돈은 말기 암인 노부코가 편안한 죽음을 맞기 위해 모아둔 돈이다. 그것을 힘으로 빼앗는다는 것은, 그녀를 죽이는 것과 다르지 않은 비열한 행위임에 틀림없었다.

클리어 파일을 넣으려다 서랍 안으로 다시 눈길이 갔다. 엽서 다발이 들어 있었다. 호기심에 이끌려 그것을 집어 들었다.

나는 수신인과 발신인의 이름을 보고 고개를 갸웃했다.

수신인은 '고모리 츠토무'라는 이름이었고, 발신인은 범인 중 한 명인 가도쿠라 도시미츠였다. 발신인 주소를 보니 교도소에서 보낸 것 같았다. 다른 엽서를 보니 가도쿠라만이 아니라 이이야마 켄지가 보낸 엽서도 있었다. 가도쿠라가 있는 교도소와는 다른 교도소에서 보낸 것이었다.

엽서 내용은 전부 시시한 것들이었다. 간단한 잡담이거나 빨리 이런 곳에서 나가고 싶다는 교도소 생활에 대한 푸념이 대부분이었다.

읽어 내려가는 동안 추측해보니, 아무래도 수신인인 고모리 츠토무라는 인물은 가도쿠라와 이이야마의 초등학교 동창인 것 같았다. 하지만 유키코를 죽인 범인이 자신들의 초등학교 동창에게 보낸 엽서들을 어떻게 노부코가 가지고 있을 수 있는 건지 상당히 의아했다.

엽서 다발을 얼추 읽어봤지만 거기에는 사건에 대한 일말의 반성도, 피해자에 대한 일말의 속죄도 전혀 쓰여 있지 않았다.

약속해주면 되지 않을까―?

엽서와 클리어 파일을 서랍 속에 되돌려 놓음과 동시에 간명한 결론이 도출되었다.

노부코는 그리 멀지 않은 시일 내에 죽고 만다. 내가 그 약속을 지킬지 여부는 시한부인 노부코로서 알 도리가 없다. 이것은 나와 노부코만이 알고 있는 약속이다.

노부코가 말하지 않았던가. 나와 이런 얘기를 하고 있는 것은 아무도 모른다고.

그녀가 나와 이런 약속을 한 것을 누군가에게 얘기할 것 같지는 않다. 모든 것은 나와 노부코 둘만의 약속인 것이다. 문득 유키코의 영정 사진이 눈에 들어왔다. 이쪽을 향하고 있는 유키코의 눈빛이 나의 죄책감을 자극했다.

이게 노부코를 위하는 길이야―.

나는 영정 사진 속 유키코를 향해 마음속으로 호소했다.

이대로는 노부코에게 편안한 죽음 따윈 없다. 유키코의 원통함을 풀어준다고 약속하면, 노부코는 틀림없이 편안한 죽음을 맞이할 수 있을 것이다. 설사 약속이 지켜지지 않았다고 해도, 적어도 노부코는 이 세상에 미련 없이 죽음을 맞을 수 있는 것이다.

그것이, 나와 노부코를 동시에 구하는 길이라고 마음속으로 나를 타일렀다.

다음 날 아침, 나는 잠자리에서 일어나 부엌에서 아침 식사 준비를 하고 있는 노부코 곁으로 갔다.

"밤새 생각하고 결심했어."

내가 그렇게 말하자 노부코는 갑자기 정신이 튕겨져 나간 듯한 표정으로 바뀌었다.

"결심했다니…? 그놈들을…?"

나는 끄덕였다.

"그놈들이 교도소에서 나오면 따님의 복수를 해 줄게."

"정말인가요?"

눈물을 글썽이는 노부코에게 나는 다시 한 번 끄덕였다.

"돈은 바로 준비해줄 수 있는 건가?"

내가 묻자 노부코는 앞치마로 눈물을 닦으며 끄덕였다.

"집 전화 좀 써도 될까?"

나는 노부코의 허락을 얻어 전화기로 향했다. 마카베에게 전화를 걸자 자동응답기로 넘어갔다. 나는 응답기에 돈을 준비할 수 있을 것 같으니 어떻게든 새로운 호적을 구하고 싶다는 메시지를 남기고 전화를 끊었다.

오후에 다시 마카베에게 전화를 걸자 이번에는 받았다. 마카베는 가능한 한 빨리 새 호적을 준비해보겠다면서도 최소 이틀은 걸린다고 했다. 금액은 이백만 엔이었다.

이틀 후 같은 시간에 전화하겠다고 말하고 나는 전화를 끊었다.

그로부터 이틀 동안은 마음이 무거워지는 시간이었다. 하루의 대부분을 노부코와 마주하며 지내야 했고, 유키코의 추억 얘기를 엄청 들어야 했기 때문이다.

약속을 지킬 생각이 없다는 죄책감을 마음속 깊이 밀어넣으며, 노부코의 이야기를 잠자코 들었다. 그 이틀 동안 내가 유키코의 가족인가 싶을 정도로 그녀의 17년간의 인생이 내 머릿속에 주입되었다.

이틀 후, 마카베에게 연락하니 새 호적을 구했다고 했다. 마카베가 이쪽으로 온다기에, 노부코와 만났던 구름다리에서 보기로 하고 전화를 끊었다.

방으로 돌아온 노부코가 내게 봉투를 내밀었다. 안을 확인해 보니 지폐 다발이 들어 있다. 하지만 아무리 봐도 오백만 엔이라기에는 부족해 보였다.

"나머지 돈은 새 호적을 확인하고 나서 줄게요."

내 생각을 읽기라도 한 것처럼 노부코가 말했다.

"호적을 확인하고 나서라니…, 왜?" 나는 의아하다는 표정으로 노부코에게 물었다.

"나는 당신이 약속을 지켜줄 거라고 믿고 있어요. 하지만 약속을 지키지 않을 가능성이 없는 건 아니야. 당신이 어떤 인물로 바뀌는지 알고 나서 성형수술 할 돈을 건넬 거예요."

노부코의 말에 나는 당황했다. 약속을 지킬 생각이 없다는 내 생각을 꿰뚫어 보고 있는 것 같았기 때문이다.

"새 호적을 손에 넣으면 바로 도쿄 일대에서 도망쳐요. 가능한 한 멀리. 호적을 살 돈 외에 50만 엔이 더 들어 있어요. 그걸로 어딘가에 집을 얻어요. 싼 원룸이라도 상관없고 이 일을 들키지만 않는다면 다른 누군가와 동거를 해도 상관없어요. 그리고선 주민등록을 옮기고 면허를 따요."

"면허?"

"오토바이 면허라면 조금만 준비해도 금방 딸 수 있겠지요. 거기까지 하면 내게 연락해요. 당신을 찾아가서 면허증을 확인하면 나머지 돈을 줄게요."

"그럼…, 이 얼굴 그대로 면허증 사진을 찍으라는 거야?"

모처럼이니 나로서는 얼굴을 성형하고 면허를 따고 싶었다.

"면허증을 갱신할 때 성형했다고 하면 되잖아요. 얼굴이 바뀌었다고 다른 사람은 아니니까. 다시 말해두지만, 가급적 빨리 해 줘요. 내 몸이 언제까지 내 뜻대로 움직일지 알 수 없으니까."

나는 어안이 벙벙한 채로 노부코의 이야기를 듣고 있었다.

"자, 빨리요!"

나는 노부코에게 떠밀리는 듯 집에서 나와 구름다리로
향했다.

구름다리 밑을 통과하는 전동차의 굉음에 나는 제정신
을 차렸다.

손목시계를 보니 3시를 지나고 있었다. 슬슬 가지 않으
면 가게 오픈 시간에 늦고 말 것이다.

나는 그 자리에서 작은 한숨을 쉬고 무거운 발걸음을
내디뎠다.

구름다리를 건너 역으로 가는 동안에도, 16년 전의 기억
이 끊임없이 넘쳐흘렀다. 그때 구름다리로 가니 약속대로
마카베가 찾아왔다. 나 나름대로 경계심을 안고 갔었는데,
다행히 마카베는 혼자였다.

마카베는 내가 내민 봉투 속의 돈을 확인하자, 가슴팍
에서 호적등본을 꺼냈다.

성명 란에는 '무카이 사토시'라고 쓰여 있다. 생년월일을
보니 나보다 2살 연상이었다.

"비교적 깔끔한 호적이야. 부모님은 벌써 돌아가셨고 형
제도 없어. 그리고 운전면허도 아직 안 땄어. 하지만 현 주
민등록지로 되어 있는 연립주택에서 야반도주를 해서 몇

년째 거기에 살고 있지 않으니까, 그곳 주민등록은 아마 말소되었을 거야. 동사무소에 가서 새로 등록을 하는 편이 좋겠지."

"이 남자는 지금 어떻게 됐어?"

"알아서 뭐하게?"

궁금한 것을 묻자 마카베는 입가를 일그러뜨리며 말했다.

"하지만 네 앞에 나타날 일 따윈 없으니까 안심해."

마카베는 그렇게 말하고 자리에서 떠나버렸다. 그 후로, 마카베와는 두 번 다시 만나지 않았다.

노부코와 다시 만난 것은 그로부터 한 달 후의 일이다.

나는 노부코의 말대로 도쿄 일대에서 가급적 멀리 떨어진 후쿠오카에서 생활하고 있었다. 후쿠오카 시내에서 싸구려 연립주택을 빌리고 오토바이 면허를 딴 뒤, 노부코에게 연락했다. 노부코는 약속대로 후쿠오카까지 나를 찾아왔다. 하지만 역에서 재회한 그녀의 모습에 가슴이 철렁 내려앉았다.

노부코는 한 달 전보다 더욱 여위어서 그 자리에 서 있는 것이 신기할 정도로 쇠약해 보였다.

후쿠오카역 근처의 찻집으로 들어가 노부코에게 면허증을 보여주었다.

"무카이 사토시. 좋은 이름이네요."

내가 어렴풋이 미소를 띠자, 그녀는 떨리는 손놀림으로 면허증에 기재된 사항을 종이에 적기 시작했다.

이름과 주소, 본적지와 생년월일을 쓰는 데만 상당히 시간이 걸렸다. 간신히 다 쓰자, 가방 속에서 봉투를 꺼내 내게 건넸다.

안을 확인하니 지난번과 비슷한 정도의 지폐 다발이 들어 있었다.

"이걸로 당신은 완전히 다른 사람으로 다시 태어날 수 있겠네요."

노부코는 그 말을 하기도 괴로운 것 같았다.

"이 돈이 없어지면, 당신은 앞으로 어떻게 할 거야?"

"걱정 말아요…. 생각했던 것보다도 빨리 갈 것 같으니까."

노부코는 그렇게 말하더니 괴로운 것처럼 얼굴을 숙였다.

"괜찮아?"

몸을 내민 순간, 노부코가 얼굴을 들고 내 쪽으로 양손을 뻗었다. 내 뺨에 양손을 대더니, 자기 쪽으로 끌어당겼다.

"약속을 지켜요. 그자들을 꼭 찾아내서…, 유키코의 원통함을 풀어줘요…."

"아, 어어…."

나를 응시하는 노부코에게 나는 작게 끄덕였다.

"만약 약속을 깬다면…. 언젠가, 당신도 나와 똑같은 괴로움에 시달리게 될 거예요. 그걸 잊지 말아요…."

그때 노부코가 보인 눈빛이 생각날 때면 지금도 등에서 식은땀이 흘렀다.

'약속을 지키지 않는다면 나는 귀신이라도, 악마라도 될 거야.'

그런 그녀의 외침이 들리는 듯했다. 노부코의 눈빛은 한없는 원한을 품은 눈빛이었다.

노부코와 헤어진 다음 날, 나는 즉시 병원을 찾아가 보았다.

레이저 치료로 멍을 지우고, 야쿠자들과 우연히 마주치더라도 알아볼 수 없게 얼굴 전체를 성형해서 완전히 다른 사람이 됐다. 27년간 계속해서 나를 괴롭혔던 얼굴은 성형수술로 겨우 평범함을 되찾았다.

거리를 걸어 다녀도 아무도 나를 쳐다보지 않았다. 마치 투명 인간이 되어버린 것 같다. 한동안 안도감인지 이질감인지 모를 야릇한 마음을 품고 살았다.

반년 정도 후쿠오카에서 생활했지만, 결국 새로운 환경에 적응하지 못하고 도쿄 일대로 다시 돌아왔다. 호적도 얼굴도 달라졌고, 새로운 사람으로 다시 태어났다는 안도감이 그런 결심을 하게 만들었는지도 모른다.

이따금 노부코를 찾아가보고 싶은 충동에 시달렸다. 노

부코가 살아있을지도 궁금했다.

내 수중에는 아직 백만 엔 가까운 돈이 남아 있었다. 아직 살아있다면, 그녀가 편안한 죽음을 맞기 위한 의료비에 보냈으면 좋겠다는 마음이 있었다.

하지만 후쿠오카에서 노부코가 한 말이 그렇게 하는 것을 단념케 했다.

앞으로 무슨 일이 있어도 자신을 찾아와서는 안 된다고, 노부코는 내게 다짐을 받았다.

노부코와 어떠한 접점을 가져버리면, 훗날 내가 가도쿠라와 이이야마를 죽였을 때 경찰의 손이 내게 미칠지도 모른다고 우려했던 것이다.

노부코는 벌써 죽었을까?

요코하마를 떠나서도 나는 쭉 그 생각을 하고 있었다.

노부코와 마지막으로 만났을 때 그녀의 모습을 고려하면, 벌써 죽었을 거라는 생각에 이르렀다. 그렇다면 노부코를 통해 나에 대해 알게 된 누군가가, 그 편지를 보내고 있다는 얘기일 것이다.

대체 누굴까?

노부코는 자기 대신 유키코의 복수를 해 줄 사람 같은 건 없다고 잘라 말했었다.

아무리 약속을 했다고 해도 살인을 강요하는 것은 엄연

한 범죄다. 이런 일에 가담할 사람이 그녀 주변에 나 말고 또 있었을 리 없다.

노부코가 혹시 살아있는 것은 아닐까?

가와고에역에 도착할 무렵에는 그런 의심이 마음속에 점점 커지고 있었다.

만약 그렇다면 노부코는 자기 손으로 유키코의 복수를 완수하려 것일까? 하지만 노부코가 살아있다면 이미 일흔 살이 넘었다. 그들을 찾아내서 죽이고 싶어도, 그럴 수 있는 몸이 아닐 것이다.

어쨌든 지금 노부코의 상태가 어떤지를 아는 것이 무엇보다도 중요하다.

노부코는 지금도 살아있을까?

만약 죽었다면, 노부코 생전의 주변 인물들 중에서 내가 받은 그 편지를 맡겨둘 만큼 그녀와 친했던 인물을 찾아내야 한다.

'만약 약속을 깬다면⋯. 언젠가, 당신도 나와 똑같은 괴로움에 시달리게 될 거예요.'

노부코가 했던 말이 떠오름과 동시에 딸 호노카의 모습이 뇌리를 스쳤다.

하지만 무슨 일이 있어도 그런 약속을 지킬 수는 없다.

문이 열리는 소리에 나는 홀 쪽으로 눈길을 돌렸다.

마에하라가 가게로 들어왔다. 몹시 기다리던 손님의 방문에 조급함을 억누르지 못하고 마에하라 쪽으로 갔다.

마에하라 바로 뒤에 젊은 여성이 따라 들어왔다. 아마도 마에하라의 일행인 듯 둘은 나란히 바에 앉았다.

"어서 오세요."

당장이라도 마에하라에게 물어보고 싶은 것이 많았지만, 일행이 있는 한 좀처럼 대화를 나누기 어려울 것 같았다. 실망한 기색이 얼굴에 드러나지 않도록 애쓰면서 나는 두 사람 앞에 칵테일 잔 받침을 놓았다.

"멋진 가게지? 마스터의 칵테일은 굉장히 맛있으니까, 사키도 주문해 봐."

마에하라가 일행인 여성을 보며 득의양양하게 말했다.

"성함이 사키 씨인가요? 처음 뵙겠습니다, 이 바의 마스터 무카이 사토시입니다. 드시고 싶은 칵테일이 있으면 말씀해 주세요."

내가 온화하게 말하자 사키는 "뭐가 좋을까?"하고 못 고르겠다는 듯 마에하라에게 물었다.

"그럼 일단 마스터에게 취향을 말하면, 잘 맞는 걸로 만들어 주실 거야. 마스터, 나는 맥주요."

나는 사키에게 좋아하는 맛을 물어 그것에 어울릴 것

같은 칵테일을 만들었다. 두 사람 앞에 술을 내놓고 대화에 방해가 되지 않도록 조금 멀리 떨어졌다. 마에하라와 사키는 술을 마시며 즐겁게 수다를 떨고 있었다.

나는 답답함을 곱씹으며, 넌지시 두 사람의 모습을 살피고 있었다.

잠시 후 사키가 자리에서 일어났다. 사키가 화장실에 가는 것을 보고 나는 마에하라에게 가까이 다가갔다.

"혹시, 여자 친구야?"

"아니에요."

내가 그렇게 묻자, 마에하라는 쑥스러운 듯 손을 저었다.

"같은 극단에 있는 애예요."

마에하라가 했다.

"어쩐지 예쁘더라."

"마스터의 칵테일이 굉장히 마음에 든 것 같아요."

"다행이네. 그런데…, 뭐 좀 물어보고 싶은 게 있어."

"뭔데요?"

마에하라는 흥미로운 것처럼 몸을 조금 내밀었다.

"사람을 찾는 방법을 전수받고 싶어."

"사람 찾기요?"

내 입에서 그런 말이 나올 줄은 전혀 예상하지 못한 듯 마에하라는 고개를 갸웃하며 되물었다.

"예전에 흥신소에서 일한 적이 있다고 했지? 그래서….."

노부코의 소식을 알고 싶다.

가장 빠른 방법은 흥신소에 의뢰하는 것이리라. 하지만 지금의 내게는 자유롭게 쓸 수 있는 돈이 별로 없었다. 월급은 받는 즉시 전부 가오루에게 건네고 있다. 내가 돈이 필요하다고 하면 용돈과는 별도로 언제든지 받을 수 있지만, 흥신소에 의뢰할 정도의 큰 금액을 얘기하면 가오루도 수상하게 여길 것이다. 일단 혼자 힘으로 노부코에 대해 알아볼 수밖에 없다.

"제가 아는 거라면 얼마든지 가르쳐 드리겠지만…, 무슨 일인가요?"

"사실은 내 친구가 사람을 좀 찾고 있어….."

"그 찾고 싶다는 사람은 마스터의 친구와 어떤 관계인데요?"

"15, 6년 전에 만났던 사람 같아. 당시 친구는 돈 때문에 무척 곤란했는데, 지나가던 아주머니가 5만 엔 정도의 돈을 빌려줬대."

"5만 엔이라면 작은 돈이 아닌데, 지나가는 사람한테 잘도 빌려주네요."

마에하라는 믿을 수 없다는 듯 말했다.

"좋은 사람이었나 봐. 그 사람이 돈만 빌려준 게 아니라,

배가 고팠던 친구에게 식사도 대접해주었다고 해. 친구는 빌린 돈은 반드시 갚겠다며 그 여성의 이름과 주소를 물어 적어놨지만, 시간이 지나면서 그 일을 까맣게 잊고 있었는데…. 최근에 우연히 오래된 책을 펼쳤다가 그 아주머니의 이름과 주소를 적어놓은 메모지가 끼워져 있는 걸보고 다시 그 일이 떠올랐다는 거야. 그 즉시 돈을 들고 그 주소로 찾아가 봤지만, 그 건물은 이미 없어졌대."

마에하라가 가게에 오고 나서 생각한 거짓말이지만, 막힘없이 얘기할 수 있었다.

"그래서 그 아주머니를 찾고 싶다는…?"

마에하라의 말에 나는 끄덕였다.

"굳이 찾지 않아도 괜찮지 않을까요?"

마에하라는 태연하게 말했다.

"그게 5만 엔이잖아요. 큰돈이라면 큰돈이지만…. 그 아주머니도 그렇게 오래된 일은 분명 잊었을 거예요."

"그렇게 해선 친구의 직성이 안 풀릴 거야."

나는 대꾸했다.

"하지만 꽤 힘들 거예요. 흥신소에 부탁한다 해도 돈이 꽤 들 텐데. 5만 엔을 갚으려고 50만 엔을 들이다니."

"그렇게 많이 드나?"

"경우에 따라 다르지만요. 더 들지도 몰라요."

"친구는 남에게 기대지 않고 가능한 한 자기 힘으로 찾고 싶어 해. 가정이 있기 때문에 흥신소에 의뢰할 돈을 준비하기 어렵기도 하고, 꼭 자기 힘으로 그 사람을 찾아서 약속을 잊어버린 것에 대한 속죄를 하고 싶다고 생각하는 것 같아."

"혹시 그 친구라는 게 마스터인가요?"

마에하라는 의미심장한 미소를 지으며 물었다.

"아니야."

"그렇단 말이죠…."

마에하라가 팔짱을 끼고 생각에 잠기는 것처럼 신음했다.

"힘들 것 같아?"

내가 다시 묻자 마에하라가 끄덕였다.

"일반인이 사람을 찾는다는 건 쉽지 않아요. 법률이 바뀌고부터는 특히…."

"법률이 바뀌고부터라고 하면?"

"3년쯤 전에 주민등록법이라는 것이 바뀌었어요. 그 이전이라면…, 만약 그 아주머니가 원래 살던 곳에서 같은 시읍면 내에 있는 다른 곳으로 이사를 했다면, 주민등록부만 열람하면 이름만 가지고도 현재의 주소를 쉽게 알 수 있었거든요. 그런데 법률이 바뀌고부터는 일반인이 주민등록부를 쉽게 열람할 수 없게 되었어요. 처벌받을 것을 각오하고, 그 사람의 친척인 양 행세하거나 하지 않는 한 이제는 그런 정보를 손에 넣기가 어려워졌죠."

"그 사람이 그때까지 살았던 시읍면을 떠났다면?"

"그럼 찾는 건 더욱 어렵겠죠."

마에하라의 이야기를 듣고 나는 낙담했다.

"거봐요, 그 친구란 건 역시 마스터 맞죠?"

마에하라가 나를 가리키며 웃었다. 들키지 않도록 주의했건만, 내 표정이나 행동 때문에 그렇게 느낄 수밖에 없었나보다.

"뭐 그렇지. 꼭 그 사람을 만나서 사과를 하고 싶은데 말이지."

나는 할 수 없이 인정하기로 했다.

"마스터는 쿨해 보이는데 의외로 감성적이네요."

내가 쓴웃음을 짓는 순간, 사키가 화장실에서 나오는 것이 보였다.

"제가 단언할 수 있는 건, 그 아주머니가 살았던 집 주변 사람들에게 물어보는 것이 가장 효과적이라는 거네요. 어쩌면 그 아주머니를 아는 사람이 있을 수도 있고, 지금도 교류가 있을지도 몰라요."

역시 그 방법밖에 없을 것 같다.

"제 수업이 참고가 되었나요?"

마에하라가 잔을 들며 물었다.

"어어…, 두 사람에게 내가 한 잔씩 쏠게."

고헤이가 직원 휴게실에서 사복으로 갈아입고 나왔다.

"수고하셨습니다."

고헤이가 살짝 머리를 숙이고 서둘러 문으로 향한다.

"고헤이, 잠깐 괜찮을까?"

어제 오치아이가 했던 이야기를 하려고 고헤이를 불러 세 웠다.

"왜요?"

고헤이가 성가신 것처럼 발길을 멈추고 이쪽을 쳐다보았다.

"자, 앉아."

내 말에 고헤이가 의아하다는 표정을 지으며 바에 앉았다.

"너, 우리 가게에서 정직원이 되고 싶니?"

"마스터까지 설교하는 거예요? 정직원이 되고 싶으면 좀 더 성실히 일하라고?"

"그게 아니야. 네가 그럴 마음이 있다면 당장이라도 정 직원으로 고용할 생각이야."

원래 계획대로라면 어제 이야기를 했어야 하지만, 노부 코가 보낸 편지 때문에 심란한 나머지 완전히 깜빡 잊고 있었다.

그 문제를 다시 떠올리게 만든 것은 메구미였다.

"한 잔만 마시고 가도 될까요?"

일을 끝내고 직원 휴게실에서 나온 메구미가 내게 다가와 조심스럽게 물었다.

내가 그러라고 하자, 바에 앉은 메구미는 기분 좋은 일이 있어서 한 잔만 축배를 들고 돌아가고 싶다고 했다.

무슨 좋은 일이냐고 물으니, 오치아이가 정직원이 되지 않겠냐고 말했다고 한다. 메구미의 이야기를 듣고, 고헤이에게 정직원이 될 마음이 있는지 물어 두라고 했던 오치아이의 말이 생각났던 것이다.

"뭐 될 수 있다면 기쁘겠지만…, 지금보다 월급도 오르겠죠?"

"매달 지급받는 실수령액만 비교하면 별반 차이가 없을지도 몰라. 다만, 정직원이 되면 4대 보험도 완전히 보장되고, 유급휴가를 쓸 수 있게 되고, 많지는 않더라도 보너스도 받게 되지."

"하지만…, 오너가 그런 걸 허락할 리 없잖아요."

"오너가 꺼낸 말이야."

내 말에 고헤이의 표정이 달라졌다.

"오너가요?"

"그래. 오너는 널 항상 생각하고 있어. 정직원이 되면 지금보다도 생활이 안정될 거고, 그러면 일도 더 열심히 하지 않겠냐고 하더라고. 너한테 바를 맡길 수 있게 되면 나도 한결 편해질 수 있지."

"생각해 볼게요."

고헤이는 그렇게 말하더니, 일어나서 가게를 나갔다.

고헤이가 나가고 잠시 시간이 지났지만, 일이 전혀 손에 잡히지 않았다.

그 편지가 오고부터는 몸도 마음도 완전히 피폐해졌다.

만약, 아무리 찾아도 노부코의 소식을 알 수 없다면…?

그 편지를 보내고 있는 인물의 정체를 알아 내지 못한다면, 나는 앞으로 어떻게 하면 좋을까?

가장 쉬운 선택은 경찰에 신고하는 것이다.

사카모토 노부코라는 인물이 일종의 협박 편지 같은 것을 보내오고 있다고. 경찰에 그렇게 말하면, 노부코의 소식과 그 편지를 보내는 인물에 대해 수사해 주지 않을까?

하지만 그 편지 내용을 보고 과연 경찰이 협박으로 받아들일지조차 모호하다.

'만약 당신이 이대로 약속을 지키지 않는다면, 당신 주변에도 나와 똑같은 재앙이 덮칠지도 모릅니다.'

결국 경찰은 그 편지에 쓰여 있는 약속이라는 것이 무엇인지 묻게 될 것이다.

'사람 두 명을 죽이는 것'

그런 어처구니없는 요구를 받아들여야 했던 내 사정에, 경찰은 분명 강한 의심을 내비칠 것이다. 그렇게 되면 노부코가 준 돈으로 내가 새 호적을 샀다는 사실이 발각될지도 모른다.

만일 내가 그 일을 끝까지 경찰에 숨긴다 해도, 그 편지를 보낸 인물이 붙잡혀버리면, 그 순간 내 과거와 정체가 드러나고 만다.

사실은 내가 무카이 사토시라는 사람이 아니라는 것, 그리고 예전에 내가 저지른 여러 죄가 가오루와 호노카에게 모두 알려지고 마는 것이다. 그것만은 반드시 피하고 싶었다.

그렇다면 역시 경찰을 개입시킬 수는 없다. 그 편지를 보낸 인물을 찾아내, 이런 짓은 그만두라고 어떻게든 설득할 수밖에 없다.

초조함을 진정시키려고 선반에서 와일드 터키를 집어 위스키 잔에 따랐다. 단숨에 들이켜려는 순간 문이 열리는 소리가 났다.

"무슨 일이야?"

나는 가게에 들어온 오치아이에게 물었다.

가게 문을 닫은 뒤에 오치아이가 다시 여기에 들르는 일은 거의 없다.

"좀 신경이 쓰여서 말이지."

오치아이는 뜬금없이 그렇게 말하더니 내 앞에 앉았다.

"신경 쓰인다니, 뭐가?"

"요즘 네 상태 말이야. 요 일주일 정도 몸이 안 좋은 것 같은데. 무슨 일 있어?"

"별로…. 아무것도 아니야."

"거짓말 마. 알고 지낸 세월이 얼만데."

오치아이가 그렇게 말하고 나를 쳐다봤다.

"정말이야…. 별일 아니야. 피로가 좀 쌓인 것뿐이야."

"그래?"

그래도 납득하지 못하겠다는 듯 나를 응시했다.

"뭐라도 하나 마시겠어?"

나는 오치아이의 시선을 피해 선반을 쳐다보았다.

"그럼 같은 걸로."

와일드 터키를 위스키 잔에 따라 오치아이 앞에 놓았다. 가볍게 잔을 부딪치고 서로 들이켰다.

나는 병을 들어 두 개의 잔에 다시 술을 따랐다.

"저기…."

오치아이가 말을 꺼내자, 나는 술을 따르던 손을 멈추고 얼굴을 들었다.

"우리는 친구지?"

오치아이의 입으로는 그 단어를 처음 들은 것 같다.

물론 나도 오치아이에게 그 단어를 쓴 적은 없다. 멋쩍은 것도 있지만, 그 말이 어딘지 모르게 우리 둘 사이에는 어울리지 않는다고 느껴서인지도 모르겠다.

굳이 표현하자면, '친구'라기보다는 '동지'라는 편이 맞는 듯했다.

"뭐든 고민이 있거나 곤란한 일이 생기면 언제든지 상의해. 하긴 부부간의 고민에 관해서는 제대로 된 조언을 못 해주겠지만 말이야."

오치아이가 웃었다.

"고맙다."

상의할 수는 없지만 그래도 그렇게 말해 준 오치아이가 고마웠다.

그 후로도 1시간 정도 더, 둘이서 술을 마시며 추억 얘기로 꽃을 피웠다.

요즘 쭉 노부코 일에 매몰되어 있어서 침울했던 탓인지, 오치아이와 나눈 옛 이야기는 오랜만에 마음의 청량제가 되었다.

"그럼 간다."

가게 앞에서 오치아이와 헤어진 나는 조금 가벼워진 발걸음으로 집으로 향했다.

아파트 공동현관에 들어가서 우편함을 열고 신문을 꺼냈다. 신문 밑에 있던 봉투를 발견하고 가슴이 철렁 내려앉았다. 불길한 예감을 곱씹으며 봉투를 집었다.

'사카모토 노부코'

발신인 이름을 보자 심장이 방망이질치기 시작했다. 봉투 입구를 뜯고 안에 들어있는 편지지를 꺼냈다. 가도쿠라 도시미츠와 이이야마 켄지 두 사람의 이름 밑으로 각각 주소가 하나씩 쓰여 있었다. 가도쿠라 이름 밑에 있는 주소는 오카야마 시내의 주소였고, 이이야마 이름 밑에 있는 주소는 센다이 시내의 주소였다.*

두 사람이 지금 이 주소에 살고 있다는 뜻인가?

봉투 안에는 몇 장의 사진도 함께 들어 있었다. 한 장은 운동복 차림으로 담배를 피며 파친코를 하고 있는 중년 남성의 사진이다. 또 다른 한 장에는 술집에서 술을 마시는 중년 남성의 옆얼굴이 찍혀있었다. 모두 멀리서 몰래 찍은 것 같은 사진이었다.

이 두 장의 사진에 찍힌 남자들이 각각 가도쿠라 도시미츠와 이이야마 켄지인 것일까?

마지막 남은 한 장의 사진을 본 순간, 심장을 예리한 것으로 도려내는 듯한 고통을 느꼈다.

---

* 오카야마는 일본 서쪽에 위치한 도시이고, 센다이는 일본 북동부에 위치한 도시이다.

114

공원에서 놀고 있는 호노카의 사진이었다.

"다녀오겠습니다."

호노카의 목소리가 들려 나는 잠에서 깼다.

침대에서 일어나 침실 문을 열자, 현관에서 신발을 신고 있던 호노카와 눈이 마주쳤다.

"아빠, 좋은 아침…. 나 때문에 깼어? 미안해."

"괜찮아."

늘 가족이 함께 아침을 먹었지만, 앞으로의 일을 생각하면 조금이라도 쉬는 편이 좋겠다 싶어, 오늘 새벽은 집에 돌아와 바로 자러 들어갔다. 피로가 쌓여서 이대로 자겠다고 가오루에게 전하고 눈을 감았지만, 전혀 잠이 오지 않았다.

"아침밥 같이 못 먹어도 괜찮으니까, 아빠도 무리하지 마. 그럼, 다녀오겠습니다."

"호노카."

내게 등을 보인 채 문을 열려는 호노카를 불러 세웠다.

"요즘…, 어린이를 노린 흉흉한 사건이 늘고 있으니까 조심해야 한다. 낯선 사람이 말을 걸어도 절대 따라가면 안 돼."

내가 그렇게 말하자 호노카가 이상하다는 듯 나를 빤히 쳐다보았다. 그도 그럴 것이다. 이제까지 그런 말로 호노카를 배웅한 적은 없었다.

"괜찮아. 경보기도 잘 가지고 다니니까."

호노카가 책가방에 달린 호신용 경보기를 가리켰다.

하지만 상대가 작정하고 호노카를 노린다면 그런 것 따 윈 아무런 소용도 없을 것이다.

"경보기가 있다고 안심하면 안 돼. 뭔가 이상한 일이 있 으면 바로 소리 지르고 도망치는 거다?"

"알았어. 아빠 의외로 걱정이 많네."

호노카가 가볍게 받아넘기며 말했다.

"부모가 딸을 걱정하는 건 당연한 거야."

어째서 그만큼 걱정해야 하는지 이야기할 수 없는 것이 답답하고 괴로울 따름이다.

"그건 그렇지만…, 너무 걱정하지 마. 지각할 거 같으니 까 이만 갈게."

호노카가 손을 흔들고 나갔다. 닫힌 문을 쳐다보면서 무 거운 한숨이 새어나왔다.

빨리 어떻게든 수를 내야 한다.

나갈 채비를 하려고 화장실로 가는데 가오루가 세탁기 앞에 있었다.

"무슨 일이야?" 나를 본 가오루가 세탁기에 빨래를 넣던 손을 멈추고 물었다.

"잠깐 나갔다 올게."

"나간다니…? 아직 8시도 안 됐어."

생각했던 대로 가오루가 놀란 표정으로 답했다.

"어어…."

어제까지만 해도 주말을 이용해 노부코의 소식을 알아볼 생각이었지만, 편지와 함께 보내온 호노카의 사진을 보자 그렇게 여유부릴 때가 아니라는 걸 절감했다.

그것은 빨리 약속을 지키라는, 나에 대한 협박이었다. 내가 두 사람을 죽인다는 약속을 지키지 않으면 호노카에게 큰 재앙이 덮칠 거라고 경고를 하고 있는 것이다.

한시라도 빨리 노부코의 소식을 알아내야 한다.

가오루에게 수상하게 보이고 싶지 않았기 때문에 가능하면 가오루가 파트타임 일을 나가는 10시 이후에 집을 나서고 싶었다. 하지만 그렇게 늦게 나갔다가는 노부코에 대해 알아볼 시간이 거의 없을 것이다. 니시요코하마까지 갔다가 늦어도 오후 5시까지는 가게로 돌아와야 하기 때문이다.

"사실은…, 아직 명확히 결정된 건 아닌데 앞으로 낮 영업도 할까 생각하고 있어."

"낮 영업을 한다니…,《HEATH(히스)》에서?"

"그 정도 입지에서 밤 영업만 하는 건 좀 아깝다는 얘기가 나왔거든. 그래서 이제부터 짬을 내서 인근에 평판 좋은 카페들을 조사해 볼 생각이야."

이렇게 금방 들킬 만한 거짓말밖에 생각나지 않았다. 가오루가 오치아이와 이야기할 기회는 거의 없지만 혹시 둘이 만날 때를 대비해서, 오늘 가게에 출근하면 오치아이에게 그런 언질을 해두어야겠다고 생각했다.

"오치아이 씨도 같이 가는 거야?"

가오루가 좀 의심스럽다는 듯 물었다.

"아니, 오늘은 나 혼자서 돌아볼 생각이야."

"몸도 안 좋을 때 굳이 그런 일을…. 당신, 잠도 거의 못 잔 거 아니야?"

"몸이 많이 안 좋은 건 아니야. 그리고 이래저래 가게의 미래를 생각했더니 흥분해서 잠을 설친 것뿐이야."

나는 억지로 웃어 보였다.

"너무 무리하지는 마."

가오루는 걱정스러운 얼굴을 했지만, 그 이상 아무 말도 하지 않았다.

외출 준비를 하고 옷장 안의 종이 박스에서 클리어 파일을 꺼냈다. 노부코의 사진이 실린 신문기사를 붙인 페이지만 빼내 가방에 넣었다.

구보마치의 원룸텔 앞에서 택시를 내려, 공동현관으로 들어섰다.

새로 지은 원룸텔이지만 자동 잠금장치는 달려 있지 않았다. 우편함을 보니 한 층에 6세대씩 총 36세대의 집이 있었다. 몇 곳 정도 우편함에 명패가 없는 곳이 있었지만, 그렇다고 그곳에 노부코가 살고 있을 것 같지는 않았다.

그녀가 내가 아는 이 장소에 살면서 그런 편지를 보냈으리라고는 보기 힘들다.

하지만 어쩌면 이 재건축 원룸텔에, 노부코가 살았던 헌 연립주택에서 옮겨온 사람이 있을지도 모른다.

나는 마에하라의 조언을 실천해 보기 위해 엘리베이터를 탔다. 맨 위층부터 순서대로 물어보기로 하고 6층 버튼을 눌렀다. 엘리베이터를 내린 뒤, 복도 끝 601호실 앞에 섰다.

긴장하며 초인종을 눌렀지만 응답은 없었다. 몇 번 더 초인종을 눌러 부재를 확인한 뒤, 602호실로 향했다.

606호실까지 차례로 찾아갔지만 응답한 집은 없었다.

초조함을 억누르며 606호실 옆에 있는 계단으로 내려갔다. 이번에는 506호실부터 초인종을 눌러간다.

독신자용 원룸텔이라 이 시간대에는 일하러 나간 사람이 많은지 좀처럼 응답이 없었다.

다시 엘리베이터를 타고 4층에서 내린 뒤, 401호실 초인종을 눌렀다.

"네에."

조금 열린 문틈으로 나와 나이가 비슷해 보이는 여성이 얼굴을 빼꼼 내밀었다.

"앗, 저기…."

마음의 준비가 되어 있지 않던 나는 당황했다.

"신문이라면 필요 없어요."

여성이 딱 잘라 말했다.

"아, 아니요…. 그게 아닙니다. 이 원룸텔에 사시는 분께 좀 여쭤보고 싶은 게 있어서요…."

내가 그렇게 말하자 여성은 의아하다는 표정을 지었다.

"16년 전에 여기에 살았던 분을 좀 찾고 있습니다."

"16년 전이요?. 이 원룸텔은 지어진 지 2년밖에 안 됐어요."

"네에. 16년 전에는 원룸텔이 아니라 연립주택이었습니다."

"그런가요?"

그 사실을 모르는 걸 보니, 노부코가 살던 연립주택의 주민은 아니다.

"제가 찾는 분이 혹시 여기로 옮겨오시지 않았을까 해서요…."

나는 가방에서 신문 기사를 붙여놓은 종이를 꺼내 여성에게 보여주었다.

"이 여성분입니다만…. 혹시 이 원룸텔에서 보신 적 없습니까? 꽤 예전 사진이기 때문에 지금은 나이가 더 들었을 겁니다."

"글쎄요. 모르겠는데요."

내가 묻자, 그녀는 냉담하게 고개를 저으며 대답했다.

"그렇습니까…."

"이제 됐나요?"

여성이 문을 닫으려 하자, 나는 재빨리 손으로 막았다.

"하나만 더 여쭐게요. 이 원룸텔 건물의 주인은 누구신가요?"

나는 애절하게 물었다.

"그런 건 부동산에나 가서 물어보세요."

그 이상 관여하고 싶지 않았는지 여성이 퉁명스럽게 말하면서 기어코 문을 닫았다.

나는 한숨을 내쉬고 옆집으로 향했다.

그 뒤로 모든 집을 다 돌아봤지만, 이야기를 나눌 사람이 있었던 건 다섯 집뿐이었다. 하지만 그들 중에 노부코에 대해서 아는 사람은커녕, 그 연립주택에 살았던 사람조차 없었다.

나는 허탈한 마음으로 공동현관을 나왔다. 그러다가 문득 원룸텔을 올려다보니, 한 집 창문에 붙어 있는 종이가 눈에 들어왔다.

'빈방 있음'이라는 문구 아래로 부동산으로 보이는 상호와 전화번호가 쓰여 있었다.

"어서 오세요."

부동산에 들어가니 앉아 있던 남자 직원이 일어섰다.

"저…, 구보마치에 있는 '캐슬 구보'라는 원룸텔에 대해 여쭙고 싶습니다만."

"앉으세요."

직원은 그 원룸텔을 잘 알고 있다는 듯 고개를 끄덕이며 내게 눈앞에 있는 자리를 권했다. 내가 의자에 앉음과 동시에 그가 뒤쪽 선반에서 종이 하나를 꺼냈다.

"꽤 좋은 물건이에요. 4평 원룸이고, 집세는 6만 9천 엔입니다."

"아니요, 방을 빌리고 싶은 게 아니라…, 그 원룸텔에 대해 여쭙고 싶습니다."

"그 원룸텔에 대해서라면 어떤…?"

직원이 되물어왔다.

"그 건물의 주인을 알 수 있을까요?"

"주인이라고 하시면…, 저희가 그 원룸들을 임대하고 있습니다만…. 왜 그러시나요?"

"16년 전에는 거기에 연립주택이 있었는데, 그러면 그것도 여기서 임대한 것이었나요?"

나는 다시 물었지만 직원은 모르겠다는 듯 고개를 갸웃했다.

"당시 일을 아시는 분께 이야기를 듣고 싶습니다만…."

직원이 곤혹스러운 얼굴로 일어났다. 그는 안쪽으로 들어가 사무실 문을 열고 안에 있는 사람과 얘기를 나눴다. 잠시 후, 중년 남성이 나와 이쪽으로 왔다.

"16년 전에 거기에 있었던 연립주택이라면 《여명 하이츠》를 말씀하시는 걸까요?"

중년 남성이 내 앞에 앉으며 말했다.

"이름은 잘 기억나지 않지만…, 아마 그럴 겁니다."

"그 연립주택은 저희가 임대를 놓았던 게 아닙니다. 저희는 4년쯤 전에 그곳 토지를 사서 원룸텔을 지었습니다."

"그러면 《여명 하이츠》의 주인을 가르쳐 주실 수 있을까요?"

내 말에 중년 남성이 미간을 찌푸렸다.

"실은 16년 전에 그 연립주택에 살고 계셨던 분을 찾고 있어서요… 불쑥 이런 걸 물어서 수상히 여기실지도 모르겠습니다만, 결코 수상한 사람은 아닙니다."

나는 가게 명함을 꺼내 중년 남성에게 건넸다.

"16년 전에 그분께 무척 신세를 져서요…. 돈을 빌렸는데 결국 갚지를 못했어요. 꼭 찾아뵙고 싶은데, 그 분이 현재 어디에 계신지 전혀 알 수가 없습니다. 그래서 연립주택 주인 분을 만나면 그 분에 대해 뭔가 알 수 있지 않을까 해서요…."

나는 가능한 한 수상하게 보이지 않도록 단어를 신중히 골라 이야기했다.

"사정은 잘 알겠습니다만, 죄송스럽게도 저희가 가르쳐드릴 수는 없습니다. 개인정보이기도 하고요."

예상했던 대답이었지만 이대로 물러설 수는 없다.

"그분에게 제 명함이랑 이 이야기를 전달해주시는 것만이라도 안 될까요?"

나는 머리를 숙였다.

"그것도 좀 곤란합니다만…."

그 말에 나는 얼굴을 들었다.

남자는 정중한 목소리와는 달리 미심쩍다는 눈으로 나를 쳐다봤다.

"그렇군요…. 바쁘신데 실례 많았습니다."

나는 남자의 시선에 내쫓기듯 자리에서 일어났다.

낙담하며 부동산을 나와 손목시계를 보니 어느새 오후 3시였다.

아무런 성과도 없었지만, 가게에 출근하려면 이제 돌아

가야 한다.

나는 무거운 발을 끌며 역으로 향했다.

"슬슬 간판을 들여놔 줘."

내 말에 테이블을 닦고 있던 고헤이가 가게 밖으로 나갔다.

새벽인데도 가게 안에는 손님 세 명이 남아 있었다. 모두 단골손님으로, 문 닫을 시간이 지나도 곧바로 돌아가지 않는 손님들이다.

"계산할까요?"

바에 앉아 있는 손님들에게 물었지만 모두 한 잔 더 하고 가겠다며 다음 술을 주문했다.

나는 한숨이 나오는 것을 필사적으로 억누르며 칵테일을 만들었다.

요 이틀간 한숨도 못 잤다고 해도 과언이 아니다. 체력도 한계에 다다랐다.

노부코의 소식을 쉽게 알 수 있으리라고는 생각하지 않았지만, 이렇게까지 아무런 성과가 없으니 허탈감이 몰려왔다.

오늘도 일찍부터 노부코의 소식을 알아보러 나가야 한다고 생각하니, 평소라면 고마웠을 눈앞의 손님들에게조차 짜증이 끓어올랐다.

고헤이가 가게 앞에 세워두었던 입간판을 들고 가게 안으로 돌아왔다.

"홀 청소는 됐으니까 바를 도와 줘."

고헤이와 둘이서 삼인분의 술을 만들어 내놓았다.

"오늘은 어째 어수선하군. 끝나고 볼일이라도 있는 건가?"

빨리 돌아가 달라는 속내가 얼굴에 드러나 버린 것인지, 손님 중 한 명이 물었다.

"아니요, 볼일은 없습니다만…. 몸이 좀 좋질 않아서…. 왠지 손님들께 재촉한 것 같아 죄송하네요."

나는 대충 둘러댔다.

"그러고 보니 안색이 안 좋네. 그럼 나도 일찍 일어날까? 계산해줘요."

그 말을 계기로 다른 두 손님들도 잇달아 계산을 했다.

손님들이 모두 돌아가자, 사복으로 갈아입은 오치아이가 주방에서 나와 바에 앉았다.

"김렛."

오치아이의 주문에 고헤이가 칵테일을 만들기 시작했다.

나는 빨리 퇴근하고 싶다는 일념으로 바 안을 청소하고 있던 차에, 문득 오치아이에게 일러두어야 할 말이 생각나서 멈칫했다.

"오너, 잠깐 할 얘기가 있는데."

나는 오치아이에게 가까이 다가가서 말했다.

"뭔데?"

김렛을 마시고 있던 오치아이가 잔에서 입을 뗐다.

"앞으로는 낮에도 영업을 해보면 어떨까 싶은데. 어때?"

내가 말을 꺼내자 오치아이가 "왜?"하고 쳐다보았다.

"여긴 역에서도 가깝고 입지가 좋잖아. 낮에도 영업하면 꽤 손님이 올 것 같아서."

물론 진심으로 그런 생각을 하는 건 아니지만, 혹시 가오루가 오치아이에게 물어볼 때를 대비해 말을 맞춰둘 필요가 있었다.

"그렇지만 낮 영업을 시작하면 누가 할 건데?"

오치아이가 전혀 내키지 않는다는 듯 말했다.

"새로 아르바이트 직원을 고용하면 되지 않을까?"

"아르바이트 직원한테 가게를 맡기겠다는 거야?"

"메구미 씨도 정직원이 될 거잖아. 우선은 메구미 씨한테 맡길 수도 있어. 낮 영업을 하면서 밤에 필요한 준비를 해두라고 할 수도 있고 말이야. 그리고 메구미 씨는 좀 일찍 퇴근시켜 주면 돼."

내가 그렇게 말하자, 오치아이가 잔을 내려놓고 팔짱을 꼈다.

"하긴…, 초등학생 아들도 있는 메구미 씨를 한밤중까지 일하게 하는 건 좀 그렇지."

단지 알리바이를 만들기 위해서 시작한 이야기였는데, 오치아이는 의외다 싶을 정도로 진지하게 반응했다.

"뭐…, 실제로 할지 말지는 차차 생각하고, 일단 이런 생각을 하고 있다는 것 정도는 말해 두고 싶었어."

나는 이 화제를 끝맺고 싶었다.

"뭐, 하지만…, 낮 영업 때문에 밤 영업이 소홀해지면 주객전도야. 요즘 너처럼 말이지."

나는 오치아이를 쳐다보았다.

"무슨 뜻이야?"

"어제도 얘기했지만 요즘 너 좀 이상해. 몸이 안 좋아서 그런 건지 모르겠지만 오늘도 전혀 일에는 집중을 안 했잖아. 그렇게 영업하다간 손님들이 점점 떠날 거다."

평소 같았으면 그런 말에 몹시 상처를 받았겠지만 오늘은 아무렇지도 않았다.

지금의 나에게는 가게와 손님 따위는 아무래도 좋았다. 그런 것보다도 가족을 지키는 것이 훨씬 중요하다.

오치아이가 나를 가만히 쳐다보며 김렛을 다 마셨다.

"실력 좋아졌네."

오치아이는 고헤이에게 그렇게 말하고는 자리에서 일어

나 가게를 나갔다.

고헤이 얼굴을 보니 칭찬 때문인지 표정이 밝아 보였다.

"오늘은 일찍 들어가고 싶다. 빨리 청소 끝내자." 나는 고헤이에게 그렇게 말하고 싱크대로 향했다.

"마스터!"

고헤이가 나를 부르길래 돌아보았다.

"어제 했던 얘기 말인데요…, 그 후로 쭉 생각해 봤는데…."

나는 고헤이가 무슨 말을 하는 건지 잘 이해가 가지 않았다.

"어제 얘기라니?"

"절 정직원으로 쓰겠다는 얘기 말이에요."

이제야 생각났다.

"굉장히 반가운 제안이지만 좀 망설여져서요. 마스터한테 상의하고 싶은 일이 있어서 그러는데, 같이 한잔하러 안 가실래요?"

"미안하지만 오늘은 몸이 안 좋으니까 다음에 하자."

내 말에 표정이 조금 어두워진 고헤이는 "알겠습니다"라며 바에서 나갔다.

"여명 하이츠라면…, 오래전에 저기 공원 맞은편에 있었던 연립주택 말이죠?"

두부가게 주인이 노부코가 살던 연립주택이 있던 쪽을 가리키며 말했다.

"네, 맞아요. 그 연립주택의 주인 분을 찾고 있는데 혹시 아십니까?"

"알지, 알지. 미야지마라는 사람이에요."

"그 미야지마라는 분은 어디에 사십니까?"

나는 나도 모르게 몸을 앞으로 내밀었다.

요 이틀 동안 다리가 부서지도록 발품을 팔아 마침내 얻은 단서였다.

"사는 곳은 모르지만…, 저쪽에 상점가가 보이죠? 거기서 '미야지마 전기'라는 전파사를 하고 있어요."

"고맙습니다."

인사를 하고 가려다가, 한 가지 더 물어보고 싶은 게 생각나서 가방을 열었다.

"저기…, 혹시 이 분을 아십니까?"

나는 노부코의 사진이 실린 기사를 보여주며 물었다.

잠시 기사를 들여다보던 주인이 얼굴을 들었다.

"깜짝 놀랐네…."

"아시는 분이군요?" 나는 물었다.

"우리 집에도 종종 왔었고, 반상회에서 하는 청소에도 적극적으로 참여했어요. 그런데 가족이 이런 일을 겪었는지는 꿈에도 몰랐네…. 그런데 꽤 예전부터 못 봤는데."

좀 전과는 확 달라진 표정에 연민이 배어 있었다.

"얼마나 오래 못 보셨나요?"

"글쎄요…, 15~16년은 된 것 같은데…."

주인이 회상에 잠긴 듯 말했다.

"이 노부코 씨와 친했던 분은 혹시 모르십니까?"

"글쎄요. 여기에 왔을 때 잡담 정도는 했지만 나도 그렇게 친한 건 아니었으니까요. 노부코 씨가 여명 하이츠에 살았었나요?"

나는 고개를 끄덕였다.

"그런 것도 모를 정도니까 말이지. 미야지마 씨라면 알지도 모르겠네요."

"그렇군요. 알려주셔서 감사합니다."

나는 감사 인사를 하고는 조급한 마음을 참지 못해 빠르게 걷기 시작했다.

상점가로 들어가니 《미야지마 전기》라는 간판이 눈에 들어왔다. 유리 너머로 가게 안의 모습이 훤히 들여다보였다. 흔히 볼 수 있는 작은 전파사였다. 점원으로 보이는 남성이 가게 안에서 TV를 보고 있었다.

"어서 오세요."

내가 문을 열고 가게 안에 들어가니 20대로 보이는 점원이 인사를 했다.

"죄송합니다. 손님은 아닙니다. 좀 여쭙고 싶은 것이 있어서요."

그렇게 양해를 구하자 점원은 "예에…"라고 말하며 몸을 조금 내밀었다.

"미야지마 씨 되시나요?"

내가 묻자 "그런데요."하고 대답했다.

"저기 공원 앞에 있었던 여명 하이츠의 주인이시지요?"

"아아…, 거기라면 전에 저희 부모님께서 세를 놓던 건물입니다."

미야지마 씨는 과거가 그리운 듯 말했다.

"그 여명 하이츠에 살았던 분에 대해서 잠시 여쭙고 싶습니다만…."

"저희 어머니라면 몰라도 저는 잘 모르겠네요."

"어머님은 여기 계신가요?"

"지금은 입원 중이세요."

"어느 병원인가요?"

"그 연립주택에 살았던 사람의 이야기라는 건 대체 뭔가요?"

역시 수상한 사람으로 보였던 것 같다.

"실은…, 16년 전에 그곳에 살았던 사카모토 노부코 씨라는 분을 찾고 있습니다."

"그렇게 말씀하셔도…. 저희 어머니가 꽤 위중한 병으로
입원 중이시라 솔직히 가족 이외의 사람이 찾아가게 하고
싶지 않아요. 이런 말씀 드리기 뭣하지만, 당신이 어떤 분
인지 잘 알지도 못하고요."

미야지마 씨가 단호하게 말했다.

"그렇게 생각하시는 게 당연합니다. 저는 변호사의 의뢰
로 사카모토 노부코 씨를 찾고 있어서…."

조금이라도 수상하게 보이지 않으려고 거짓말을 보탰다.

"변호사요?"

미야지마 씨가 그 말에 반응했다.

"이걸 좀 봐주시겠습니까?"

나는 가방에서 노부코의 기사를 꺼내 미야지마 씨에게
건넸다.

뚫어질 것처럼 기사를 읽고 있던 미야지마 씨가 내게 시
선을 돌렸다.

"지독한 사건이네요. 변호사라고 말씀하셨는데, 범인 측
변호사인가요?"

"네에. 교도소에서 나온 범인이 사죄의 편지를 꼭 사카
모토 노부코 씨께 보내고 싶다고 변호사에게 의뢰를 했고,
저는 다시 변호사의 의뢰로 사카모토 노부코 씨를 찾고 있

습니다만…. 어디 사시는지 전혀 알 수가 없네요. 그뿐 아니라 노부코 씨가 생존해 계시는지조차도…. 예전에 노부코 씨가 사셨던 연립주택 관계자분이라면 혹시 뭔가 아실까 싶어 찾아왔습니다. 물론 노부코 씨가 범인의 편지를 읽어보고 싶으실지 어떨지는 모르겠습니다만, 그 의사만큼은 어떻게든 전할 수 없을까 하고요."

나는 그를 몰아붙였다.

"난처하네…. 제가 판단하기는 힘든 얘기네요."

미야지마 씨가 머리를 긁적였다.

"어머님께 부담이 갈 만한 일은 절대 하지 않겠습니다. 나중에 제게 연락을 주시는 형태라도 상관없으니, 이 얘기를 전해주시는 것만이라도 부탁드려도 될까요?"

"그거야 뭐 이따 병원에 갈 테니까 그때 전해드릴게요."

미야지마 씨가 어쩔 수 없다는 듯 말했다.

"그러시다면 병원 밖에서 제가 잠시 기다리는 건 어떨까요? 만약 어머님께서 만나도 괜찮다고 하시면 그대로 병실에 올라가 찾아뵐 수 있도록 말이지요. 그게 어렵다면 다른 날 다시 찾아뵙겠습니다."

조금이라도 빨리 노부코에 대한 정보를 얻고 싶었다.

"알겠습니다. 아내가 돌아올 때까지는 여기에 있어야 하니까, 4시 반까지 기다려주신다면요."

그 시간까지 기다리면 가게 오픈 시간 전까지 돌아가는 건 포기할 수밖에 없다.

"잘 부탁드립니다."

"어머니께 여쭤보고 무카이 씨 휴대폰으로 연락드릴게요."

미야지마 씨가 그렇게 말하고 병원으로 들어가자, 나는 휴대폰을 꺼내 오치아이에게 전화를 걸었다.

"여보세요."

오치아이의 목소리가 들렸다.

"미안하지만 2시간 정도 늦을 것 같아."

"늦는다니 무슨 일이야?"

오치아이가 물었다.

"열이 좀 있어. 아까 병원에 가서 주사를 맞았으니까 좀 있으면 컨디션이 돌아올 거야."

"지금, 집이야?"

"어어."

"그래. 그러면 할 수 없지. 여차하면 임시휴업을 할 테니까 푹 쉬어."

나를 걱정하는 오치아이를 속이는 것이 가슴 아팠다.

"괜찮아. 8시까지는 가게에 나갈 테니까, 그때까지 고헤이한테 나 대신 열심히 해 달라고 해 줘. 정말 미안해."

전화를 끊고 잠시 지나자 휴대폰 진동이 울렸다.

"여보세요…"

나는 전화를 받았다.

"미야지마인데요, 어머니가 이야기해도 좋다고 하셔서…. 302호실입니다."

"알겠습니다."

전화를 끊고 병원으로 들어갔다. 302호실 앞에 멈춰 서서 노크를 했다.

"들어오세요."

안에서 여성의 가냘픈 목소리가 들려왔다.

휴대폰 전원을 끈 다음 문을 열고 들어가니, 침대에 누워 있던 나이든 여성이 나를 쳐다봤다.

미야지마 씨가 위중한 병이라고 말했던 것처럼, 의학과는 거리가 먼 내가 보기에도 그녀는 상당히 쇠약해진 상태 같았다. 미야지마 씨의 모습은 보이지 않았다.

"실례합니다. 쉬시는데 정말 죄송합니다. 무카이라고 합니다."

나는 침대 가까이로 가서 머리를 숙였다. 미야지마 씨의 어머니가 병약한 손짓으로 침대 옆에 놓인 접이식 의자를 권했다.

"실례하겠습니다."

나는 의자에 앉았다.

"그 사건 범인의 변호사시라고요?"

"아니요, 저는 변호사가 아니라…, 그 변호사에게 사카모토 노부코 씨를 찾아달라는 의뢰를 받은 사람입니다. 노부코 씨 따님 사건을 알고 계신가요?"

내가 묻자 미야지마 씨의 어머니가 끄덕였다.

"집세를 내러 올 때 만나는 정도라 얘기를 나눈 적은 거의 없지만 얼굴은 알았으니까…. 뉴스에 노부코 씨가 나오는 걸 보고 사건에 대해 알게 됐지요."

"그렇군요."

"남한테 이런 내 꼴을 보이고 싶지 않아서 무카이 씨가 보자는 것도 거절하고 싶었지만, 꼭 말해두고 싶은 것이 있어서 보자고 했어요."

"뭔가요?"

나는 애써 담담한 목소리로 물었다.

"범인한테 전해 줘요. 이제 와서 사죄 편지를 보내고 싶다니 웃기지 말라고…. 그럴 마음이 있다면 어째서 더 빨리 하지 않았느냐고."

약하디약한 말투이기는 했지만, 내면의 분노는 뼈저리게 전해져왔다.

나는 끄덕였다.

"노부코 씨와 친분이 많았던 건 아니지만, 그 사람 안에서 소용돌이치던 분노와 슬픔은 나름대로 이해할 수 있었습니다. 지금 생각하면, 더 가깝게 지내면서 조금이라도 노부코 씨의 슬픔과 고독을 아물게 해주었다면 좋았을 텐데…. 그때의 나는 노부코 씨 안에 있는 증오의 감정에 나조차도 타버릴 것 같아서, 가까워지는 걸 멀리하고 말았습니다."

나도 그랬다.

노부코 안에서 활활 타고 있는 범인에 대한 증오 때문에 그녀와 눈만 마주쳐도 나까지 완전히 타버릴 것 같은 공포에 시달렸다.

"어느 날 노부코 씨가 등유를 사는 걸 봤어요. 석유난로는 위험해서 우리 연립주택에서는 사용 금지라고 넌지시 주의를 줬는데…. 노부코 씨는 석유난로는 가지고 있지 않으니 걱정하지 말라며 가더군요. 그럼 왜 등유를 사간 걸까 궁금했는데, 결국 다음 날 뉴스를 보고 그 이유를 짐작할 수 있었죠."

"범인에게 무기징역 판결이 나왔다는 뉴스군요."

내가 그렇게 물어보자 미야지마 씨의 어머니가 고개를 끄덕였다.

"뉴스에서 범인에 대한 분노를 터뜨리는 노부코 씨를 보니 어쩌면 판결에 항의하기 위해 분신자살이라도 하려는 건 아닐까 싶었어요. 만날 때마다 항상 온화한 사람이었지만, 뉴스에 나온 노부코 씨를 보니 등골이 얼어붙을 것 같은 공포가 느껴지더군요. 그 뒤로는 노부코 씨와 만나기가 꺼려져서, 모든 연립주택 주민들에게 집세도 직접 주지 말고 송금으로만 보내라고 했습니다."

"노부코 씨는 언제까지 여명 하이츠에 계셨습니까?"

"정확한 시기는 기억나지 않지만 꽤 예전…. 대략 15~16년쯤 전일 거예요."

"그 후 어디로 가셨는지는…?"

"돌아가셨어요."

그 말에 나는 의자에서 펄쩍 뛰어오를 뻔했다.

"돌아가셨다고요?"

"네에…. 어느 날, 한 남성에게서 연락이 왔는데 노부코 씨가 돌아가셨다더군요."

"남성이요? 그게 누군가요?"

내 기세에 움찔했는지 미야지마 씨의 어머니가 살짝 뒤로 물러났다.

"흥분해서 죄송합니다."

나는 자세를 고쳐 앉았다.

"심부름센터라고 했어요."

"심부름센터요?"

"그래요…. 젊은 남자였어요. 생전에 노부코 씨가 부탁했대요. 자기가 죽으면 집에 있는 물건을 대신 처분해 달라고요. 나는 사카모토 씨가 투병 중인 것도 모르고 있었는데, 자궁암을 앓았다지요? 자기가 죽은 후에 우리에게 폐가되지 않도록 배려해 준 거겠죠."

"장례식에는 참석하셨나요?"

"나도 하다못해 장례식에라도 참석하고 싶어서 그 사람한테 물었는데, 자기도 노부코 씨가 돌아가신 걸 의뢰인에게 들었을 뿐이라서 장례식에 대해서는 잘 모른다고 했어요."

"그럼 심부름센터 직원에게 그것을 알려준 건 누군가요?"

"거기까지는 물어보지 않았어요. 집세는 밀리지 않고 들어왔었고, 짐도 바로 빼줘서 그걸로 임대차 계약은 종료된 거니까요."

"혹시 노부코 씨에게 친척이나 친하게 지내던 분은 없었나요?"

나는 지푸라기라도 잡는 심정으로 물었다.

"적어도 이 동네에서 친하게 지냈던 분은 없었던 것 같아요. 짐 처분을 심부름센터에 부탁할 정도니까요."

나로서는 낙담하지 않을 수 없었다.

"다만…, 요코하마역 근처에서 동료분들과 함께 있는 걸 본 적이 있어요."

"동료라면 어떤…?" 내가 물었다.

"범죄 피해를 당한 분들이겠지요. 참혹한 죄를 저지른 범죄자들에게 엄벌을 내려야 한다는 전단지를 몇 명이서 나눠주고 있었어요."

가게 영업을 마치고 청소를 하고 있는데, 주방에서 사복으로 갈아입은 오치아이가 나왔다. 오치아이는 이쪽을 쳐다보지도 않고 가게 문으로 향했다.

"오늘은 한 잔 안 하고 그냥 갈 거야?"

내가 말을 걸자 오치아이가 멈춰 서더니 매우 불쾌한 표정으로 내게 다가왔다.

"대체 어쩔 생각이야!"

바 테이블 위를 격하게 내려치는 소리에 나는 움찔했다.

"공동경영자인 나한테까지 거짓말을 하면서 몰래 뭘 하고 다니는 거야?"

"거짓말이라니…?"

"낮에 너랑 통화한 뒤에, 아무래도 임시휴업을 하는 게 나을 것 같아서 너한테 다시 전화를 걸었어. 휴대폰이 꺼져 있길래 집으로 걸었더니, 뭐야? 가오루 씨가 네가 집에 없다더라. 요 며칠간 다른 카페를 조사해야 한다면서 아침 일찍부터 나갔다던데? 가게 일도 중요하지만, 네 몸이 걱정되니까 너무 무리하지 않게 해달래. 대체 어떻게 된 거야!"

노려보는 오치아이에게 나는 아무 말도 하지 못했다.

"일하는 시간 외에 뭘 하든 그건 네 자유라고 생각해서 이제까지 참아왔는데, 가게까지 내팽개치고 대체 너 뭐하는 사람이야?"

"미안하다."

나는 솔직하게 사과했다.

"그것뿐이야?"

오치아이는 가만히 나를 응시하며 내 다음 말을 기다렸다.

"나한테도 말 못 할 일을 하고 있다는 뜻이야?"

"미안해. 하지만 이것만은 알아줘. 결코 오녀와 가게에 피해를 끼칠 짓은 하지 않아. 거짓말을 한 건 반성하고 있지만, 꼭 해야 할 일이 있어. 조금만 이해해 줘."

"네 멋대로 해!"

오치아이는 그렇게 내뱉고 분연히 일어나 가게를 나가버렸다.

나는 바 안에 있던 고헤이에게 시선을 돌렸다. 오치아이와의 대화를 착잡한 심정으로 바라보고 있었던 것 같다.

"오늘은 미안했어. 바를 혼자 맡아서 피곤했지? 그만 퇴근해."

"하지만…."

고헤이는 돌아가려고 하지 않았다.

"됐으니까 빨리 가!"

나는 버럭 고함을 쳤다. 빨리 혼자 있고 싶은 초조함에 폭발하고 만 것이다.

고헤이는 바를 나와 직원 휴게실로 들어갔다. 고헤이가 옷을 갈아입고 나올 즈음 나도 엉뚱한 곳에 화풀이했다는 것을 깨닫고 있었다.

"고헤이…."

사과하려고 불러 세웠지만 고헤이는 내게 시선을 돌리지 않고 그대로 가게를 나갔다.

나는 혼자 나락으로 떨어진 것만 같아 마음속으로 급격한 불안감이 덮쳐 왔다.

앞으로 어떻게 하면 좋을까?

노부코는 이미 죽었다. 미야지마 씨의 어머니가 알려준 그 현실에 나는 실낱같은 희망을 모두 잃고 말았다.

노부코의 소식을 파악하는 것조차 이토록 어려운데, 그림자조차 보이지 않는 협박범을 알아내는 것이 가능하기나 할까?

너무 졸려서 몽롱한 상태로 어떻게 하면 좋을지 필사적으로 머리를 굴려봤지만, 머릿속은 칠흑 같이 어두울 뿐 희미한 빛조차 보이지 않았다.

아니다!

미야지마 씨의 어머니가 병실에서 해준 이야기를 다시 곱씹어 보니 한 줄기 빛이 보이는 것 같았다.

노부코는 자기처럼 범죄 피해를 당한 사람들과 함께 범죄자에 대한 엄벌을 요구하는 사회활동을 하고 있었다고 했다. 어쩌면 그 활동을 함께 했던 사람 중에 노부코의 협력자, 즉 그 편지를 보낸 인물이 있지 않을까?

하지만 그 인물은 또 어떻게 찾지? 노부코가 그 활동을 했던 것은 적어도 15년 전의 일이다. 혹시라도 인터넷을 뒤져보면 알 수 있을까?

갑자기 가게 안에 전화벨 소리가 울려 제정신이 들었다.

"네, 다이닝 바 《HEATH(히스)》입니다."

나는 마음을 가누고 전화를 받았다.

하지만 상대는 응답하지 않는다.

"여보세요…?"

몇 차례 불러봤지만 반응이 없었다.

잘못 온 전화인가 하고 수화기를 귀에서 떼려고 했을 때 기이한 목소리가 들렸다.

그 목소리에 정신이 팔려 상대가 한 말이 머리에 들어오지 않았다. 하지만 불길한 조짐이라는 것만큼은 감지했는지 갑자기 전신에 오한이 들었다.

"여보세요…?"

나는 숨죽이며 다시 한번 불렀다.

"오랜만입니다. 다카토 후미야 씨."

인공적으로 만들어진 목소리가 귓가에 울렸다.

"너 누구야…?"

"사카모토 노부코입니다 —."

그 말에, 심장이 튀어나올 뻔했다.

"언제쯤 약속을 지켜줄 건가요? 나는 오랫동안 당신을 지켜봐 왔습니다. 약속을 지켜줄 거라고 기대하고 있었는데, 당신은 전혀 행동으로 옮기려고 하지 않았어요. 할 수 없이 그 남자들의 소재까지 친절하게 준비해줬는데도 당신은 내 말을 계속 무시하고 있어요."

"사카모토 노부코 씨는 돌아가셨어. 넌 대체 누구야…?"

목소리를 들어도 상대가 남성인지 여성인지조차 가늠할 수가 없었다.

"사카모토 노부코의 영혼입니다. 단지 영혼일 뿐이지만 당신과는 달라서 언제든지 행동으로 옮길 수가 있어요."

"협박하는 건가? 이쯤에서 그만둬. 그러지 않으면 당장이라도 경찰에 신고할 거야."

나는 최대한 허세를 부리며 말했다.

"하고 싶으면 하세요. 그럴 생각이었으면 벌써 했겠죠. 게다가 경찰에 알린다 해도 당신의 고뇌는 멈추지 않습니다. 내가 경찰에 붙잡히는 일은 없을 거라 단언하지요. 왜냐하면 나는 이미 죽었고, 영혼일 뿐이니까요."

"웃기지 마!"

나도 응수했다.

"대체 이제 와서 뭘 망설이는 건가요? 지금의 당신이 존재하는 건 전부 그 약속 덕분이잖아요. 당신이 누리는 지금의 행복은 내가 죽기 직전까지 암 때문에 고통으로 몸부림치는 것과 바꿔서 만든 것이잖아요. 슬슬 내게도 평안한 시간을 주세요. 당신 힘으로."

"그런 약속은 철회하겠어. 그렇잖아. 사람을 죽인다는 약속을 지킬 수는 없어. 아니, 그런 바보 같은 약속 따윈 애초부터 아무런 효력도 없다고."

"당신이 말하는 효력이라는 건 '법적 효력'이라는 얘기겠지요? 나는 그런 것과는 관계가 없는 세상에 있습니다. 알겠나요? 당신은 나와 약속을 했어요. 그 남자들을 반드시 찾아내서 유키코의 원통함을 풀어준다고요. 만약 약속을 깬다면…, 언젠가 당신도 나와 똑같은 괴로움에 시달리게 될 거라고요. 그 말을 잊었나요?"

"부탁이야…. 사카모토 씨가 내게 빌려준 돈은 반드시 갚을게. 아니, 그 이상의 일도 할 테니까…. 이런 짓은 그만 둬줘. 어디에 사는 누군지 모르겠지만…. 부탁할게…. 당신 도 인간이잖아."

나는 수화기를 향해 간청했다.

"오늘부터 일주일 안에 유키코의 원통함을 풀어주세요. 그러지 않으면 당신은 나처럼 지옥에 빠진 것 같은 괴로움 을 맛보게 될 거예요."

호노카의 모습이 머릿속에 떠올랐다.

그렇지만….

"못 해…. 사람을 죽인다니, 그런 짓을 할 수는 없어…."

나는 흘러넘칠 것 같은 눈물을 참으며 호소했다.

"사람을 죽이는 건 간단해요. 나와 똑같은 일을 당하 면…. 소중한 자식을 무참한 형태로 빼앗기면…. 그 상대 를 죽여 버리고 싶다는 격한 충동에 휩싸이게 되지요. 그 런 일을 당했다고 상상해보기만 하면 되는 일이에요. 당신 딸이 희롱감이 되고 죽임을 당했을 때의 격정을 그 남자 들에게 쏟아부으면 됩니다. 다시 한번 말해두지만, 경찰에 달려가도 소용없어요. 호노카를 어딘가로 대피시키는 일 도 무의미합니다. 당신이 약속을 지키지 않으면, 앞으로 몇 년, 아니 몇십 년이 지난다 해도 언젠가 당신 딸에게는 확실히 재앙이 덮치게 될 겁니다."

"부탁이야…. 제발 부탁이니까…. 호노카만은 손대지 말아 줘. 나를 괴롭히고 싶다면…. 그게 목적이라면, 차라리 나를 죽여!"

나는 절규하듯 소리쳤다.

"빨리 유키코의 원통함을 풀어주세요. 그러지 않으면 당신은 자신이 죽는 것보다 더 괴로운 지옥을 맛보게 될 거예요."

내 부탁을 단칼에 자르며 전화가 뚝 끊겼다.

"아빠!"

누군가의 목소리가 들렸다.

"저기… 아빠 좀!"

큰 목소리에 나는 흠칫 놀라 얼굴을 들었다.

"제대로 듣고 있어?"

맞은편에 앉은 호노카가 불만스러운 눈빛으로 나를 쳐다본다.

"어, 어어…. 미안해. 뭐라고 했지…?"

나는 그렇게 말하고 눈앞의 햄에그 요리에 젓가락을 뻗었다.

"내일 토요일에 후시미랑 같이 스케이트 타러 갈 거야.

내가 후시미랑 다른 애들한테 다 같이 가자고 했어."

호노카가 뽐내는 것처럼 말했다.

"후시미라니?"

내가 묻자 호노카가 "아 진짜…."하고 입을 삐죽였다.

"지난번에 아빠한테 혼났잖아. 후시미를…. 그…, 그런 식
으로 부르면 불쌍하지 않냐고."

생각났다. 얼굴의 오른쪽 반이 멍으로 덮여 있어서 반
아이들이 몬스터라고 부르는 소년이다.

"아빠가 그렇게 말해서…, 나, 큰맘 먹고 후시미한테 말
을 걸어 봤어. 그전까지는 걔가 난폭해서 피했었는데, 얘기
해 보니까 그렇게 나쁜 애는 아니더라고. 얼마 전에는 내가
무거운 짐을 들고 있으니까 도와주기도 하고…, 상냥한 면
도 있어."

"그랬구나."

"반에서 다른 애들한테 미움을 받으니까 일부러 심술궂
게 굴었던 것 같기도 해."

"그래서 다 같이 스케이트 타러 가기로 한 거야?"

호노카가 끄덕이며 말했다.

"후시미를 제대로 알면 다들 이상한 말을 하지 않게 될
거고, 그러면 후시미도 난폭한 짓을 하지 않게 될까 해서."

"훌륭하네."

내가 그렇게 말하자 호노카가 생긋 웃고 일어났다. 식사한 접시를 싱크대에 가져다 놓고 책가방을 멨다.

"다녀오겠습니다."

가오루와 함께 현관으로 향하는 호노카를 앉은 채로 배웅했다.

문이 닫히자, 햄에그를 집고 있는 젓가락을 물끄러미 쳐다보았다. 한숨이 새어 나오는 동시에 가오루가 주방으로 돌아왔다.

"그럼 나는 잘게."

나는 가오루의 시선을 피해 일어났다.

"거의 안 먹었잖아."

"식욕이 없어. 냉장고에 넣어두면, 나중에 일 나가기 전에라도 먹을게."

"여보."

침실로 가려는 내 앞을 가오루가 막아섰다.

"몸이라도 안 좋은 거야?"

가오루가 걱정스럽게 물었다.

"피로가 쌓인 것뿐이야. 나이 탓인가…."

그렇게 얼버무리자, 가오루가 내 팔을 잡더니 다시 의자에 앉혔다.

"얘기를 좀 하고 싶은데."

가오루가 맞은편에 앉아 내 눈을 지그시 쳐다본다.

"다음에 하면 안 될까? 피곤해."

"잠깐이면 돼."

가오루의 간절한 눈빛을 뿌리칠 수 없었다.

"당신⋯. 요즘 계속 이상해. 무슨 일 있는 거 아니야?"

걱정을 넘어서 불안하다는 표정이었다.

"아까도 말한 것처럼 그냥 피곤해서⋯."

"거짓말하지 마!"

가오루가 강한 어조로 가로막았다.

"당신이랑 함께 산 세월이 얼만데. 그냥 피곤하기만 한 건지, 그렇지 않은지 정도는 구별할 수 있어. 나한테 뭐 숨기는 게 있는 거 아니야?"

나는 가오루를 마주 보며 침묵하고 있었다.

"어제, 오치아이 씨가 집에 연락했어. 당신을 바꿔 달라길래 낮 영업에 참고하려고 아침부터 여러 카페를 돌아다니고 있는 것 같다고 했더니, 놀란 것처럼 입을 다물었어. 낮 영업을 하는 것도 좋지만, 몸이 좋지 않은 것 같으니까 너무 무리하지 않게 해달라고 부탁했더니, 오치아이 씨가 뭐라고 대답해야 좋을지 모르겠다는 듯이 말끝을 흐리더라. 오치아이 씨랑 같이 낮 영업을 하려고 계획하고 있다는 거 사실이 아니지?"

"내가 주제넘게 나선 거긴 하지만 그런 얘기를 한 건 사실이야."

"요 며칠…, 당신은 이제까지 본 적이 없는 심각한 얼굴을 하고 있어. 대체 무슨 일이 있었던 거야?"

캐묻는 듯한 눈빛으로 가오루가 호소했지만 나는 아무 말도 하지 못했다.

"계속 걱정이 돼서 힘들었지만, 조만간 당신이 먼저 얘기해 줄 거라고 생각해서 기다렸어. 분명 내게 상의해 줄 거라고 지금까지 참아왔어…."

가오루의 눈에 눈물이 글썽인다. 하지만 그 눈동자는 나를 똑바로 바라보고 있었다.

"나한테는 의지가 안 돼요? 아내인 나에게조차도 상의할 수 없는 일인 거야?"

가오루에게 전부 이야기하고 싶었다.

최근 2주간 나를 계속 괴롭히고 있는 사카모토 노부코와의 약속을….

그리고 그런 약속을 할 수밖에 없었던 내 진짜 과거를….

"내가 괴로움에 빠져있었을 때…. 당신은 열과 성의를 다해 나를 받아주었어. 당신이 있어 주었기 때문에 내가 살 수 있었어. 그러니까…, 뭔가 얘기하기 힘든 일이 있다고 해도, 이번에는 내가 당신의 고민을 받아주고 싶어."

가오루에게 내 과거를 털어놓으면 이 괴로움에서 벗어날 수 있다.

나는 사실 다카토 후미야라는 전과가 있는 남자이고, 16년 전부터 무카이 사토시라는 타인 행세를 하며 살아왔다고 이야기한다면. 그리고 경찰을 찾아가서 사카모토 노부코라는 사람을 사칭하는 인물로부터 사람을 죽이라는 협박을 받고 있다고 호소하면, 바로 수사를 해서 범인을 체포해주지 않을까? 물론 그렇게 되면 타인 행세를 했던 내 죄를 묻게 될 것이다. 교도소에 들어가게 될지도 모른다. 그래도 호노카에게 무슨 일이 생기는 것보다는 낫다.

그렇게 생각했지만 목구멍까지 올라온 말을 뱉지는 못했다.

경찰에 진실을 이야기하면 젊은 시절에 저질러 온 여러 죄가 가오루에게 알려지게 되는 건 아닐까?

내 그런 잘못들을 가오루는 용서해 줄까? 그걸 알고서도, 가오루는 나라는 인간을 받아들여 줄까?

아마도 가오루는 나를 경멸할 것이다. 아니, 경멸이라는 말로는 부족하다. 틀림없이 증오의 대상으로서 나를 보게 될 것이다. 그리고 호노카를 데리고 내 곁에서 사라져버리리라.

마침내 손에 넣은 이 행복을 무슨 일이 있어도 잃을 수는 없다.

"일 때문에 피곤한 것뿐이야. 더 이상 피곤하게 만들지 말아줘."

나는 불쾌한 말투로 말하고 일어섰다.

"여보. 나는 당신의 고민을 받아들이지 못한다는 거야?"

가오루도 튕기듯 일어나 내 팔을 붙잡았다.

"그만 좀 해! 고민 따윈 없어! 단지 자고 싶을 뿐이야."

나는 가오루의 손을 뿌리치고 도망치는 듯 침실로 향했다.

가게 우편함을 열어보니, 광고 전단지에 섞여 있는 또 하나의 편지 봉투가 있다.

'무카이 사토시 님'

이제는 낯이 익은 필체가 눈에 들어오자 온몸에 소름이 돋았다.

나는 그 자리에 못 박힌 듯 서서 우편함 안의 봉투를 쳐다보았다.

손대기도 싫었지만, 이제 곧 오치아이와 고헤이가 올 것 같아서 떨리는 손끝으로 봉투를 붙잡았다.

봉투 겉면에는 '사카모토 노부코'라고 쓰여 있었다. 안에는 뭔가 딱딱한 것이 들어 있는 것 같았다. 이제까지의 편지와 달리, 부피감과 무게감이 있었다.

봉투를 뜯으려고 했을 때 갑자기 진동이 울려서 나도 모르게 봉투에서 손을 뗐다.

콘크리트 바닥에 떨어뜨린 봉투가 계속 진동했다. 너무 놀라서 떨어진 봉투를 잠시 쳐다보고 있었지만, 이내 봉투를 다시 집어 들고 안에 들어있는 물건을 꺼냈다. 스마트폰이었다.

화면에는 '발신번호 표시제한'이라는 글자가 떠 있었다. 전화가 걸려 와서 진동이 울리고 있는 것 같았다. 사용해 본 적이 없는 최신형 스마트폰이라 조작이 익숙하지 않아 잠시 화면을 이리저리 만지작거렸다. 그랬더니 "여보세요." 라는 인공적으로 만들어진 목소리가 흘러나왔다.

"여보세요…"

나는 바로 스마트폰을 귀에 대고 말했다.

"겨우 전화를 받았네요. 스마트폰 조작법 정도는 알아두셔야죠."

그 말을 듣고 나는 주변을 둘러보았다.

그놈은 어딘가에서 나를 보고 있는 것이 분명하다.

하지만 주변을 아무리 두리번거려보아도 그놈이 어디에 있는지는 전혀 알 수 없었다.

역 앞 호텔이나 인근 빌딩 혹은 아파트에 놈이 있다면, 내가 있는 곳을 한눈에 내려다 볼 수 있을지도 모른다.

"어디 있는 거야…?"

대답할 리가 없다고 생각하면서도 그렇게 물었다.

"당신 바로 옆에 있잖아요. 안 보여요? 하긴 지난번에도 말한 것처럼, 나는 영혼이니까 당신 옆에 있어도 당신은 나를 보지 못하겠지만요."

목소리에 웃음이 섞여 있는 것을 알고, 짜증이 나 이를 악물었다.

"그러니까 내 말을 전하기 위해 스마트폰을 선물하겠습니다. 약속을 지킬 때까지는 항상 몸에 지니고 계세요."

"싫다면?"

나는 내 눈앞에 비치는 풍경을 노려보며 말했다.

"마음대로 하세요. 그때는 약속을 파기했다고 간주할 뿐입니다. 그 의미는 잘 아시지요?"

'당신이 약속을 지키지 않으면, 앞으로 몇 년, 아니 몇십 년이 지난다 해도 언젠가 당신의 딸에게는 확실하게 재앙이 덮치게 될 겁니다.'

나는 그 말을 곱씹었다.

"가도쿠라는 오카야마에, 이이야마는 센다이에 살고 있습니다. 당신이 하루 종일 자유롭게 움직일 수 있는 건 가게 정기 휴일인 모레밖에 없겠네요."

"작작 좀 해. 그런 약속은 지킬 수 없다고 했잖아. 이런 것까지 보내오다니. 네 정체는 나도 예상하고 있어."

나는 슬쩍 넘겨짚어 보았다.

"호오. 그렇습니까…?"

기계로 만든 목소리라도 희미하게 상대의 톤이 변한 것은 느껴졌다.

"내가 경찰에 가면 넌 바로 체포될 거다."

"그렇게 되면, 나와 나눈 그 약속 이야기도 해야 할 거예요. 그리고 경찰은 사람 두 명을 죽인다는 약속을 해서라도 바꾸고 싶었던 당신의 과거에 대해서도 흥미를 느낄 테죠."

"그런 건 나도 각오하고 있어. 사람을 죽이는 것보다는 나아."

나는 물러서지 않고 내뱉었다.

"당신은 그렇게 할 수 없어."

놈이 단언하자 조금 기가 죽었다.

"어떻게 그렇게 단정하지? 내가 너한테 굴복해서 그런 불합리한 요구를 받아들이기라도 할 거라 생각하는 건가? 경찰서에 가서 이 스마트폰을 제출하면, 네 신원 따윈 쉽게 알아낼 수 있어."

"당신은 경찰서에 갈 수 없습니다. 당신이 모든 사실을 실토하면, 경찰은 당신의 정체가 다카토 후미야라는 걸 알게 되겠지. 그러면 당신이 이제까지 어떤 죄를 저질러 왔는지, 특히 젊은 여성의 집에 침입해서 폭행하는 바람에 옥살이를 한 적도 있다는 걸 당신의 고귀하신 부인과 따님이 속속들이 알게 될 테니까. 그것만은 무슨 일이 있어도 피하고 싶겠지요."

그 말에 나는 더 깜짝 놀랐다.

"어, 어떻게 그걸…"

어떻게 그 일까지 알고 있는 걸까?

노부코에게는 내가 과거에 교도소에 들어갔었던 일도, 그 이유에 대해서도 전혀 이야기하지 않았다. 부모님이 진 빚 때문에 야쿠자에게 감금당했다가, 야쿠자를 다치게 해서 도망치고 있다고 말했을 뿐이다.

이제까지 이 인물이 노부코와 함께 범죄자들에게 엄벌을 가하자는 사회단체의 동료일 거라고만 짐작했었는데, 그 예측이 완전히 빗나가 버렸다.

"왜 그러시나요?"

그 소리에 퍼뜩 정신이 들었다.

"사람을 죽일 수는 없다는 등 착한 사람 코스프레를 하고 있지만, 당신의 본성은 온통 악이라는 걸 나는 아주 잘 알고 있습니다. 당신은 자신의 과거를 숨기기 위해서라면 사람을 죽이는 일 따위는 서슴지 않고 할 사람이잖아요. 당신을 비하하는 건 아닙니다. 오히려 그런 당신과의 만남에 감사했어요. 당신은 자신이 살기 위해 남을 죽이겠다는 약속을 했어요. 그리고 이번에는 자신의 과거를 가족에게 숨기기 위해 기꺼이 그 약속을 지킬 거라고 믿어요. 뭘 그렇게 망설이나요? 생판 남인데…. 그것도 짐승만도 못한 짓을 한 남자들이에요. 그들의 목숨과 자신의 행복 그리고 딸의 신변, 어느 쪽 가치가 더 무거운지는 저울에 달아보지 않아도 쉽게 알 수 있잖아요."

나는 잠자코 듣고 있었다.

"하긴 사람 두 명을 죽인다는 건 당신에게도 난이도가 조금 높을지도 모르겠네요. 내 입장에서 보면 그 두 사람의 목숨 따윈, 목숨 하나의 가치밖에 되지 않지만…. 어쩔 수 없군요. 어느 쪽이든 한 명이면 되는 걸로 합시다."

"무슨 뜻이야…?"

나는 간신히 말을 쥐어짰다.

"가도쿠라 도시미츠나 이이야마 켄지 둘 중 한 명이면 된다는 얘기입니다. 누구를 죽일지는 당신에게 맡기겠습니다. 그렇게 하면 당신도 저울질하기 쉽겠지요. 어떻습니까? 당신과 내 딸 유키코는 아무런 연결고리가 없어요. 당신이 현장에서 실수만 하지 않는다면 그 남자들이 살해당한다 해도 당신이 용의선상에 오르는 일은 절대 없어요. 빨리 약속을 지키고, 내게도 평안한 시간을 주세요. 그러고 나서 당신도 이제까지 그랬던 것처럼 행복한 생활로 다시 돌아가면 됩니다."

"정말…, 정말로 둘 중 한 명만 죽이면…?"

나는 냉정한 판단을 하지 못한 채 중얼거렸다.

"맹세코 약속하지요."

그렇게 말하더니, 전화가 끊겼다.

나는 스마트폰을 쳐다보며 잠시 동안 미동도 하지 못했다.

둘 중 하나를 죽이면 이 괴로움에서 해방된다.

어린 여자애를 열흘간 감금하고, 무자비하게 능욕하고 죽인 짐승만도 못한 놈들.

"마스터."

불쑥 누군가 말을 걸자 나는 놀라서 뒤를 돌아보았다.

고헤이가 다가오는 것이 보였다.

"스마트폰으로 바꾸셨어요?"

고헤이가 그렇게 묻자, 나는 애매하게 고개를 끄덕이며 스마트폰을 주머니에 쑤셔 넣었다.

"스마트폰은 배터리가 금방 닳으니까 부지런히 충전하는 편이 좋아요."

고헤이는 그렇게 말하더니 가게 문 안으로 향했다.

가게에 들어가 고헤이와 오픈 준비를 시작했지만, 마음이 진정되지 않아 일이 손에 잡히지 않았다.

문 열리는 소리가 나서 문 쪽을 쳐다보니 장바구니를 든 오치아이와 메구미가 가게로 들어왔다.

"안녕하세요."

메구미의 인사에 나도 고개를 끄덕였다.

"어라, 둘이서 어디 갔었어요?"

고헤이가 묻자 오치아이가 당황한 듯 크게 머리를 저었다.

"장보러 갔다 오는 길에 메구미 씨랑 준을 만났어."

메구미가 생글생글 웃으며 내게 가까이 왔다.

"마스터, 내일 오픈 전에 무슨 일정 있으세요?"

메구미의 질문에 나는 고개를 갸웃했다.

"호노카가 준에게 스케이트를 타러 가자고 했어요. 저도 같이 가게 되어서, 가오루 씨에게도 문자를 보냈는데 하필 아르바이트 일거리가 들어왔다고 해서…."

그러고 보니 오늘 아침에 호노카가 후시미라는 친구랑 내일 스케이트를 타러 간다고 했었다.

"아니, 나는…. 몸이 좀 안 좋아서…."

지금은 한가하게 스케이트나 타러 다닐 때가 아니다.

"고헤이는 어때? 같이 안 갈래?" 오치아이가 물었다.

"오너도 가요?"

"준이 직접 가자고 하면 거절 못하지."

오치아이는 어깨를 으쓱했지만 그다지 싫은 눈치는 아

닌 것 같았다.

"별로 상관없어요. 어차피 한가하니까." 고헤이가 말했다.

다음 날, 가게 오픈 준비를 하러 마트에 들어가 장바구
니를 하나 들고 주방용품 코너로 향했다. 가게에서 쓸 행
주를 장바구니에 담으려 했을 때, 선반에 진열된 날카로운
칼들이 눈에 들어왔다.

'빨리 약속을 지켜 나를 평안하게 해 주세요.'

그 약속을 지키려면, 가게 정기 휴일인 내일밖에 기회는
없다. 나는 주저하며 플라스틱으로 포장된 주방용 칼을 하
나 집어 들었다.

그렇게 어렵지 않은 일이 아닐까? 두 사람은 내 존재를
모른다. 낯선 내가 목숨을 노리고 있다는 생각 따윈 하지
않을 것이다. 넌지시 다가가서, 어딘가 아무도 없는 곳에서
이 칼로 푹 찌르기만 하면 그것으로 임무는 완수된다.

고작 그것만으로 나를 계속 괴롭히고 있는 이 '돌이킬
수 없는 약속'의 굴레에서 해방되는 것이다.

경찰은 분명 가도쿠라나 이이야마에게 원한을 품은 사
람의 범행이라 생각할 것이다. 하지만 나는 두 사람에게
살해당한 유키코와 그 엄마인 노부코와는 아무런 관계도
없다.

죽이는 모습을 누군가가 목격하거나 어설픈 증거를 남기지 않는 한, 내게 수사의 손길이 뻗칠 일은 없을 것이다.

다만, 사람을 죽이는 것에 대한 혐오감만 참아내면 되는 것이다. 대단한 일은 아니다. 이제까지 사람을 죽인 적은 없지만, 예전의 나는 많은 사람에게 폭력을 쓰고 상처를 입혀 오지 않았던가.

아무런 죄책감도 없이, 죄도 없는 선량한 사람들을….

하지만 이번에는 다르다. 내가 상처를 입히고 목숨을 빼앗을 인간은 그런 벌을 받아 마땅한 짓을 해 왔다.

그뿐만이 아니다. 예전의 나는 단지 무언가를 빼앗기 위해서 여러 나쁜 짓을 해 왔지만, 지금의 나는 지켜야 할 사람을 위해 그 일을 하는 것이다.

칼끝을 바라보며 오래 머뭇거렸지만, 손에 든 칼을 바구니에 넣을 결심이 서지 않았다.

누군가를 죽여 버리면 되돌릴 수 없다. 그리고 마음속에 간신히 남아 있는 양심이 무너져버린다. 나는 주방용 칼을 선반에 돌려놓았다.

역겨운 욕구를 필사적으로 뿌리치며 과일 코너로 향했다. 레몬과 라임을 음미하고 있을 때 주머니 속에서 진동이 울렸다. 순간 등에 소름이 돋았다.

나는 바구니를 바닥에 내려놓고 허둥지둥 스마트폰을

꺼냈다. 문자메시지가 와 있었다. 제목은 '준비는 잘되고 있습니까?'였다. 열어보니 사진이 첨부되어 있다.

화면을 응시했지만 그것이 무슨 사진인지는 잘 알 수 없었다. 전체적으로 희끄무레한 풍경 사진이다. 사진을 확대하자 스케이트장이었다. 많은 사람에 섞여 스케이트를 타고 있는 호노카 사진임을 알아챘다.

화면을 쳐다보며 누군가 가슴을 옥죄는 것처럼 괴로워졌다.

호노카에게는 휴대폰을 사주지 않았기 때문에 연락은 할 수 없지만, 아마도 가와고에역 앞에 있는 스케이트장일 것이다.

나는 바구니를 내려놓고 급히 마트 출구로 향했다. 마트를 빠져나오려던 찰나에, 그러고 보니 오치아이도 같이 스케이트를 타러 간다고 했던 것이 생각났다. 휴대폰을 꺼내 오치아이에게 전화를 걸려다 멈췄다.

오치아이는 최근의 내 언동을 수상쩍게 여기고 있는 것 같았다. 괜히 이상한 것을 물어서 더욱 그 의심이 커지게 만들 수는 없었다.

나는 고헤이의 휴대폰에 전화를 걸었다.

"여보세요…."

잠시 후 고헤이가 전화를 받았다.

"난데⋯. 지금 호노카랑 같이 스케이트장에 있는 거야?"

"네. 그런데요."

"그 스케이트장에 혹시 수상한 사람 없어?"

"수상한 사람이요?"

고헤이가 황당하다는 듯 말했다.

"호노카 사진을 찍거나 휴대폰을 호노카 쪽으로 향하고 있는 사람 없어?"

"글쎄요⋯. 모르겠네요⋯."

당황한 듯한 고헤이의 목소리가 들렸다.

"카메라로 사진을 찍거나 휴대폰을 가진 사람은 있는데, 호노카를 찍고 있는지까지는⋯. 왜 그런 걸 물어요?"

"아니, 그러면 됐어. 잊어버려. 이 일은 아무에게도 말하지 말아 줘. 부탁이야—."

나는 고헤이에게 다짐을 받고 나서 전화를 끊었다.

'빨리 유키코의 원통함을 풀어주세요. 그러지 않으면 당신이 죽는 것보다도 더 괴로운 지옥을 맛보게 될 거예요.'

그것을 언제든 쉽게 할 수 있다고, 놈은 내게 그렇게 경고하고 있다.

나는 휴대폰을 주머니에 넣고 마트 안으로 다시 들어갔다. 바닥에 내려놨던 바구니를 들고 주방용품 코너로 향했다. 선반에 늘어서 있는 여러 종류의 칼 앞에서 멈춰 섰다.

짐승만도 못한 죄를 저지른 생판 남의 목숨과 내 소중한 가족의 행복….

마음속 저울이 한쪽으로 확 기우는 것을 느끼면서 주방용 칼을 집어 아무렇게나 바구니에 쑤셔 넣었다.

주방에서 나온 오치아이가 내 앞으로 왔다.

"마스터, 몸은 좀 어때?"

오치아이가 의자에 앉지 않고 선 채 물었다.

"그저 그래."

"내일 히비야에 갈래?"

오치아이가 그렇게 말하며 바 위에 종이를 놓았다.

"히비야?"

나는 오치아이에게 되물으며 종이로 시선을 돌렸다.

"히비야에서 와인 시음회가 있어. 가게 메뉴도 슬슬 변화를 주고 싶고, 함께 가보면 어떨까 싶은데."

"미안해. 꼭 해야 할 일이 있어."

"요즘, 볼일이 많네. 수고해."

함축적인 말이었다.

"오늘은 한 잔하고 안 가?"

내가 묻자 문으로 나가려던 오치아이가 돌아보았다.

"고헤이의 칵테일은 이제 매일 마셔볼 필요 없는 수준에

도달했어. 고헤이한테 따라잡히지 않게 너도 긴장해라."

오치아이가 고헤이에게 미소 짓고는 가볍게 손을 흔들고 가게에서 나갔다.

"마스터."

오치아이가 떠나자 고헤이가 다가왔다.

"낮에 전화, 어떻게 된 거예요?"

고헤이가 의아하다는 표정으로 물었다.

"별일 아니야. 신경 쓰지 마."

나는 고헤이에게서 시선을 돌리고 하던 청소를 계속했다.

"신경 쓰지 말라는 게 말이 안 되죠. 얘기해주세요. 제가 뭘 도와드릴 수 있을지 모르겠지만, 혼자서 고민하시는 것보다는…."

"정말 아무 일도 아니야."

"뭔가 이상한 사건에 휘말린 건 아닌가요?"

"뭐야, 이상한 사건이라니."

나는 억지로 웃어 보였다.

"시치미 떼지 마세요! 수상한 인물이 호노카를 찍고 있지 않으냐니…, 혹시 호노카를 미끼로 누가 협박이라도 하고 있는 거 아닙니까?"

"바보야. 드라마를 너무 봤어."

"마스터는 제 스승이니까 걱정하는 거예요! 요즘 계속

이상해요. 가게에 온 사람들이랑 마스터가 나누는 대화가 저한테도 다 들린다는 건 알고 계시죠?"

"고객님들과 나누는 접대 멘트일 뿐이야."

"아까도 마에하라한테 휴대폰 명의자를 알아낼 방법을 물었지요?"

사실 오늘도 조금 전에 혼자 한잔하러 온 마에하라에게 휴대폰 명의자를 알아볼 방법이 없는지 물어봤었다. 내가 받은 스마트폰의 명의자를 알 수 있다면, 놈의 정체에 다가갈 수 있지 않을까 하고, 지푸라기라도 잡는 심정으로 물어본 것이다.

하지만 흥신소에서 일한 적이 있는 마에하라의 대답은 '쉽지 않다'였다. 흥신소를 이용하면 알 수 있을지도 모르지만, 요즘 시국에 흥신소라도 그런 의뢰를 받을지 애매하다는 얘기였다.

얼마 전에 개인정보를 유출했던 휴대폰 회사 직원과 그 것을 넘겨받은 탐정업자가 구속되었다고 한다. 그 때문에 그런 의뢰에는 당분간 신중해질 거라는 얘기였다.

게다가 사람을 죽이라고 협박하는 인물이 대포폰이 아니라, 자신의 신원을 쉽게 들킬 만한 폰을 내게 보냈으리라고 추측하는 것도 무리는 있었다.

"그뿐만이 아니에요. 지난번에도 마에하라 씨한테 이상

한 걸 물어봤지요. 15~16년 전에 만났던 사람의 행방을 찾으려면 어떻게 하면 좋으냐고요. 거기다 어제 가지고 있던 스마트폰⋯. 바꾼 건 줄 알았는데, 마스터는 자기 휴대폰을 멀쩡하게 갖고 있잖아요. 왜 2대나 필요한 겁니까? 마스터가 바람피우려고 휴대폰을 2대나 가지고 있을 리도 없고, 아무리 생각해도—."

"걱정해줘서 고마워. 하지만 네가 신경 쓸 만한 일은 아니야."

나는 고헤이의 말을 끊었다.

모레가 되면, 이제까지와 같은 평온한 생활로 돌아온다.

"시간 됐어. 나머지는 내가 해둘 테니까 너는 그만 들어가라."

나는 시계를 손가락으로 가리키며 재촉하듯이 말했다.

고헤이는 불만스러운 듯 나를 응시했다. 하지만 금세 캐묻기를 포기했는지 한숨을 쉬며 바에서 나가더니 직원 휴게실에서 사복으로 갈아입고 나왔다.

"고헤이."

가게에서 나가려는 고헤이를 불러 세웠다.

"조만간 한잔하러 가자."

나는 고헤이의 기분을 조금이라도 풀어주려고 말했다.

"쏘실 거예요?"

"그래."

"그럼 생각해 볼게요."

고헤이는 그렇게 중얼거리더니 서둘러 가게를 나갔다.

고헤이가 떠나자 나는 바에서 나와 직원 휴게실로 향했다. 주머니에서 열쇠를 꺼내 사물함을 열었다. 안에서 종이로 된 쇼핑백을 꺼내 홀에 있는 바 테이블로 돌아와 의자에 앉았다.

쇼핑백에서 노부코가 보낸 편지와 클리어 파일을 꺼냈다. 집에 두면 가오루에게 들킬 것 같아서 가게 사물함에 넣어둔 것이다.

나는 편지 봉투에서 편지지와 사진을 꺼냈다.

가도쿠라 도시미츠와 이이야마 켄지. 이 둘 중 하나를 죽이면 전부 해결된다.

그런데 어느 쪽을 죽여야 하지?

거리만 생각하면 센다이에 사는 이이야마 쪽이 실행에 옮기기 쉬워 보인다. 그러나 둘 중 하나를 죽여야 한다면 가도쿠라일 거라고 막연하게 생각하고 있었다.

몇 가지 이유가 있었다. 유키코를 죽인 건 틀림없이 이 두 사람이다. 그리고 둘 다 똑같이 무기징역 판결을 받았다. 하지만 사건과 재판에 관한 기사를 보면, 가도쿠라를 주범으로 보고 있었다. 젊은 여자를 납치해 강간하자는 말을 처음 꺼낸 것도 가도쿠라였다.

그리고 또 하나. 사람을 죽인다면, 이곳에서 조금이라도 먼 곳에서 하고 싶다는 마음이 강했다.

가오루와 호노카가 살고 있는 가와고에에서 조금이라도 더 떨어진 곳에서….

나는 두 장의 사진을 쳐다보았다.

운동복 차림으로 담배를 피우며 파친코를 하고 있는 남자와 술집에서 술을 마시며 어딘지 모르게 불쌍함이 배어 나오는 남자 사진이다. 사진에는 이름이 적혀 있지 않기 때문에 어느 쪽이 가도쿠라인지는 알 수 없다. 하지만 파친코를 하고 있는 어딘가 능글능글해 보이는 남자가 가도쿠라이기를 마음속으로 바라고 있었다.

나는 오늘 가도쿠라 도시미츠라는 인간을 죽인다.

마음속으로 그렇게 결심을 굳히고 직원 휴게실로 돌아왔다. 사복으로 갈아입고 낮에 산 주방용 칼과 노부코가 보낸 편지를 겉옷 주머니에 넣었다. 클리어 파일은 다시 쇼핑백에 넣어 사물함 속 선반에 올려둔 다음 열쇠로 잠갔다.

벽에 걸린 시계를 쳐다보았다. 새벽 3시 40분이었다.

나는 의자에 앉아 그저 시간이 가기를 기다렸다.

그리고 시곗바늘이 새벽 4시 반을 가리키자 일어나 가게를 나섰다. 뺨을 희롱하는 찬바람을 맞으며 가와고에역으로 향한다. 4시 59분에 이케부쿠로행 첫차가 있다.

나는 주머니에 양손을 찔러 넣고, 추위에 얼어붙은 몸으로 벤치에 앉아 전동차가 오기를 기다렸다.

히터가 나오는 전동차에 올라타 겨우 주머니에서 양손을 꺼냈지만 마음을 얼어붙게 만드는 한기는 가라앉지 않는다.

나는 휴대폰을 꺼내 떨리는 손끝으로 자판을 눌러 문자메시지를 썼다. '오늘은 볼일이 있어서 가게에서 그대로 외출합니다. 밤에는 집에 들어갈 테니까 걱정 말도록.'

가오루에게 문자메시지를 보낸 뒤, 휴대폰 전원을 끄고 주머니에 넣었다.

오전 10시 전에 신칸센* 고속열차가 오카야마역에 도착했고, 나는 개찰구로 향했다.

개찰구를 빠져나오기 전에 열차시간표를 보고 돌아갈 신칸센 시간을 확인했다. 도쿄행 막차는 밤 8시 33분이다. 그렇다면 가와고에는 새벽 1시경이 되어야 도착할 것이다. 되도록 빨리 일을 끝낼 필요가 있다.

나는 개찰구에서 나오자마자 역에서 바로 연결된 쇼핑몰로 들어갔다. 먼저 서점에 가서 오카야마 시내 지도를 샀다. 그리고 같은 건물 안에 있는 의류와 생활용품을 취

---

* 우리나라의 KTX에 해당하는 일본 고속철도의 명칭

급하는 가게로 향했다.

아무리 가와고에서 멀리 떨어져 있다고 해도, 만에 하나 누군가에게 목격되었을 때를 대비해 가능한 한 겉모습을 바꿀 필요가 있다. 게다가 칼로 찔렀을 때 피가 튀어 옷에 묻을 수도 있다.

나는 가게 안을 서성거리며 수수한 느낌의 옷들을 골랐다. 짙은 색의 털옷, 바지, 하프 코트, 그리고 모자와 장갑을 바구니에 담았다. 일을 처리하고 갈아입을 옷을 넣을 가방을 마지막으로 골라 계산대로 향했다.

가게에서 나와 화장실에 들어갔다. 화장실 한 칸에 들어가 새로 산 옷으로 갈아입고 방금까지 입고 있었던 옷은 가방에 쑤셔 넣었다. 장갑을 끼고 칼집에서 칼을 꺼내 코트 주머니에 넣었다.

역 앞으로 나와 지도를 펼치고 가도쿠라가 살고 있다는 오카야마시 나카구 스미요시초2가(街) 주소를 찾았다.

오카야마역에서 동쪽으로 1킬로 정도 떨어진 곳에 있는 아사히카와강*의 맞은편이다.

나는 걸어가기를 택했고 아사히카와강 쪽으로 향했다.

역 앞 번화가를 빠져나와 시청을 지나자 다리가 하나 있었다. 다리를 건넌 뒤, 강을 따라 이어진 강변길을 잠시 걸

---

* 오카야마현 중북부에 있는 강

어가니 스미요시초2가(街)에 도착했다.

주소에 적혀 있던 《마츠바라장》이라는 곳은 금방 찾았다. 아사히카와강 하천부지 바로 앞에 있는 낡은 2층짜리 연립주택이다. 여기에 쓰여 있는 주소가 맞다면, 이 연립주택 201호실에 가도쿠라가 살고 있을 것이다.

계단 밑에 설치되어 있는 우편함을 확인했다. 201호실의 우편함으로 추측되는 칸에 문패가 붙어 있지는 않았다.

여기까지 왔음에도 여전히 마음 한편으로는 가도쿠라가 여기 살고 있지 않기를 간절히 바라고 있었다.

그러면 지금 내가 하려는 이 역겨운 일을 잠시라도 뒤로 미룰 수 있다.

나는 주변에 사람이 없는 것을 확인하고 나서, 201호실 우편함으로 추측되는 칸을 열고 안에 들어 있는 것을 살펴보았다. 전단지와 전화요금 청구서가 들어 있었다. 거기에 가도쿠라 도시미츠라는 이름이 적혀 있는 것을 보자, 무거운 한숨이 흘러나왔다.

지금 이 집에 가도쿠라가 있을까? 지금부터 201호실을 찾아가서 집에서 나온 남자의 심장을 찌르면…?

나는 무거운 발을 이끌고 비트적비트적 계단을 올라갔다. 201호실 앞에 서서 초인종을 누르려 하자 숨이 턱턱 막히는 것 같았다. 다시 자리에서 물러나 계단을 내려갔다.

만약 지금 이 집에 사람이 있다고 해도 그것이 꼭 가도쿠라란 법은 없다. 가도쿠라 말고도 다른 사람이 함께 살고 있을지도 모른다.

냉정해지자. 지금부터 할 일에 실패는 허락되지 않는다.

나는 연립주택 뒤로 돌아가 보았다.

2층을 올려다보니, 201호실 베란다에서 나이 든 여성이 빨래를 널고 있는 것이 보였다. 혼자 살지는 않는다.

이제부터는 어떻게 해야 하지?

머릿속이 하얘졌다. 일단 이 답답한 상황에서 벗어나고 싶어 하천 쪽으로 향했다.

오후 1시를 지났을 무렵, 연립주택 앞에서 움직임이 있었다.

201호실 문이 열리고 검은색 재킷을 입은 남자가 나왔다. 사진 속 남자인지 확인하기 위해 쳐다보았지만 여기서는 남자의 얼굴을 뚜렷이 볼 수 없었다.

남자가 연립주택 계단을 내려가는 것을 보면서 나는 풀숲에서 일어났다.

남자는 좀 전에 내가 건너온 다리 쪽으로 가는 것 같았다. 나는 남자의 뒷모습을 놓치지 않으려 노력하면서 하천 둔치를 따라 걸었다. 남자는 다리를 건너 역 쪽으로 갔다.

나는 하천 둔치에서 도로로 들어섰다. 적당한 거리를 유지하며 남자를 따라 다리를 건넜다.

남자가 역 근처 번화가에 있는 파친코 가게로 들어갔다. 나도 시간 차를 두고 가게 안에 들어가서, 파친코 기계를 살펴보는 척하며 남자의 모습을 찾았다.

나는 남자의 바로 옆자리 하나를 비워 두고 그 옆에 있는 기계 앞에 앉았다.

파친코 구슬을 사면서 넌지시 남자를 쳐다보았다. 남자는 담배를 피우며 구슬을 튕기고 있었다.

그 사진 속 남자였다.

남자가 이쪽을 힐끗 보자 나는 허둥지둥 시선을 돌렸다.

시계를 보니 오후 4시가 다 되어가고 있었다.

나는 가슴속의 술렁임과 초조함을 억누르며 파친코를 계속했다.

가도쿠라는 뜻대로 풀리지 않는지 몇 번이나 기계를 바꾸며 옮겨 앉았다. 나는 가도쿠라를 의식하면서 적당히 구슬을 튕기고 있었다. 희한하게도 그럴 때마다 몇 번이나 당첨이 되는 바람에, 발치에는 기계에서 나온 구슬을 담는 바구니가 4단으로 쌓였다.

시선을 돌리자, 가도쿠라가 조금 전까지 앉아있던 기계 앞에 아무도 없었다.

나는 일어나 가게 안을 두리번거리며 가도쿠라를 찾았다. 하지만 어디에도 그는 없었다. 구슬을 방치해둔 채 가게에서 나왔다.

주변을 둘러보았다. 조금 앞쪽에서 가도쿠라의 뒷모습을 발견했다. 그는 붉은 초롱을 내건 술집 안으로 들어갔다. 그것까지 확인한 나는 파친코 가게로 돌아왔다. 구슬이 담긴 바구니를 경품교환대로 가져가, 무거운 짐이 되지 않을 특수경품으로 바꿨다.

나는 가게에서 다시 나와 조금 전에 가도쿠라가 들어간 술집으로 들어갔다.

《후쿠야》라는 선술집으로 손님이 꽤 있었다. 가도쿠라는 바 맨 안쪽에서 짜증스러운 표정으로 술을 마시고 있다.

나는 생맥주를 주문하고 가도쿠라에게서 조금 떨어진 자리에 자리를 잡았다. 은근슬쩍 그쪽을 쳐다보니 가도쿠라도 따분한 듯 연신 술을 들이켜고 있었다.

가도쿠라가 갑자기 컵을 바에 쾅 내려놓고 이쪽으로 걸어온다.

집에 가는 건가 하는 생각을 하는 순간, 가도쿠라와 눈이 마주쳤다. 상대를 휘감는 듯한 눈빛을 내게 보내며 엷은 미소를 띤 가도쿠라를 보자, 등골이 오싹했다.

내가 뒤를 밟는 걸 눈치챈 것일까?

가도쿠라는 나를 훑는 것처럼 빤히 쳐다보더니 눈앞에서 멈춰 섰다.

　"아무래도 당신한테 운이 다 빨려버린 것 같구만."

　나는 그 말의 의미를 알지 못해 가도쿠라를 쳐다보며 고개를 갸웃했다.

　"꽤 터트린 것처럼 보이던데. 난 망했어."

　가도쿠라가 턱으로 가게 밖을 가리켰다.

　아무래도 파친코를 말하는 것 같다.

　"아아…. 시간 때우러 들어갔다가 우연히…, 괜찮으시면 제가 한잔 사겠습니다."

　내 말에 가도쿠라의 얼굴에서 이제까지의 뻔뻔스러움이 거짓말처럼 사라지며, 그의 얼굴은 싱글벙글한 표정으로 바뀌었다.

　"그래도 괜찮은가?"

　"네에. 이 정도야 뭐 환영이지요. 혼자서 지루했거든요."

　말이 다 끝나기도 전에 가도쿠라가 바 안에 있는 종업원에게 술과 안주를 주문했다.

　"그럼, 사양 않고 감사히."

　종업원에게 컵을 받자 가도쿠라가 내 쪽으로 컵을 들었다.

　"건배."

　나는 컵을 부딪쳤다.

"형씨, 어디에 사는가?"

가도쿠라가 물어왔다.

"도쿄입니다."

"일 때문에 왔나?"

"네에, 그렇죠…."

"일하는 사이에 파친코를 할 수 있다니 팔자 좋구만."

"생각보다 일이 빨리 끝나서요."

"그럼 이대로 도쿄로 돌아가는 건가?"

"아니요, 오늘은 좀 더 머물다 갈 생각입니다. 맛있는 가게나 추천할 만한 장소가 있으면 가르쳐주세요. 모처럼 오카야마까지 왔으니 아침까지 술을 마시다가 첫 차로 돌아가려고요."

여기서 가도쿠라를 죽일 수는 없다. 술에 취하게 만들어 어딘가 사람이 없는 곳으로 데려가야만 한다.

"좋은 곳은 얼마든지 있지. 데려가줄게. 그런데, 형씨 소프란도*에는 관심이 있는가?"

"그야 남자니까요."

나는 미소를 지어보였다.

"난 그쪽 호객 일을 하는데…. 좋은 가게 소개해줄게."

"그럼, 부탁해 볼까요? 하지만 좀 거나하게 취해야 합니

---

*　일본의 퇴폐 마사지 업소

다. 요즘엔 어찌된 일인지 술이 들어가지 않으면 반응이 둔해져서요."

"그거 고생이구만. 나는 눈만 감으면 어떤 여자랑도 할 수 있는데 말이지."

가도쿠라는 그렇게 말하며 음흉한 미소를 띠었다.

가도쿠라가 컵에 담긴 술을 단숨에 들이켜더니 테이블에 엎어졌다.

"가도쿠라 씨, 괜찮습니까?"

나는 맞은편 자리에서 가도쿠라의 어깨를 흔들어 보았다. 꽤 취한 듯 신음소리를 냈다.

손목시계를 보니 저녁 7시 반을 지나고 있다. 마시기 시작한지 3시간 정도밖에 되지 않았는데 머리가 몽롱했다.

아무튼 조금이라도 빨리 가도쿠라를 취하게 해야 한다는 생각에 선술집을 나온 후에 들어온 이 가게에서 꽤 빠른 속도로 마셨다. 나름대로 자제하려 했지만, 가도쿠라에게 술을 권하는 이상 나도 안 마실 수는 없었다. 내 직업적 특성상 적당히 술 마시는 법을 터득하고 있었는데도 오늘은 어쩔 수 없이 최악의 방식으로 마셨다.

조금이라도 방심하면 나도 이대로 무너져 버릴 것 같았다. 게다가 앞으로 1시간 후면 도쿄행 신칸센 막차가 떠나고 만다.

나는 가게 종업원에게 계산서와 물을 부탁했다. 물을 단숨에 들이켜고 계산을 마친 뒤, 곧바로 일어나서 다시 가도쿠라의 어깨를 흔들었다.

"가도쿠라 씨, 일단 다음 가게로 가시죠."

간신히 가도쿠라를 일으켜 내 몸에 지탱하게 한 뒤 함께 가게를 빠져나왔다.

"오줌 마려…."

번화가를 걷고 있을 때 불쑥 가도쿠라가 신음하듯 내뱉었다. 어깨에 올린 내 손을 뿌리치고 비틀거리며 가까운 가게 앞으로 향했다. 바지 지퍼를 내리려 하는 가도쿠라에게 나는 허둥지둥 다가갔다.

"여기서 이러시면 안 돼요."

분명 여기로 오기 전에 공원을 지나왔다. 그 안에 공중화장실이 있을 것이다.

나는 가도쿠라의 어깨를 붙잡고 공원으로 향했다.

공원 안은 약간의 가로등 불빛만 비춰지고 있어서 어둑어둑했다. 인기척도 없고 고요하다.

공중화장실을 발견하고 가도쿠라와 함께 안에 들어갔다. 가도쿠라가 내 손을 뿌리치고 화장실 한 칸으로 헐레벌떡 들어갔다. 문 닫을 여유도 없이 변기에 대고 토하고 있는 것 같다.

우리 외에는 아무도 없었다.

나는 괴로운 듯 신음하는 가도쿠라의 등을 쳐다보았다.

이대로 가도쿠라의 등을 찌르고 바로 역으로 도망치면….

나는 가도쿠라가 눈치채지 못하게 장갑을 꼈다. 주머니 속에서 칼을 꺼내 천천히 가도쿠라에게 다가갔다.

"다녀오겠습니다!"

호노카의 목소리가 들려 나는 잠에서 깼다.

현관문이 닫히는 소리가 들렸다. 나도 침대에서 일어났다.

침실 문을 열자 현관에서 호노카를 배웅한 가오루와 눈이 마주쳤다. 가오루는 곧바로 내게서 시선을 돌리고 거실로 들어가 버렸다.

새벽 1시 넘어 집에 돌아왔을 때 가오루는 침대에 누워 있었다. 나는 가오루가 깨지 않도록 조용히 옷을 갈아입고 아무 일도 없었던 것처럼 침대로 들어갔다. 곧바로 가오루가 아직 잠들지 않았다는 걸 알 수 있었다. 하지만 가오루는 내게 아무 말도 걸지 않았다.

어제의 내 행동 때문에 의심이 더 커졌겠지만, 그래도 가오루는 내가 먼저 말을 꺼내주기를 기다리고 있다는 걸 알 수 있었다.

가오루에게 꼭 해야 할 얘기가 있었지만 그 말을 입 밖에 꺼내기에는 좀 더 시간이 필요하다.

나는 한숨도 자지 못한 채 계속 고민하다가 결국 가오루에게 그것을 고백하기로 결심했다.

문을 여니 가오루는 식탁 의자에 앉아 멍하니 TV를 보고 있었다. 나와 시선을 마주치려 하지 않는다.

"잠깐 할 얘기가 있어."

나는 가오루 맞은편에 앉으면서 말했다.

불길한 예감이 들었는지 가오루는 좀처럼 나를 쳐다보려고 하지 않았다.

"중요한 얘기야."

내가 진지한 말투로 얘기하자 가오루가 마지못해 얼굴을 이쪽으로 돌렸다. 겁에 질린 눈빛이다.

지금부터 가오루에게 이별 얘기를 꺼낼 생각이다.

내 정체를 이야기하고 내가 과거에 저질러온 여러 잘못을 솔직하게 고백하자. 그리고 경찰서에 가서 16년 전에 노부코와 한 약속과, 누군가가 내게 사람을 죽이라고 협박하고 있다는 얘기를 하는 것이다.

가도쿠라를 죽이지 못한 내가 가족을 지킬 방법은 이제 그것뿐이다.

"듣기 싫어…"

가오루가 얼굴을 돌렸다.

"아니 좀 들어줘. 나는…."

그때 들린 앵커 목소리에 나도 모르게 TV로 시선이 향했다.

'오카야마 시내 공원에서 찔린 남성의 사체 발견'

TV 화면의 자막이 내 눈에 꽂혔다.

깜짝 놀란 나는 TV 화면에서 눈을 뗄 수 없었다.

"어젯밤 8시 반경 오카야마시 기타구 야나기초 공원의 공중화장실 안에 한 남성이 쓰러져 있다는 112 신고가 들어와 경찰이 출동해, 칼로 추정되는 흉기에 전신이 찔려 사망한 남성을 발견했습니다. 피해자는 인근에 거주하는 가도쿠라 도시미츠 씨, 52세 남성으로 판명되었습니다. 오카야마 현지 경찰은 이를 살인사건으로 보고 수사본부를 설치해 수사에 임하고 있습니다…."

TV 화면에는 공원의 밤 풍경이 나오고 있었다. 머릿속에 있는 광경이었다. 공중화장실 주변에 많은 경찰관이 몰려 있다.

가도쿠라가 칼로 추정되는 흉기로 전신을 찔려 죽었다?

대체, 어떻게 된 거지?

화면 속 광경은 틀림없이 어젯밤 술이 떡이 된 가도쿠라와 함께 갔던 공원이었다.

분명 나는 가도쿠라와 함께 그 공원 화장실에 들어갔다. 변기에 대고 토하는 가도쿠라의 등을 쳐다보며, 나는 칼을 꺼낸 채 주저하고 있었다.

이 남자를 죽이면 모든 것이 끝난다. 가도쿠라를 죽인다는 약속을 지키면 호노카를 해치지 않을 것이다. 그렇게 생각했지만 나는 결국 가도쿠라를 죽이지 못했다.

나는 변기에 대고 괴로워서 신음하는 가도쿠라를 남겨둔 채 공중화장실을 나와서 그대로 오카야마역으로 향했다.

대체 그 후에 무슨 일이 있었던 것일까?

뉴스가 다음 소식으로 바뀌었지만 내 머리는 여전히 혼란스러웠다.

"대체 어떤 사람이야?"

가오루의 말에 제정신이 든 나는 TV에서 시선을 뗐다. 가오루가 입술을 꼭 다물고 가만히 나를 쳐다보고 있다.

"뭐가…?"

나는 의미를 모르겠어서 물었다.

"당신이 만나는 여자."

"만나는 여자라니, 그게 무슨 소리야…?"

"여자가 생겼잖아. 그래서 이것저것 핑계를 대고 외출하는 일이 많아진 거 아니야?"

아무래도 가오루가 오해를 하고 있는 것 같다.

"그런 거 아니야."

나는 가오루에게서 시선을 돌렸다.

"그럼 대체 뭐야! 요즘 당신 모습을 보면 아무리 둔감한 사람이라도 이상하다는 걸 다 알 거야. 여자가 생긴 게 아니라면, 왜 휴대폰이 두 개나 필요한 건데?"

그 말에 나는 가오루를 쳐다보았다.

"몰래 가방 속을 뒤져본 건 미안해… 하지만 요즘 당신 행동을 보고 있으면 너무 불안해."

"아니야… 그런 거 절대 아니야."

나는 고개를 옆으로 저었다.

"그럼 중요한 이야기라는 건 대체 뭐야?"

"그건…"

나는 말문이 막혔다. 아까까지는 가오루에게 전부 털어놓을 생각이었다. 가오루에게 내 정체를 얘기하고 과거에 저질러 온 여러 죄들을 솔직히 고백한 다음, 경찰서에 갈 생각이었다.

사카모토 노부코라는 이름을 사칭하는 누군가로부터 가도쿠라 도시미츠와 이이야마 켄지 중에 한 사람을 죽이라는 협박을 받고 있었다고 경찰에 신고하기 위해서다.

그런데 그 가도쿠라가 살해당했다. 게다가 가도쿠라가 살해당하기 직전까지 나는 가도쿠라 옆에 있었다. 그 사실이 다시 내 결심을 흔들고 있다.

"바람 같은 건 안 피워. 다음에 천천히 얘기하자. 좀 혼자 있고 싶어."

나는 가오루의 시선을 외면한 채 일어섰다.

"아직 얘기 안 끝났어!"

가오루의 외침을 뒤로 하며 나는 거실을 나왔다. 혼자가 되어 좀 냉정해지고 싶다. 침실에서 재빨리 옷을 갈아입고 가오루에게는 아무 말도 하지 않은 채 집을 뛰쳐나왔다.

좀 더 자세한 정보를 알고 싶어서 편의점에 들어갔다. 조간신문 몇 개를 사서 근처 공원으로 향했다. 나는 벤치에 앉아 사회면을 이 잡듯이 뒤졌다. 샅샅이 훑어보았지만 가도쿠라가 살해된 사건은 아직 실려 있지 않았다.

갑자기 겉옷 주머니가 진동해 나도 모르게 펼치고 있던 신문을 떨어뜨리고 말았다. 땅에 떨어진 신문이 바람에 날린다.

나는 그것들을 내버려둔 채 손을 주머니에 찔러 넣어 진동하고 있는 것을 꺼냈다. 내 휴대폰이 아닌 그놈이 내게 준 스마트폰이다. 역시나 '발신번호 표시제한'이 걸린 착신이었다.

"여보세요…"

나는 주저하며 전화를 받았다.

"당신한테는 정말이지 실망했어요."

또 인공적으로 만들어진 목소리가 들려왔다.

"가도쿠라랑 둘만 있게 됐는데도, 당신은 모처럼 온 기회를 눈 뜨고 날려버렸어."

"네가…, 네가 죽인 거냐?"

내가 그렇게 묻자 귓가에 분명치 않은 웃음소리가 울렸다.

"단순한 협박이 아니라는 건 이제 이걸로 잘 알았겠지요?"

그 말에 심장을 옥죄는 것 같은 공포가 몰려왔다.

마음 어딘가에서 제발 그것만은 아니길 바라고 있었다. 가도쿠라를 죽인 자는 나를 계속 협박하고 있는 이 인물이 아니고, 노부코와도 아무런 관계도 없는 사람이라고. 그렇게 믿고 싶었다.

"대체 왜…?"

더 이상은 말이 나오지 않았다.

"당신이 약속을 지키려 하지 않기 때문이에요. 그대로 가도쿠라를 죽였으면 편했을 것을…. 당신은 꽤 겁쟁이군요."

목소리를 기계로 가공했어도 나를 비웃고 있는 걸 알 수 있다.

"아무도 없는 공중화장실에서, 고주망태가 된 남자의 등을 찌르면 그걸로 모든 것이 끝났을 텐데…. 당신은 그렇게 쉬운 일도 하지 못했어."

일말의 죄책감도 엿보이지 않는 말투에, 내 몸이 심하게 떨리기 시작했다.

"이것으로 난이도가 더 높아지고 말았어요. 가도쿠라가 살해당했다는 걸 알면 공범이었던 이이야마는 경계하겠지요. 어쩌면 경찰도 이이야마의 신변을 보호하기 위해 움직일지도 몰라요. 당신에게는 좀 힘든 상황이 될지도 모르겠네요."

"웃기지 마. 나는…."

이이야마를 죽일 수는 없다.

"그래도 해야 합니다. 이번 일로 잘 알았지요? 나는 언제든지 당신의 소중한 것을 빼앗을 수 있어요. 그것도 너무 쉽게 말이죠."

호노카의 모습이 뇌리를 스쳤다.

"당신도 소중한 사람을 잃고 싶지 않다면, 지옥의 괴로움을 맛보고 싶지 않다면, 빨리 나와 한 약속을 지켜주세요. 이이야마 켄지가 유키코를 죽인 대가를 치르게 한다는 약속을."

"네가 하면 되잖아! 이이야마를 미워하는 건 너지, 내가 아니야. 가도쿠라를 죽인 것처럼 네 손으로 하면 돼. 네게는 간단한 일이잖아."

나는 마음속으로 품고 있었던 말을 쏟아냈다.

"그러네요. 간단한 일입니다. 그런데 당신이 약속을 깼을 때 그 약속을 깬 대가를 치르게 하는 것도 간단한 일이죠. 아니지, 다 큰 성인을 죽이는 것보다야 오히려 어린 아이를 처리하는 게 더 쉽겠네요."

비웃는 목소리가 들렸다.

"사람을 둘이나 죽이면 사형이야."

나는 미약하게나마 저항했다.

"아직도 내가 그런 걸 두려워할 거라고 생각하는 건가요? 누누이 말했지만, 나는 실체가 없는 영혼입니다. 사카모토 노부코의 원혼이라고요. 이 세상에 존재하지 않으니까, 경찰에 붙잡히지도 사형을 당하지 않습니다."

나는 아무 대꾸도 하지 않았다. 그저 지금부터 해야 할 일의 순서를 정하고 있다.

"혹시 지금 경찰서에 갈 생각은 아니겠지요?"

내 생각을 꿰뚫어본 것처럼 녀석이 말했다.

"그건 그만두는 편이 좋을 거예요."

"누가 네 말을 들을 줄 알고! 물론 경찰서에 가서 모든 것을 털어 놓으면 나는 많은 걸 잃게 되겠지. 그래도 좋아. 너만은 용서 안 해. 나한테 약속을 지키지 않는 한 대가를 치르게 될 거라고 했지? 너는 이번에 가도쿠라를 죽인 일로 나보다 더 큰 벌을 받게 될 거다."

"그런 짓을 하면 스스로 무덤을 팔 뿐이에요."

"무슨 뜻이야?"

내 말투가 거칠어졌다.

"당신은 오카야마에서 여러 사람에게 목격당하고 말았습니다. 선술집에서도, 그 후에 2차, 3차로 간 술집에서도 가도쿠라와 함께 있던 것을 기억하는 사람은 많겠지요. 파친코 가게의 CCTV에도 당신의 모습은 찍혔습니다."

역시 녀석은 오카야마에서도 내 행동을 감시하고 있었다.

"그게 어쨌다는 거야? 난 안 죽였어. 가도쿠라를 안 죽였다고! 경찰이 조사하면 다 밝혀질 거야."

나는 발끈해서 응수했다.

"그럴까요? 당신 지문은 경찰에 남아 있어요. 23년 전에 붙잡혔을 때 채취된 지문이 말이죠. 신분을 위장해 살고 있는 전과자의 말 따위를 경찰이 믿을 거라고 생각하나요? 게다가—."

거기서 말을 끊었다.

"게다가, 뭐야?"

"아무튼 경찰에 가면 당신은 거기서 끝입니다. 당신은 교도소 담장 안에서 무기력한 상태로 내가 맛본 것과 똑같은 괴로움에 몸부림치게 될 겁니다. 당신에게 남은 길은 오직 하나뿐입니다. 당신 손으로 이이야마 켄지가 죗값을 치르게 하는 것뿐이죠. 그러면 나는 오랜 세월 쌓인 괴로움에서 해방되고, 당신도 소중한 가족을 지킬 수 있어요. 당신에게 남은 시간은 그다지 많지 않아요."

"무슨 뜻이야?"

"내가 언제까지고 얌전히 기다려 줄 것 같습니까? 하루라도 빨리 나와의 약속을 지켜요. 그러지 않으면 당신은 점점 궁지에 몰려 고통의 무간지옥에 떨어지게 될 겁니다."

'고통의 무간지옥에 떨어지게 된다.'

"이왕 일이 이렇게 되었으니, 나도 조금 시간을 더 주지요. 일단…, 내일 중으로 이이야마 켄지를 찾아내 나와의 약속을 지켜주세요."

"내일 중으로…?"

"가게를 계속 빠지면 동료 분이 수상히 여기겠지요. 오후 3시 26분 신칸센을 타면 내가 시킨 일을 하고도 늦지 않게 가게로 돌아올 수 있을 테니, 그때까지는 꼭 일을 처리하기 바랍니다."

"그 시간 안에 이이야마를 찾는다는 보장은 없잖아."

"걱정마세요. 쉽게 찾을 테니까."

녀석은 태연하게 말했다.

"내일로 16년간 당신을 옥죄어왔던 것에서 해방되는 거

예요. 약속을 완수한 기념으로 가게에서 건배라도 들면 좋
겠지요."

"너는…, 너는 악마야. 사람이 아니야."

나는 모든 증오를 퍼부어 말했다.

"그러는 당신은 사람이기라도 하다는 얘긴가요?"

비웃는 말에 나는 아무런 대꾸도 할 수 없었다.

"그러면 약속을 완수해주길 기다리고 있겠습니다."

전화가 끊기는 소리가 났다.

"어이! 기다려!"

나는 소리쳤지만 귓가에는 통화 종료를 알리는 허무한
소리만이 울렸다. 그 소리를 듣고 있으니, 녀석이 한 말이
계속 머릿속을 맴돌았다.

어떻게 해야 하지…? 대체 어떻게 해야 하는 거야…?

나는 벤치에서 일어나 무작정 걸었다.

분명히 놈의 말대로 경찰서에는 갈 수 없다.

누군가가 나에게 사람을 죽이지 않으면 내 딸을 해칠 거
라는 협박을 하고 있다고 경찰에 알리면, 누구를 죽이라는
협박을 왜 받고 있는지 물을 것이다. 그렇게 되면 가도쿠라
와 이이야마의 이름을 꺼낼 수밖에 없게 된다. 그 중 한 명
은 이미 살해당했다. 그렇다면 가도쿠라가 살해당하기 직
전까지 내가 옆에 있었던 것도 결국 밝혀지게 될 것이다.

물론 가도쿠라와 이이야마가 아닌 다른 이름을 거짓으로 둘러대고, 딸의 신변에 위험이 있음을 알리는 방법도 있을 것이다. 하지만 그래도 경찰은 틀림없이 협박을 받게 된 내 속사정을 캐물을 것이다.

경찰이 의심을 품고 지문이라도 채취했다간, 내가 무카이 사토시라는 사람이 아니라 다카토 후미야라는 전과자라는 것이 판명 나고 만다.

그 벌을 받는 것은 별로 두렵지 않다. 문제는 내가 경찰에 구속되고 교도소에 들어가 버리면 더 이상 내 손으로 호노카를 지킬 수 없게 된다는 사실이다.

'당신은 교도소 담장 안에서 아무것도 하지 못한 채 내가 맛본 것과 똑같은 괴로움에 몸부림치게 될 겁니다.'

녀석은 그런 것까지도 계산에 넣은 다음 나를 협박하고 있는 것이다.

"마스터."

누군가가 불러 세워 나는 뒤돌아보았다.

장바구니를 든 메구미가 이쪽으로 다가왔다.

"이런 시간에 여기는 어쩐 일이세요?"

메구미가 물었다.

"네, 잠시⋯. 공원에서 산책을 좀."

마음을 좀먹고 있는 불안을 들키지 않으려고 나는 살짝

웃어보였다.

"거의 못 주무신 거 아니에요? 요즘 안색이 안 좋으셔서 좀 걱정이에요."

"피로가 쌓인 거겠지요. 잠자리에 들어도 숙면을 취하지 못하는 일이 많아서…. 메구미 씨는 장보러 나왔나요?"

화제를 돌리려 메구미가 들고 있는 장바구니를 쳐다보았다.

"네. 아침부터 학교에서 학부모 모임이 있어서 거기 갔다 오는 길이에요. 오늘부터 4시에 가게에 나와서, 오너에게 요리를 배우기로 해서요. 그래서 쥰의 저녁 준비도 미리 해놔야 하고요."

"그렇습니까? 메구미 씨야말로 너무 무리하지 마세요."

도저히 남과 같이 있고 싶은 기분이 아니었기 때문에 가볍게 손 인사를 하고 가려는데, "저…"하고 메구미가 말을 걸어왔다.

돌아보니 메구미가 뭔가 꺼내기 힘든 말을 하고 싶은 얼굴로 나를 보고 있었다.

"저기…. 제가 이런 말씀을 드리는 건 좀 외람되지만…. 요즘 마스터는 뭔가 고민이 있으신 거 아닌가요?"

메구미가 조심스럽게 물어왔다.

"누구나 크든 작든 고민은 있어요."

"오너도, 고헤이도 요즘 마스터를 걱정하고 있어요. 저희한테 얘기해서 힘이 될 수 있는 일인지는 모르겠지만…. 혼자 고민하시는 것보다는…."

"고민은 있지만 그렇게 대단한 건 아니에요."

"그런가요?"

메구미가 곧바로 되물어왔다. 평소의 온화한 눈빛과 달리 어딘지 모르게 나를 책망하는 눈빛 같았다.

"어제 상점가에서 가오루 씨를 우연히 만나서 얘기를 나눴어요. 아침에 마스터가 문자메시지를 보낸 뒤로 연락이 되지 않는다며 무척 걱정하고 있더라고요. 게다가 최근 집을 비우는 일이 잦아졌다고요…."

아무래도 가오루의 이야기를 들은 메구미도, 내가 바람 피우는 게 아닐까 억측을 하고 있는 것 같았다. 그런 고민이라면 얼마나 좋을까.

"바비큐 파티를 하면서 처음 마스터의 가족들을 만났을 때부터 너무 멋진 가정이어서 정말 부럽다고 생각했습니다. 마스터는 무척 다정한 남편이고, 가오루 씨도 그런 마스터를 무척 신뢰하고요. 호노카는 그런 멋진 부모님에 둘러싸여 솔직하고 상냥한 아이로 자랐고…. 저와 쥰은 아무리 원해도 절대 가질 수 없는 행복한 가정을 꾸리고 계세요. 마스터가 그런 행복한 가정을 망가뜨리는 일을 하시리라고는 전혀 생각하지 않지만…. 아무쪼록 가오루 씨와 호노카가 슬퍼할 만한 일은….”

메구미는 거기까지 말하고 입을 다물더니 내게서 시선을 돌렸다.

“메구미 씨도, 가오루도 뭔가 오해하고 있습니다. 저는 그런 짓을 하지 않습니다.”

“그런가요…? 그렇다면 제가 주제넘은 소리를 해서 정말 죄송합니다. 그만 실례할게요.”

고개 숙여 인사를 하고 돌아가는 메구미의 뒷모습을 잠시 지켜보았다.

메구미가 말하는 그 행복한 가정이란, 내가 짊어지고 있는 역겨운 약속 위에 지어진 모래성 같은 것일지도 모른다.

그래도 나는 이 행복을 지키고 싶다.

이 행복한 가정을 지키기 위해, 나는 어떻게 하면 좋을까?

하나밖에 제시되지 않는 대답을 곱씹으며 번민할 수밖에 없었다.

주방에서 사복으로 갈아입은 오치아이가 나왔다.

“마티니를 부탁해.”

오치아이가 바에 앉아 그렇게 말하자, 고헤이가 칵테일을 만들 준비를 시작했다.

"어제는 즐거웠나?"

오치아이가 불쑥 내게 시선을 보내며 그렇게 물어, 나는 고개를 갸웃했다.

"내가 와인 시음회에 가자고 했더니, 볼일이 있다고 거절했잖아. 가족이랑 어디 갔었던 거 아니야?"

"아니, 옛 친구를 만났어."

"흐음."

오치아이가 의미심장한 눈빛으로 나를 쳐다보았다. 오치아이도 내가 바람피우는 거라고 억측하는 것일까?

"와인 시음회는 어땠어?"

별반 관심은 없었지만, 나도 오치아이에게 질문을 하나 했다.

"시음용으로 몇 병 사올까 했는데 특별히 좋은 게 없었어. 우리 가게에서 팔고 있는 걸로 충분하다는 느낌이었어."

"오너는 몇 시쯤에 갔어요?"

고헤이가 오치아이 앞에 칵테일 잔을 놓으며 물었다.

"오후 2시쯤부터 잠시 있었어. 왜?"

"저도 그 시간쯤에 거기 갔었거든요."

고헤이가 칵테일 잔에 마티니를 따르면서 말했다.

"네가 시음회에?"

오치아이가 놀란 듯 묻자 고헤이가 고개를 끄덕였다.

"그래? 하긴 시음회장이 넓으니까 말이지. 너랑 만났다면 저녁 정도는 사줬을 텐데."

마티니를 입에 대는 오치아이를 고헤이가 가만히 쳐다봤다. 자신이 만든 칵테일이 어떤 평가를 받을지 궁금할 것이다.

"그런데 네가 스스로 와인 시음회에 가다니 말이야⋯. 드디어 진지하게 일할 마음이 든 거냐? 이 마티니도 꽤 맛있네."

감격스러워하는 오치아이를 쳐다보며 고헤이의 입가가 헤벌쭉 벌어졌다.

"이 정도면 바에 혼자 세워도 괜찮을 것 같네. 하긴 손님 대하는 노하우는 아직 부족하지만⋯. 오늘 나랑 한잔하러 가지 않겠나? 좋은 바를 소개해주지. 너도 같이 가는 게 어때?"

오치아이가 갑자기 나를 쳐다보았다.

"고맙지만 나는 사양할게. 별로 마시고 싶은 기분이 아니라서."

"뭐야, 요즘 어울리기 힘드네."

"고헤이, 나머지는 내가 할 테니까 가봐. 오너 돈으로 공부시켜주는 게 흔한 일이 아니다."

오치아이가 고헤이를 빨리 데려가 줬으면 좋겠다. 고헤

이와 둘이 있으면, 내게 무슨 문제가 있는 게 아니냐고 계속 꼬치꼬치 캐물을 것 같아서 싫었다.

"사람을 구두쇠로 만들지 마."

오치아이가 항의하는 듯 말했다.

"그런 뜻은 아니야. 오너가 남들한테 한잔하러 가자고 제안하는 일이 드물다고 생각한 것뿐이야."

"듣고 보니 그건 그러네. 오늘 내가 고헤이 실력에 감동해서 말이지."

고헤이는 내게 뭔가 하고 싶은 말이 있는 것 같았지만, 마침내 고개를 끄덕이고 바에서 나갔다. 그리고 직원 휴게실에서 옷을 갈아입고 오치아이와 함께 가게를 나섰다.

나는 뒷정리를 끝내고 직원 휴게실로 들어갔다. 옷을 갈아입고 그제 밤에도 그랬던 것처럼 의자에 앉아, 그저 첫 신칸센 열차 시간이 다가오기를 기다렸다.

나는 이이야마를 죽이게 되는 것일까?

그런 각오도 결의도 전혀 없었지만, 그렇다고 센다이에 가지 않을 수는 없었다.

오늘 안으로 이이야마를 찾아내 약속을 지키지 않으면 나는 고통의 무간지옥으로 떨어지게 된다.

어제 아침까지였다면, 그것을 단순히 허세라고 단정할 수 있었을 것이다. 하지만 놈은 가도쿠라를 정말로 죽였다.

사람 한 명을 손쉽게 죽이고 웃고 있는 것이다.

놈은 오늘 내 행동을 어딘가에서 틀림없이 보고 있을 것이다. 이제 내게 남은 방법은 온 신경을 곤두세워 그 그림자를 포착하는 것밖에 없다.

새벽 4시 반이 되자 나는 가게를 나와 가와고에역으로 향했다. 역에 도착해 동전을 넣고 물품보관함을 연 후, 오카야마에서 돌아왔을 때 넣어두었던 가방을 꺼냈다.

나는 슬쩍 주변을 살피면서 아직 한산한 개찰구를 빠져나갔다.

신칸센 열차에서 내려 승강장을 이리저리 살폈다.

아침 8시인데도 열차에는 타고 내리는 손님이 꽤 있었다. 승강장에 있는 모든 사람을 일일이 확인할 수는 없지만, 적어도 내 주변에 가와고에에서 본 인물은 없었다.

하지만 아마도 녀석은 벌써 내 가까이에 있을 것이다.

에스컬레이터를 타고 내려가 신칸센 중앙광장 안에 있는 화장실로 향했다. 화장실 한 칸에 들어가 가방을 열고 오카야마에서 샀던 옷으로 갈아입었다.

화장실에서 나와 매점에서 센다이 시내 지도와 마스크를 산 뒤, 대합실 벤치에 앉았다. 마스크를 쓰고 지도를 보는 사이에도 주변의 기척을 감지하려고 필사적으로 노력했다.

하지만 나를 보고 있는 것 같은 인물이나 기척은 전혀 느껴지지 않았다.

내가 받은 편지에 의하면 이이야마의 주소는 센다이시 다이노하라였다. 그렇다면 센다이역에서 두 정거장 떨어진 기타센다이역을 이용하는 것이 가장 빠를 것 같다. 시간 절약을 위해 택시를 탈까도 잠시 생각했지만 그만두기로 했다.

택시를 타면 운전사가 내 인상착의를 기억할 우려가 있다. 게다가 차 내부에 블랙박스가 있을지도 모른다.

만에 하나, 무슨 일이 있을 경우에는….

거기까지 생각이 미치자, 이이야마를 죽이겠다는 결심 같은 건 서지도 않았는데, 마음 한편으로 그 가능성을 배제하지 않고 있는 나에게 놀라지 않을 수 없었다.

나는 머릿속에서 그 가능성을 뿌리치며 일어났다. 신칸센 고속열차 개찰구를 빠져나와, 지하철 승강장으로 향했다.

한동안 지도에 의지해 한산한 주택가를 헤매다보니 찾고 있는 건물이 나왔다. 약간 낡은 3층짜리 빌라였다. 건물 밖에서 보이는 창문 배치로 보아 원룸 넓이 정도의 방이 다닥다닥 붙은 건물일 거라고 예상했다.

나는 아치 모양의 건물 입구로 다가갔다. 아치 윗부분에는《마루하마 주식회사 기숙사》라는 간판이 걸려 있었다.

입구에 우편함이 있었다. 105호실 우편함에 '이이야마'라는 문패가 붙어 있다.

여기에 이이야마 켄지가 있다. 32년 전 사카모토 유키코를 무참하게 죽인 남자가 여기에 살고 있다.

죄를 저지른 짐승만도 못한 남자.

나와는 인연도, 연고도 없는 생판 남.

그 남자를 죽이면, 이 고통에서 해방된다.

소중한 가족을 지킬 수 있다.

그렇게 생각하면서도 나는 아무것도 하지 못하고 그 자리에 멀뚱멀뚱 서 있었다.

이 아치 모양의 입구를 들어가는 순간 이제 되돌릴 수 없게 된다. 이이야마를 죽이고 다시 여기에 섰을 때는, 나는 틀림없이 그때까지와는 다른 생물로 전락해 있을 것이다.

격렬한 심장 박동이 내 불안과 공포를 계속 부채질한다. 하지만 떨고 있는 건 내 심장이 아니라 코트 오른쪽 주머니인 걸 알아챘다.

주머니에서 스마트폰을 꺼내니, 또 '발신번호 표시제한'으로 걸려온 전화였다.

"여보세요…."

나는 전화를 받았다.

"이이야마가 사는 기숙사에 도착한 것 같네요."

그 목소리에 나는 주변을 둘러보았다.

한산한 주택가에 사람의 모습은 보이지 않는다.

"넌⋯, 넌 즐기고 있는 거냐?"

나는 그때까지 마음속에 품고 있던 말을 토해냈다.

"즐긴다고요?"

"네가 어디에 있는 누군지 모르겠지만 나를 괴롭히는 것을 즐기고 있잖아. 그렇다면 직접 나를 혼내주면 되잖아."

"난 그저 당신이 약속을 지켜주길 바라는 것뿐이에요. 유키코의 원통함을 풀어준다는 당신과 나눈 약속을 말이죠. 당신은 나와 한 그 약속을 지킨다는 조건으로 지금의 행복을 손에 넣었어요. 아닌가요? 이제 와서 그 약속을 지키지 않는다면, 당신이 손에 넣은 행복을 돌려받고 싶어요. 소중한 사람을 빼앗긴 사람에게는 그것이 당연한 이치입니다. 당신은 아직 이해하지 못하는 것 같지만요."

"아직?"

"당신도 소중한 사람을 잃게 되면 내 마음을 이해할 수 있을 거예요. 빼앗기만 하는 인간에 대한 극심한 분노를⋯. 자신의 욕망을 채우는 것만 생각하는 인간에 대한 증오를⋯."

호노카를 빼앗기게 되면 분명 나도⋯.

"당신은 여기까지 와서도 아직 망설이고 있는 건가요?"

나는 대답하지 않았다.

"당신이 해야 할 일은 지극히 간단해요. 그 집 초인종을 누르고, 그때 나온 남자의 심장에 칼을 꽂으면 됩니다. 단지 그뿐이잖아요. 게다가 상대는 도저히 인간이라고는 할 수 없는 짐승만도 못한 놈입니다. 고작 그 정도의 일만 하면 당신은 지금의 괴로움에서 해방되는 거예요. 소중한 사람을 잃지 않는 겁니다. 여기에 올 때까지 누구도 당신 따위에 신경 쓰지 않았어요. 이이야마를 죽이려다 실패하거나, 범행 현장을 누군가에게 목격당하지 않는 한, 무사히 집에 돌아갈 수 있겠지요. 그러면 당신은 몇 주 전과 똑같은 행복한 나날로 돌아갈 수 있어요. 나는 무슨 짓을 해도 결코 돌아갈 수 없는 행복한 나날로…."

그 한마디 한마디가 간신히 그 자리에 머물고 있는 내 등을 떠미는 것 같았다.

"하지만 당신이 오늘 안으로 그 약속을 지키지 못한다면, 당신은 그 행복을 몽땅 잃게 되겠지요. 경찰에 기대도 소용없습니다. 몇 년, 아니 몇십 년이 흘러도 당신이 살아 있다면, 나는 당신의 소중한 것을 모조리 빼앗을 겁니다. 그렇게 되었을 때 당신은 비로소 지금의 내 격정을 이해하게 되겠지요."

아무리 지독하게 나쁜 짓을 한 사람이라도 내 손으로

죽이고 싶지는 않다. 하지만 그렇게 하는 것 말고 달리 방법이 없다. 지금의 나는 그렇게 해서 호노카를 지킬 수밖에 없다.

"알았어···."

나는 무력감에 무너지며 중얼거렸다.

"그럼, 좋은 결과 기다리겠습니다."

전화가 끊기자 나는 장갑을 꼈다. 아치 모양의 입구를 통해 기숙사 안으로 들어가 곧장 105호실로 향했다.

집 앞에 서서 오른손을 코트 주머니에 찔러 넣었다. 주머니 안에서 오른손으로 칼 손잡이를 꽉 움켜쥐고, 왼손으로는 문 옆에 있는 초인종을 눌렀다.

문으로 새어나오는 초인종 소리가 심장 소리에 묻혀 들리지 않을 정도로 심장이 방망이질 치고 있다.

몇 번이나 눌러 봤지만 전혀 응답이 없었다.

부재중이라는 것을 알아채고 나는 곧바로 기숙사에서 나왔다. 거기서 잠시 멈춰 서서 가슴속에 쌓인 사악함을 토해내려고 수 차례 숨을 내쉬었다.

하지만 가슴 속에 들러붙은 추악한 감정은 없어지지 않는다.

'당신이 오늘 중으로 약속을 지키지 않으면, 당신은 그 행복을 몽땅 잃게 되겠지요.'

빨리 이이야마를 찾아내 죽이지 않으면 내 소중한 것을 빼앗기고 만다.

초조함이 나를 부채질해 내 안의 사악한 감정은 더욱 빠르게 증식되어 갈 뿐이다.

나는 스마트폰을 꺼내 인터넷에 연결했다. 《마루하마 주식회사》 사명을 검색하니 인터넷 페이지가 몇 개 떴다. 센다이 시내에서 주유소 네 곳을 운영하는 회사인 것 같다. 아까 산 센다이 지도를 꺼내 살펴보니, 4개의 주유소 모두가 기타센다이역 근처를 지나는 국도를 따라 있었다.

이이야마가 그 중 어느 주유소에서 일하는지 확인하기 위해 나는 한 곳 한 곳 돌아보기로 하고 걷기 시작했다.

그로부터 거의 4시간 동안 주유소 네 곳을 돌았다. 모두 커피를 셀프로 테이크아웃할 수 있는 커피숍이 달린 주유소였다. 커피숍에 들어가 주유소 안팎에서 일하는 직원들을 살폈지만, 이이야마로 추정되는 인물은 찾지 못했다.

이이야마는 대체 어디에 있는 것일까?

네 번째 주유소에서 커피를 마시며 앞으로 어떻게 하면 좋을지 생각하니 난감했다. 그렇다고 이곳 직원에게 물어볼 수는 없지 않겠는가. 그런 짓을 했다간 이이야마가 살해당했을 때 가장 먼저 용의선상에 오르게 될 것이다.

손목시계를 보니 오후 2시가 다 되어가고 있었다. 슬슬 돌아갈 일도 생각해야 할 시간이다. 나는 다시 한 번 기숙사에 가보기로 하고 주유소를 나왔다.

택시를 타고 싶지는 않았지만 여기서 걸어가기에는 지하철역도, 기숙사도 너무 멀다.

할 수 없이 주유소 앞을 지나가던 택시를 붙잡았다.

기숙사에서 조금 떨어진 곳에서 택시를 세우고 거기서부터는 걸어가기로 했다. 아치 모양의 입구를 지나 곧장 105호실로 향했다.

105호실 앞에 오자 주위를 살펴 사람이 없는 것을 재차 확인했다. 아까 했던 것처럼 오른손을 주머니에 찔러 넣고 왼손으로 초인종을 눌렀다. 몇 번을 눌러도 응답이 없다.

발길을 돌렸을 때 반대편에서 갑자기 한 여성의 모습이 눈에 들어와 깜짝 놀랐다.

여성은 105호실 문 앞에 서 있는 나를 말똥말똥 쳐다본다. 나보다도 연상인, 아마도 쉰 살 전후로 보이는 여성이다.

"이이야마 씨와 아시는 분이세요?"

여성이 그렇게 물었지만 어떻게 대답해야 좋을지 애매했다.

이이야마의 지인이 내 얼굴을 익혀버리면 곤란하다 싶어, 나는 아리송하게 고개를 갸웃거리며 그 자리를 떠나려고 했다.

"잠시만요."

여성이 내 앞을 막아서는 것처럼 멈춰 세웠다.

"조금 전 주유소에 오셨던 분이지요?"

그 말을 듣고 보니 세 번째 주유소에서 본 여성인 것 같았다.

"지인 분이시라면, 이이야마 씨가 어디에 계시는지 혹시 모르시나요?"

그녀는 나를 수상히 느끼는 것 같지도 않았다. 정말로 이이야마가 어디에 있는지 몰라 궁금해서 묻는 표정이었다.

"어디라니요…? 여기에 살고 있잖아요?"

대화를 나눠선 안 된다고 주의하고 있었건만 나도 모르게 문 쪽을 가리키며 말했다.

"없어져 버렸어요."

"없어졌다고요?" 나는 되물었다.

"어제 야근을 한 뒤로 무단결근을 하고, 연락도 안 돼서…. 회사 분이 걱정이 된다고 해서 기숙사에 들어가 봤더니 안 계셨어요…."

"휴대폰 연락은요?"

"연결이 안 돼요. 성실한 분이셔서 무단결근을 할 리가 없는데…. 무슨 일이 있는 건 아닌지 너무 걱정돼요."

여성의 허둥대는 표정을 보고 있자니, 단순히 직장 동료를 걱정하는 걸로는 느껴지지 않았다. 이 여성과 이이야마는 어떤 관계일까?

"저도 이 기숙사에 살아요. 그래서 이이야마 씨를 찾아오신 당신을 뵙게 되어서…. 실례지만 이이야마 씨와는 어떤 관계신가요?"

"예전에 좀 신세를 져서요. 일 때문에 이 근처에 왔다가 어떻게 사시나 하고 찾아와 봤습니다."

나는 적당히 둘러댔다.

"그러셨군요…."

여성은 곧이곧대로 믿은 것 같다.

"그럼 이만."

오래 있으면 안 된다 싶어 나는 가볍게 인사를 하고 걷기 시작했다.

"저기…."

여성이 불러 세워 나는 다시 발걸음을 멈췄다.

"이이야마 씨와 연락이 되면 좀 전해주실래요? 꼭 하고 싶은 얘기가 있으니 한 번만 더 제게 연락을 해줬으면 좋겠다고요. 저는 이케우치 유키에라고 합니다. 꼭 좀 부탁드리겠습니다."

나는 깊숙이 머리를 숙이는 여성을 힐끔 한 번 더 쳐다보고 걷기 시작했다.

도쿄로 돌아오는 신칸센을 타고 자리에 앉아 오랜만에 내 휴대폰 전원을 켰다.

오늘 아침 가와고에를 떠날 때 '오늘은 안 들어갈 거야. 내일 돌아갈 테니까 그때 이야기하자.'라고만 가오루에게 문자메시지를 보내고 그대로 전원을 꺼두었다. 전원을 켜두면 왠지 내가 하려는 짓을 들키지 않을까 하는 근거 없는 망상에 사로잡혔기 때문이다.

가오루의 연락은 전혀 없었다. 부재중통화와 문자메시지를 확인한 뒤, 휴대폰에 저장된 사진들을 훑어보았다.

나와 가오루, 호노카가 보낸 행복한 나날을 찍은 사진이다.

그것들을 보다가, 어제 메구미가 한 말이 생각났다.

'마스터가 그런 행복한 가정을 망가뜨리는 일을 하시리라고는 전혀 생각하지 않지만….'

누군가가 망가뜨릴 것도 없이 애초에 행복한 가정 따위는 어디에도 없었던 것은 아닐까 하는 생각이 끓어올랐다.

나는 이제까지 행복했다. 하지만 가오루와 호노카 입장에서 보면 거짓 행복에 지나지 않았던 것은 아닐까?

남편과 아버지의 정체를 알지도 못한 채, 신변이 위험에 노출되어 있는데도 그것을 느낄 수조차 없었다.

어쩌다가 이렇게까지 되어 버린 것일까?

마음속으로 내 과거를 더듬고 있을 때 주머니 속이 다시 진동했다.

가슴을 옥죄이는 것 같은 고통을 느끼며 스마트폰을 쥐고 일어나 열차의 연결통로 쪽으로 향했다.

"여보세요…. 이이야마는 거기에 없었어."

"그렇습니까?"

나는 전화를 받자마자 그렇게 말했지만 놈의 반응은 그 한마디가 다였다.

"회사에도 무단결근을 하고 어디에 있는지도 알 수 없어. 가도쿠라가 죽은 걸 알고 도망쳤겠지. 이제 어찌할 방도도 없어."

"그렇게 포기할 필요는 없어요. 오늘이 끝나려면 아직 8시간 넘게 남았다고요."

놈이 시원스레 말했다.

"웃기지 마. 8시간 안에 어떻게 그를 찾으란 거야?"

"그 스마트폰에는 앱이 하나 설치되어 있습니다."

"앱?"

"서비스업에 종사하면서 앱도 모릅니까? 공부를 좀 더하는 편이 좋겠네요. 그 앱을 이용하면 이이야마가 현재 있는 곳을 알 수 있게 되어 있어요."

나는 할 말을 잃었다.

GPS를 이용해 이이야마의 위치를 추적할 수 있다는 건가? 그리고 어쩌면 내 위치도 이 스마트폰에 설치된 GPS를 통해 추적되고 있는 건지 모른다.

"화면에 있는 별 모양의 아이콘을 클릭하면 이이야마의 현재 위치가 나올 겁니다. 지금부터 그를 찾으러 가면 가게 오픈 전에 도착하기 힘들지도 모르겠죠. 하지만 오늘 하루 정도니까 동료분도 너그러이 봐주지 않을까요. 그럼 이만."

전화가 끊기자마자 나는 화면의 별 모양 아이콘을 손가락으로 눌렀다.

지도가 나왔다. '에노마치'라고 쓰여 있다. 모르는 지명이라 지도를 축소해 화면에 더 넓은 지역이 나오도록 했다. 도치기현 우츠노미야시*에 있는 곳이다. 이 신칸센은 우츠노미야시에도 정차한다.

나는 이를 악물며 지도 화면을 쳐다보았다.

집에 도착해 초인종을 울렸지만 역시나 응답은 없었다.

불길한 기운이 온몸으로 퍼지는 걸 느끼며, 나는 자물쇠를 열고 집 안으로 들어갔다. 방은 캄캄했다.

"가오루, 호노카, 어디 있어?"

나는 둘을 부르면서 방 안을 이리저리 둘러보았다. 어느

---

* 도쿄의 동북부 내륙도시

방에도 가오루와 호노카는 없었다.

대체 어디에 있는 걸까? 어쨌든 빨리 가오루와 호노카에게 자신들이 처한 위기 상황을 전해야 한다.

나는 가오루의 휴대폰에 전화를 걸었다. 전화를 받지 않았다.

"가오루. 나야. 호노카랑 같이 있는 거야? 혹시 그렇다면 당장 경찰서로 가 줘. 누군가가 호노카의 목숨을 노리고 있어. 같이 있는 게 아니면 바로 호노카를 찾아서 경찰서로 가. 사정은 나중에 알려줄 테니까…. 아무튼 호노카를 부탁해."

어쩌다가 이런 상황이 되어 버렸는지 전하지 못한 채 전화를 끊었다.

거실에서 나가려고 했을 때 장식장 위의 액자가 눈에 들어와 발길을 멈췄다.

나는 장식장에 가까이 다가가 액자에 손을 뻗었다. 액자 속에는 나의 가짜 부모 사진과, 그 뒤에 넣어두었던 또 한 장의 사진이 있다. 나는 그것을 꺼냈다.

그 사진을 본 순간, 가슴 속에 아련한 아픔이 떠올랐다.

16년 전의 추한 진짜 내 모습이다.

성형수술을 받기 전에 찍은 사진이지만, 왠지 이제까지 버리지 못하고 이 안에 숨겨두고 있었다.

나는 사진 뒤에 '이것이 내 진짜 모습이야. 이제까지 속여서 미안해.'라고 펜으로 휘갈겨 쓴 뒤, 테이블 위에 두고 방을 나갔다.

가와고에 경찰서는 여기에서 꽤 거리가 멀다. 자전거 보관소에 가서 자전거를 타고 경찰서로 향했다.

경찰은 내 주장을 믿어줄까?

나는 분명 남의 호적을 도용해서 타인으로 위장한 채 살아온 범죄를 저질렀지만, 가도쿠라를 죽이지는 않았다.

내가 저지른 죄로 인해 벌 받는 건 어쩔 수 없지만, 그 대신 가도쿠라를 죽인 범인을, 다시 말해 내 가족을 해치려고 하는 자를 반드시 잡아야 한다.

경찰서 관내로 들어가서 자전거를 세웠다. 건물 입구로 향하고 있을 때 주머니 속에서 진동이 울려 발길을 멈췄다.

놈이었다.

"자기 무덤을 팔 생각인가요?"

전화를 받자 놈의 목소리가 들렸다.

이 스마트폰을 통해 내가 있는 곳을 실시간으로 파악하고 있는 게 분명했다.

"말했지요? 경찰에 신고하는 건 소용없다고."

"더 이상 네 지시는 안 받아."

나는 말했다.

"당신이 과거에 저질러온 비열한 짓과 역겨운 진짜 모습이 부인과 딸에게 드러나도 좋다는 건가요? 다시 생각하는 편이 좋을 거예요."

놈이 조소하듯 말했다.

"할 수 없어. 모든 사정을 이야기하고 가오루와 호노카는 잠시 경찰의 보호를 받게 할 거야. 네 놈이 붙잡힐 때까지."

"여러 번 말한 것 같은데…, 난 붙잡히지 않아요."

"경찰이 수사하면 너 같은 건 금방 잡아낼 거야. 사카모토 노부코의 관계자를 닥치는 대로 알아보면. 지금부터는 너도 나도 자신이 저지른 죄에 대해 속죄하는 거야. 나는 이제까지 가짜 인생을 살아온 죄고, 넌 사람을 죽인 죄다!"

불쾌한 웃음소리가 귓가에 울렸다.

"뭐가 웃겨!"

나는 스마트폰을 향해 소리쳤다.

"그 문을 지나면 당신은 끝입니다. 당신은 타인의 호적으로 살아온 죄뿐만이 아니라, 가도쿠라를 죽였다는 죄도 뒤집어쓰게 될 거예요."

"무슨 뜻이야!"

"가도쿠라를 찌른 칼에는 당신의 지문이 묻어 있습니다."

나는 너무나 놀라 할 말을 잃었다.

"좀 전에 오카야마 경찰에 신고를 했습니다. 가와고에에서 바를 하고 있는 무카이 사토시라는 인물이 사실은 다카토 후미야라고. 이것이 무엇을 의미하는지 압니까?"

"내 지문이 묻어 있다니…. 대체 어떻게…?"

"아까, 이이야마를 찾아내서 약속을 완수했으면 이렇게 고생할 일은 없었을 텐데…. 당신의 무간지옥은 지금부터 시작되는 겁니다."

"뭐라고?"

"당신은 지금부터라도 나와의 약속을 완수하기 위해 이이야마를 찾아내서 대가를 치르게 해 주어야 해요. 그것도 경찰에 쫓기면서 말이지요."

"웃기지 마!"

나는 불 같이 화를 냈다.

"경찰에 붙잡힐 때까지 그것을 해내지 못하면 당신은 앞으로 쭉 괴로워하게 될 거예요. 가도쿠라를 죽인 죄는 어느 정도일까요? 10년, 아니 15년형일까요. 아니면 20년은 교도소에서 썩어야 할까요? 경찰이 그만큼의 기간을 한순간도 놓치지 않고 당신 딸의 신변을 보호해줄까요? 아까도 말했지만, 나는 아무리 시간이 걸린다 해도 반드시 당신이 나와의 약속을 저버린 대가를 치르게 해줄 겁니다. 혹시 딸의 호적도 당신과 마찬가지로 바꿀 건가요? 그런 일을 해도 소용없지만요. 나는 한 맺힌 영혼이라 무슨 짓을 해서든 반드시 찾아낼 겁니다."

"지금 이건 네가 말한 약속과 다르잖아."

"나는 약속을 완수하면 당신의 소중한 사람을 해치지 않겠다고 약속했을 뿐입니다. 당신을 지켜준다는 말은 한 적 없어요. 소중한 딸을 참혹하게 잃고 싶지 않다면 나와의 약속을 완수하는 것 외에 다른 길은 없습니다."

그 말을 들으니 괴로워 미칠 것 같았다.

나에게 가도쿠라를 죽인 죄를 뒤집어씌운 것도 모자라, 이이야마를 죽이지 않으면 호노카까지 죽이겠다는 것인가.

나는 경찰서 입구를 쳐다보았다.

놈의 말은 허세가 뻔하다. 가도쿠라를 찌른 칼날에 절대로 내 지문이 묻어 있을 리 없다.

"내 얘기를 못 믿겠다면 어서 경찰에 가면 됩니다. 물론, 당신은 그 선택을 죽을 때까지 후회하게 되겠지만요."

내 생각을 꿰뚫어본 것처럼 놈이 말했다.

"그런 곳에서 느긋하게 있을 때가 아니에요. 서둘러요. 경찰이 당신 가게와 집에 들이닥칠 때까지 시간적 여유가 얼마나 있을까요? 당신의 개인 물품에서 지문을 채취해 당신이 다카토 후미야라는 게 판명되고, 살인사건 용의자로 지명수배가 될 때까지 어느 정도의 시간적 유예가 있을까요? 그때까지 당신은 약속을 완수해야 합니다."

"넌…, 악마야…."

"마음대로 말하세요. 몇 가지 조언을 해두죠. 당신 휴대 폰은 전원을 꺼두는 편이 좋겠어요. 전원이 켜져 있으면 경찰에게 당신이 있는 곳이 추적당하기 때문입니다. 하지 만 이 스마트폰만큼은 항상 전원을 켜 두세요. 그러지 않 으면 나와의 약속을 어긴 걸로 간주하겠습니다. 부지런히 충전해 두세요."

나는 아무 응수도 하지 못했다.

"그러면 건투를 빌겠습니다. 당신이 약속을 완수하면, 당 신 가족은 일절 해치지 않겠다고 나도 약속하지요."

뚝 전화가 끊겼다.

"잠깐! 여보세요!"

나는 절규했지만 놈의 응답은 돌아오지 않았다.

어떻게 하면 좋지? 앞으로 대체 어떻게 하면 좋을까?

"어떻게 오셨습니까?"

불쑥 사람 목소리가 들려 나는 흠칫해서 돌아보았다.

제복을 입은 경찰이 이쪽으로 오는 걸 보고 온몸이 굳 어졌다.

"뭔가 곤란한 일이라도 있습니까?"

경찰관이 물어왔다.

"아뇨…. 아무것도 아닙니다."

나는 경찰관에게 그렇게 말하고 바로 그 자리를 떠났다.

그리고 경찰 추적을 피하려면 내 휴대폰 전원은 꺼두는 게 좋겠다는 놈의 말이 생각나 휴대폰 전원을 끄고 자전거에 올라탔다.

부랴부랴 경찰서 정문을 벗어났지만, 그래도 망설여져 건물을 쳐다보았다.

경찰이 내 말을 믿어줄 가능성은 없을까.

만약 그놈 말대로 가도쿠라를 찌른 칼에 내 지문이 묻어 있다면, 내 주장에는 전혀 귀 기울여 주지 않겠지?

가도쿠라가 살해당하기 직전까지 나는 그와 함께 있었다. 경찰은 틀림없이 이미 그것을 파악하고 있을 것이다.

가도쿠라가 있던 파친코 가게의 CCTV에는 내 모습이 찍혔을 것이고, 선술집의 종업원도 나를 기억할 것이다.

이렇게나 유력한 증거가 많은 용의자인데다, 타인으로 위장해 16년간 살아온 인간의 말 따위를 경찰이 믿어줄 거 같지는 않다.

경찰에게 붙잡히면 나는 틀림없이 가도쿠라를 죽인 살인범으로 내몰린다. 그 처벌 수위가 어느 정도일지 알 수는 없지만, 오랫동안 교도소에 들어가게 될 것이다.

놈은 아무리 시간이 걸려도 약속을 지키지 않은 대가를 치르게 해 줄 거라 단언했다.

가게 옆에 자전거를 세우고 내렸다. 가게로 들어가려고 몇 발짝 걸었지만 안 좋은 예감이 들어서 발길을 멈추었다.

어쩌면 경찰이 벌써 우리 가게에 들이닥친 게 아닐까?

이대로 되돌아가는 편이 낫다고 생각했지만, 한 가지 확인해두고 싶은 것이 있었다.

나는 주변을 둘러보고 나서 근처 편의점으로 향했다. 편의점 앞 공중전화 박스로 들어가 우리 가게로 전화를 걸었다.

"네. 다이닝바《HEATH(히스)》입니다."

메구미의 목소리가 들렸다.

"무카이입니다. 지금 가게에 메구미 씨 말고 누가 있나요?"

나는 물었다.

"오너가 계세요."

"그 외에는?"

"없어요."

메구미가 대답했다.

경찰이 있다면 어떠한 동요가 있을 테지만, 평소와 같은 목소리이다.

"그렇습니까? 그럼 지금 가게로 가겠습니다."

나는 전화를 끊고 가게로 향했다.

문을 여니 홀에는 아무도 없었다. 오치아이도 메구미도

주방에서 준비를 하고 있는 것 같다.

나는 그대로 바 안으로 들어가 싱크대로 갔다. 도마 옆에 있는 칼꽂이에 칼이 두 개 들어 있었다.

내 지문이 묻은 칼이란 말을 듣고 유일하게 떠오른 것은 바에서 쓰는 이 칼뿐이다.

나는 칼 두 개를 꺼내 물끄러미 응시했다. 두 개 다 내가 오랫동안 쓰고 있는 칼이다.

이 칼이 아니라면 놈은 대체 어떻게 내 지문이 묻은 칼을 손에 넣었다는 것일까? 아니면 역시 놈의 허세일까?

"어서 와."

그 목소리에 나는 뒤를 쳐다보았다.

오치아이와 메구미가 주방에서 나왔다.

"가게에 왔으면 왔다는 말 정도는 해."

"어어…."

"무슨 일 있었나?" 오치아이가 물었다.

"메구미 씨, 미안하지만 잠시 오치아이와 둘이 할 얘기가 있어요."

내 말에 메구미가 힐긋 오치아이를 올려다보았다. 그리고 바로 내게 시선을 돌려 고개를 끄덕이고 직원 휴게실로 향했다. 메구미는 겉옷을 걸치고는 내 모습을 조심스레 살피면서 가게 밖으로 자리를 피했다.

"무슨 할 얘기라도 있는 거야?"

오치아이가 물었지만 나는 정작 이번 사건에 대해 입이 떨어지지 않았다.

"이번 주 일요일이 준 생일이래. 여기서 파티를 해줄까 하는데. 물론 호노카도 초대해서."

또 다시 둘러댔다.

내 모습에서 뭔가 심상치 않은 것을 느꼈던 건지, 오치아이가 억지스런 미소를 지었다.

"대체 무슨 일이야? 그런 심각한 얼굴을 하고서 말이야. 설마 가오루 씨 모르게 빚이라도 진 건 아니겠지?"

오치아이는 어떻게든 내 입에서 뭔가를 이끌어내려고 하는 것 같지만, 나는 선뜻 이야기를 꺼내지 못했다.

"가게 끝나면 한잔하러 갈까?"

"아니…."

나는 고개를 가로저었다.

"오너와는 한동안 못 보게 될 거야."

"그게 무슨 뜻이야?"

오치아이가 의아하다는 듯 쳐다보았다.

"나는 이제 가게에는 못 나와."

"그게 대체 뭔—."

"나는 무카이 사토시가 아니야."

오치아이의 말을 끊고 그렇게 말하자, 오치아이가 눈을 동그랗게 뜨고 나를 쳐다보며 고개를 갸웃했다.

"나는 지금까지…, 16년간을 본래의 내 모습을 속이고 살아왔어. 내 진짜 이름은 다카토 후미야야."

오치아이가 황당하다는 듯 웃었다.

"혹시 너 취한 거야?"

"아니야. 나는 16년 전 어떤 이유 때문에 타인의 호적을 샀어. 오너는 오너가 나보다 어리다고 생각했겠지만, 사실은 내가 오너보다 어려."

"네가 무슨 소리를 하는 건지 전혀 모르겠다."

오치아이가 황당하다는 듯 두 손을 들었다.

"16년 전 나는 어떤 사정 때문에 야쿠자에게 쫓기고 있어서 신변의 위험을 느꼈어. 그래서 살기 위해 다른 사람이 될 필요가 있었어."

그때까지 웃고 있던 오치아이의 표정이 달라졌다. 이제야 이야기가 이해되기 시작한 것 같았다.

"가족이 없다는 것도 거짓말이었어?"

오치아이의 음색은 딱딱했다.

"그건 사실이야. 난 어릴 때 부모에게 버려져 쭉 보육시설에서 자랐어. 하지만 오너에게 이야기한 내 과거는 전부 거짓이야."

"그런…"

그리고 무거운 침묵이 흘렀다.

지난 15년간 줄곧 속고 있었다는 것을 알고 필시 내게 실망했을 것이다.

"그 일 때문에 나는 누군가에게 협박당하고 있어."

"돈을 뜯기고 있는 거야?"

오치아이가 폐부를 쥐어짜는 것처럼 말했다.

"아니야. 어떤 인물을…. 사람 두 명을 죽이라고 협박당하고 있어."

오치아이가 눈을 부릅떴다.

"죽이라니…. 네 말이 사실이라면, 타인으로 위장해서 사는 것도 물론 범죄일지도 모르지만…, 왜 그런 일로 그렇게까지 불합리한 요구를 당해야 하는 거야?"

"그러지 않으면 호노카를 해치겠다고, 호노카를 죽이겠다고…."

"경찰에 신고하는 게 좋지 않을까?"

"못 해!"

"어째서?"

"그 중 한 사람이 이미 살해당했기 때문이야."

오치아이의 말문이 막혔다.

"그 남자는 그저께 밤 오카야마에서 살해당했어. 칼에 찔려서…. 나는 그 남자가 살해당하기 직전까지 같이 있었어."

"왜 네가 오카야마에…?"

"그 때 나는 제정신이 아니었어. 죽일 생각까진 없었지만, 호노카를 해치겠다고 협박해서…."

"그래서 그 남자를 만나러 오카야마까지 간 건가?"

"그래. 하지만 난 안 했어. 믿어주겠어?"

나는 기도하는 마음으로 물었다.

"어어, 믿어. 네가 사람을 죽일 리는 없지. 그런 건 누구보다도 내가 잘 알아. 하지만 그렇다면 더욱 경찰에게…."

"그 남자를 찌른 칼에 내 지문이 묻어 있대. 그게 정말인지 여부는 알 수 없지만, 만약 그렇다면 나는 틀림없이 체포되겠지. 살해당한 남자와 직전까지 같이 있었던 건 사실이야. 게다가 나는 내 신분을 속이고 살아왔어. 그런 사람의 말을 경찰이 믿어줄지 알 수 없어. 나를 협박하고 있는 사람은 나더러 또 한 명의 목숨을 빼앗으라고 하고 있어. 내가 하지 않으면 호노카를 죽이겠다고 해."

"설마 그런 짓을 할 생각은 없는 거지?"

"그래. 하지만 여기 있을 수는 없어. 이제 곧 경찰이 날 잡으러 올 거야."

"무슨 얘기야?"

"나를 협박하고 있는 놈이 내가 여기 있다는 걸 경찰에 알렸대. 당장이라도 들이닥쳐서 내 지문을 대조해 보겠지. 피해자를 찌른 칼에 묻어 있는 지문이 내 지문과 일치하면, 나는 살인사건의 용의자가 되는 거야."

"앞으로 어떻게 할 거야?"

오치아이가 절박한 표정으로 물어왔다.

"솔직히 지금부터 어떻게 해야 할지 전혀 모르겠어. 다만 하나 확실히 말할 수 있는 건, 나는 경찰을 따돌리면서 그놈을 찾을 수밖에 없다는 거야. 나를 협박하고, 사람을 죽이고, 그 죄를 내게 뒤집어씌운 놈을…."

"내가 도울 수 있는 일이 있을까?"

"나는 호노카와 가오루 곁에 있어줄 수가 없어. 두 사람을 지켜줬으면 좋겠다."

"가오루 씨는 이 일을 알고 있어?"

"아까 전화했는데 연결이 안 돼. 바로 경찰서에 가라고 메시지를 남겨 뒀는데…. 지금 어디에 있는지 모르겠어."

"알았어. 지금 가게 사람들끼리 두 사람을 찾아볼게."

"상대는 살인자야. 조심해."

"어어, 알았어. 그렇다 쳐도…."

오치아이는 그렇게 말하더니, 괴로운 듯 얼굴을 푹 숙였다.

"저기, 오너."

내가 부르자 오치아이가 얼굴을 들었다.

"미안하다."

오치아이에게 가장 먼저 전해야 할 말을 이제야 토해냈다.

살인을 저지른 사람이 경영자로 함께 일하고 있었다는 것이 알려지면, 가게를 계속 운영해나가는 것도 어려워질지도 모른다.

사람을 죽이지는 않았지만, 모든 것은 자업자득이다. 가게를 같이 시작하는 바람에 오치아이의 신용에도 내가 크게 상처를 입히고 말았다.

"그만 갈게. 두 사람을 잘 부탁해."

나는 오치아이에게 모든 걸 맡기고 바 안쪽에서 나왔다. 가게를 나오기 전에 오치아이가 불러 세웠다.

"조심해라."

오치아이가 그렇게 말하고 입술을 꽉 다물었다.

"오너도."

오치아이의 고뇌에 찬 얼굴을 보고 있기가 괴로워, 술이 놓여있는 선반 위에 걸린 《HEATH(히스)》라는 간판을 힐끔 보고 가게를 나왔다.

그 간판을 걸었을 때는 모든 세상이 빛나는 것처럼 보였다. 그때까지의 꾀죄죄했던 내 인생을 전부 청산할 수 있다는 희망에 가슴이 부풀었다.

모든 것은 역겨운 약속 위에 성립하고 있던 희망일 뿐이었는데도.

가와고에역으로 가면서 지금부터 어떻게 해야 할지 생각해 보았다. 아무리 생각을 계속 해보아도, 생각의 종착지에는 그 놈의 말이 기다리고 있었다.

'당신에게는 나와의 약속을 완수하는 것 말고 다른 길은 없습니다.'

놈은 나를 비웃고 있다. 나를 괴롭히고 즐기고 있는 것이다. 가도쿠라를 죽이고, 그 죄를 내게 뒤집어씌우고, 다시 이이야마를 죽여 나를 사형에 처하게 하려 한다. 모든 것은 나를 괴롭히기 위해서다.

그러기 위해 놈은 교묘한 준비를 하고 있다. 내 지문이 묻은 칼을 손에 넣고, 내게 스마트폰을 보내고, 이이야마가 어디에 있는지까지도….

생각이 거기까지 다다랐을 때 하나의 의문이 솟아났다.

나는 주머니에서 스마트폰을 꺼냈다. 화면에 표시된 별 모양의 아이콘을 터치하자 지도가 떴다. 이이야마는 조금 전과 마찬가지로 도치기현 우츠노미야시 중심부에 있는 것 같았다.

이이야마의 위치를 추적하는 GPS는 이이야마가 가지고 있는 소지품에 장착된 것일까? 놈은 어떻게 그것을 이이야마의 소지품에 장착할 수 있었을까?

놈은 이이야마와 어떤 관련이 있는 인물은 아닐까? 아니면 놈의 협력자가 그런 건지도 모르겠다. 확실한 사실은 이이야마와 접촉할 수 있는 인물이 아니라면 이이야마의 소지품에 GPS를 장착하지 못한다는 것이다.

추리가 거기까지 이르자, 나는 역 앞 현금자동입출금기 코너로 들어갔다. 현금카드로 인출할 수 있는 최대한의 돈을 찾은 뒤, 우츠노미야시로 가기 위해 가와고에역 개찰구를 빠져나갔다.

오후 8시 전에 우츠노미야 중앙역에 도착했다.

역에서 나와 스마트폰을 꺼내 지도를 띄워 이이야마가 있는 곳을 확인했다. 지도의 표시가 역에서 1킬로 정도 떨어진 장소를 가리키고 있었다.

나는 역에서 이어진 큰길로 걸어 나가 지도에 표시된 장소로 향했다. 거기에는 백화점과 대형쇼핑몰이 나란히 늘어서 있었다.

나는 일단 백화점에 들어가 이이야마를 찾기로 했다.

빨리 이이야마를 찾아서 누가 GPS를 장착했는지를 확인해야 한다.

하지만 그로부터 1시간 가까이 헤매도 이이야마로 보이는 인물은 발견하지 못했다. 백화점도, 쇼핑몰도 사람이 많아서, 그 안에서 한 번도 만난 적 없는 인물을 찾는다는 건 생각보다 어려웠다.

이 근처에, 내 바로 옆에 이이야마가 있다. 그런 믿음을 갖고 찾아다니는 사이에, 지도상에서 표시가 움직이기 시작했다. 이이야마를 가리키는 표시가 역 쪽으로 향하고 있었다.

나는 바로 에스컬레이터를 뛰어내려와 쇼핑몰에서 나왔다. 스마트폰을 보며 조금 전에 왔던 큰길을 따라 우츠노미야 중앙역을 향해 뛰었다.

큰길 한 모퉁이에서 표시의 움직임이 멈췄다. 표시가 멈춘 장소에 도착해 주위를 둘러보니, 몇 개의 작은 건물이 늘어서 있었다.

이 건물들 중 어딘가로 들어갔을 것이다. 건물에는 몇 개의 음식점과 마사지 업소, PC방 등이 있었다.

어디에 있을지 생각하면서 여기서 잠시 기다리기로 했다. 지도의 표시가 움직일 때 나오는 사람이 이이야마일 것이다.

나는 너무 눈에 띄지 않도록 자판기 그늘에 숨어, 지도가 가리키는 장소에 있는 몇 개의 건물 입구에 온 신경을 집중했다.

밤 11시를 지나도록 지도상에 움직임은 없었다.

이렇게 오랫동안 움직이지 않는 걸 보면 이이야마는 바로 앞 건물의 7층과 8층에 있는 PC방에 있는 게 아닐까?

나는 그렇게 확신하고 PC방이 있는 건물로 향했다. 엘리베이터를 타고 카운터가 있는 7층에서 내렸다.

"어서 오세요. 몇 시간 이용하시겠습니까?"

카운터로 가니 젊은 여성이 말을 걸었다.

"8시간으로…."

나는 주머니에서 지갑을 꺼냈다.

"저희 가게 회원카드는 가지고 계신가요?"

"아니요."

"그러면 만들어 드릴 테니 신분증을 부탁드립니다."

여성의 말에 나는 망설였다.

"신분증이 필요합니까?"

"네에. 죄송하지만, 본 가게에서는 주민등록증이나 운전면허증 혹은 여권을 제시하셔야 합니다."

그 말은 무카이 사토시라는 이름이 알려진다는 뜻이다. 여기 있는 동안에 내 이름이 뉴스에 나오지는 않을까?

밖에서 이이야마가 나오기를 기다리는 편이 안전할지도 모르지만, 이 시간까지 이이야마가 여기에 머물고 있다면, 여기에서 밤을 샌다는 의미일 수도 있다.

나는 할 수 없이 운전면허증을 내밀었다.

"자리는 어디로 해드릴까요?"

여성이 가게 안의 배치도를 손으로 가리켰다.

카운터가 보이는 장소가 아니면 이이야마가 가게를 나갈 때 알 수가 없다.

카운터에서 가장 가까운 자리를 부탁하고 일단 가게 안을 이리 저리 돌아다녔다. 7층과 8층에 150개에 가까운 자리가 있었다. 두 층 모두 책장 빽빽이 만화책이 꽂혀 있다. 몇 명의 사람이 각자의 자리에서 나와 가운데 소파에 앉아 있었지만 이이야마로 보이는 남자는 없었다.

나는 7층으로 돌아와 내 자리에서 카운터가 잘 보이도록 자리를 잡고 앉았다.

이어폰을 끼고 내 자리에 놓인 소형 TV를 켰다. 가도쿠라 살인사건 그 이후에 대한 보도에 신경이 쓰였다. 뉴스 방송으로 채널을 바꾸자 마침 가도쿠라 사건을 보도하고 있었다.

"오카야마 시내 공원에서 가도쿠라 도시미츠 씨가 칼에 찔려 사망한 채 발견된 사건에 대해, 오카야마 현지 경찰은 가도쿠라 씨 살해 용의자로 43세의 남성을 현상수배하고, 남자의 행방을 쫓고 있습니다."

그 말에 심장이 울렁거렸다.

이름은 나오지 않았지만 용의자가 된 43세의 남성이란 다카토 후미야, 바로 과거의 나일 것이다.

놈은 허세 따월 부린 것이 아니었다. 가도쿠라를 찌른 칼에는 정말로 내 지문이 묻어 있었던 것이다.

대체 놈은 어떻게 그런 것을 손에 넣었을까?

필사적으로 머리를 굴려봤지만 가게에서 쓰는 칼 말고 내 지문이 묻어 있을 만한 칼은 전혀 떠오르지 않았다.

내 지문을 어딘가에서 채취해 칼자루나 칼날에 묻힐 수도 있을까? 만약 그런 일이 가능하다면, 거꾸로 지문은 어떤 사건에서도 증거로 사용될 수 없을 것이다.

경찰은 벌써 우리 가게와 집에 왔다갔을까?

나와 다카토 후미야의 지문이 같다고 판명되는 것쯤은 시간문제일 것이다.

가오루와 호노카는 무슨 생각을 할까?

자신의 남편이, 자신의 아버지가 지금까지 알고 있던 사람과는 전혀 다른 사람이고, 거기다 살인사건의 용의자로서 도망치고 있다는 것을 알게 된다면….

상상만 해도 내 마음이 격렬하게 쥐어뜯기는 것 같았다.

나는 보고 있던 TV를 끄고 어떻게든 이이야마의 모습을 포착하기 위해 카운터 쪽을 쳐다보았다.

새벽 1시가 지나려 하는데도 아직 이이야마의 모습을 발견하지 못했다.

나는 의자에 앉아 극심한 졸음과 싸우고 있었다. 요 며칠 거의 자지 못했기에 체력도, 기력도 한계에 다다르고 있었다.

스마트폰을 쥐고 지도를 다시 화면에 띄웠다. PC방에 들어오기 전과 같다. 이 장소를 가리키고 있다. 이이야마는 이 가게 어딘가에 있다.

지하철 막차가 끊긴 시간에 가게를 나가는 일은 없지 않을까?

나는 내 자리에서 벗어나 홀을 둘러보았다. 이이야마로 추정되는 사람이 없는 것을 확인하고 카운터로 향했다.

"여기 공중전화는 없습니까?"

"저희 가게 내에는 없지만 건물 앞에 있습니다."

카운터에 물으니 그렇게 대답했다.

"전화를 걸고 와도 될까요?"

"그러세요."

나는 가게에서 나와 엘리베이터를 탔다. 건물에서 나와 건물 앞의 공중전화 부스로 들어갔다. 수화기를 들긴 했지만, 전화 같은 걸 해서는 안 될 것 같아서 버튼으로 뻗으려던 손을 거뒀다.

경찰이 벌써 들이닥쳤다면 내 주변 인물에게 걸려 온 전화도 전부 조사할 가능성이 높다. 그렇다면 이 공중전화 발신지를 추적해 내가 이 근처에 있는 사실을 밝혀낼지도 모른다.

그렇다 하더라도 가오루와 호노카가 눈에 밟혀 가슴이 짓눌리는 것 같다. 뭔가 수단을 강구해야 한다.

나는 공중전화 부스에서 나와 주변을 둘러보았다.

자판기와 그 옆에 쓰레기통이 있는 것을 보고 그쪽으로 갔다. 잠시 동안 놈의 연락이 없기를 기도하며, 놈이 내게 보낸 스마트폰을 꺼내 그 쓰레기통에 던져버렸다. 그리고 곧바로 도로변으로 나가 택시를 잡아탔다.

"이시바시역까지 가 주세요."

우츠노미야 중앙역에서 두 정거장 떨어진 역을 말하자 택시가 달리기 시작한다.

이시바시역 앞에서 택시를 내려 가까이에 있는 공중전화 부스로 향했다.

내 휴대폰을 꺼내 전원을 켠 뒤 전화번호부를 뒤적였다. 오치아이의 휴대폰 번호를 머릿속에 집어넣고, 곧바로 다시 휴대폰 전원을 껐다. 그리고는 공중전화로 오치아이에게 전화를 걸었다.

신호가 갔지만 좀처럼 전화를 받지 않는다. 어쩌면 경찰이 가까이에 있어서 받지 못하는 상황일까 생각할 즈음 전화가 연결되었다.

"여보세요…."

경계하는 듯한 오치아이의 목소리가 들렸지만, 바로 말이 나오지가 않았다.

"무카이야?"

잠깐의 침묵 후, 오치아이가 탐색하듯 말했다.

그래도 아직 목소리가 나오지 않았다.

"괜찮아. 여기 경찰은 없어. 무카이 맞지?"

"어어…."

나는 겨우 모기만한 목소리를 쥐어짜냈다.

"늦게 받아서 미안해. 가오루 씨 바로 앞에서 전화를 받기는 망설여져서 집에서 나오느라 그랬어."

"우리 집에 있었던 거야?"

"응. 아까 경찰서에서 돌아온 참이야."

나는 낙담의 한숨을 쉬었다.

"역시 경찰이 온 건가…?"

"네가 가게를 나간 후 바로 가오루 씨한테서 연락이 왔어. 집에 이상한 사진이 놓여 있고, 거기에 영문을 알 수 없는 메시지가 쓰여 있었다고…. 아무리 너한테 연락을 해도 연결이 안 된다고 걱정해서 나한테 전화를 걸었대."

놈이 준 스마트폰은 켜놨었지만, 내 휴대폰은 혹시 추적이라도 당할까봐 경찰서에서 나올 때부터 계속 꺼놨었다.

"난 바로 너희 집으로 갔어. 가오루 씨에게 네게 들은 이야기를 했더니 믿을 수 없다며 반미치광이 상태가 되었어. 그리고 잠시 뒤에 경찰이 찾아왔어."

"그래서…?"

"경찰은 가오루 씨에게 너에 대해 이것저것 물었어. 처음에는 분위기가 온화했는데 방에 놓여 있던 사진을 발견하고 경찰의 태도가 갑자기 달라졌어. 가오루 씨에게 그제 일어난 살인사건 이야기를 하고 지문을 확인하고 싶다고 네 소지품과 사진 같은 걸 가져가 버렸어."

지문 대조에는 어느 정도의 시간이 걸릴까? 별로 오래 걸릴 것 같지는 않았다.

"그리고 나도, 가오루 씨도 경찰서로 데려갔어. 나는 네게 들은 이야기를 경찰서에서 털어놨는데 그건 괜찮은 건가?"

"어어…. 경찰은 그 얘기를 믿어줬어?"

"거기까지는 모르겠어. 정말…, 정말로 사진 속 남자가 너라는 거야?"

오치아이도 믿을 수 없다는 말투로 물어왔다.

"그래. 새 호적을 산 직후에 성형수술을 받았어. 가오루랑 호노카는?"

"심한 충격을 받은 듯해. 나는 경찰한테 사정을 설명하고 신변 보호를 요청했으면 좋겠다고 말했지만, 가오루 씨가 거절했어. 내가 한 말…, 그러니까 너한테 들은 네 이야기는 전부 거짓이라고. 그런 말도 안 되는 일은 일어날 수 없다고 말이야… 23년 전에 비열한 짓을 하고 붙잡힌 다카토라는 남자와 네가 같은 인물일 리가 없다고… 네가 집으로 돌아오는 것을 기다려야 하니까 집에 돌아가겠다고 고집을 부려서…"

오치아이의 말을 듣고 있으니, 가슴이 옥죄이는 것처럼 괴로웠다.

"가오루 씨를 바꿔 줄까?"

오치아이가 물었다.

"아니…"

이런 상황에서 가오루와 무슨 얘기를 하면 좋을지 알 수 없었다.

"한동안 두 사람 곁에 있어 줄래?" 나는 말했다.

"그럴 생각이야. 나 혼자서는 불안하니까 고헤이도 데려왔어. 일이 해결될 때까지 둘이서 가오루 씨와 호노카를 지켜볼 생각이야."

"잘 부탁한다."

나는 전화를 끊고, 몽롱한 상태에서 택시 정류장으로

향했다. 택시에 올라타 운전사에게 우츠노미야역 근처의
PC방 위치를 말했다.

PC방이 있는 건물 앞에서 택시를 내려, 자판기 옆 쓰레
기통에서 스마트폰을 다시 꺼냈다. 다행히 놈이 전화를 걸
지는 않은 것 같았다.

PC방으로 돌아와 잠을 깨울 커피를 타기 위해 드링크
바로 갔다.

주변을 쳐다보니 몇 명인가가 자기 자리에서 나와 만화
책을 고르고 있다. 순간 안쪽 자리에서 일어서는 사람이
보였다. 자기 자리 앞에 있는 고객용 슬리퍼를 신고, 내가
있는 쪽으로 온다. 쉰 살 전후의 중년남자다.

그 얼굴을 보고 심장이 튀어나올 뻔했다.

이이야마 켄지였다—.

이이야마는 내 옆을 지나 드링크 바로 가서 컵에 커피를
따랐다. 나는 그의 등 뒤로 가까이 다가갔다.

"이이야마 켄지 씨지요?"

내가 말을 거니 이이야마의 어깨가 흠칫 떨렸다.

"아니요."

이이야마는 이쪽을 돌아보지 않고 말했다.

"당신에게 꼭 하고 싶은 이야기가 있습니다. 당신에게 중
요한 이야기입니다. 하지만 여기서 할 수 있는 얘기가 아니

에요. 어딘가 사람이 없는 곳에서⋯."

내가 그렇게 말하며 어깨를 붙잡자, 이이야마가 이쪽을 돌아보았다. 손에 들고 있던 무언가를 내 얼굴로 들이밀었다.

"난 안 죽어."

이이야마가 그렇게 말한 순간, 온 얼굴에 불타는 듯한 고통이 퍼졌다.

흡사 눈알을 바늘로 찌른 것 같은 고통을 견디지 못하고 그 자리에 주저앉았다. 그리고 바닥을 떼굴떼굴 구르며 몸부림쳤다.

처음 겪어보는 고통이었지만, 호신용 스프레이를 뿌린 것임을 바로 알아차렸다.

'나는 당신의 적이 아니야. 당신을 죽일 생각 따윈 없어. 이야기를 들어줘.'

그렇게 호소하고 싶었지만, 격심한 기침과 끊임없이 흐르는 콧물 때문에 호흡도 제대로 하기 힘들었다.

고통 때문에 눈을 제대로 뜨지도 못해 이이야마가 어디에 있는지도 알 수 없었다.

캄캄한 시야 속에서 다양한 소리가 교차했다. 기침 소리와, 문이 열리고 뛰어나가는 발소리가 귓가에서 울렸다.

"뭐야?!"

"대체 어떻게 된 거야?"

"무슨 일이야!"

내 주변이 여러 명의 비명과 고함 소리로 가득 찼다.

"저기 있던 남자가 스프레이 가스를 잔뜩 뿌리고 계단으로 도망갔어!"

나는 극심한 통증을 참으며 실눈을 떴다. 뿌연 시야 속에서 계단을 향해 뛰어가는 사람들이 보였다. 카운터에 있는 종업원이 수화기에 대고 뭔가 아우성치고 있었다. 경찰에 신고하는 것 같았다.

머릿속이 혼탁했지만 여기 있으면 안 된다는 것만은 명확히 인식할 수 있었다.

나는 드링크 바 선반을 짚고 간신히 일어섰다. 물을 틀고 한 손으로 눈을 씻었다. 통증은 전혀 가라앉지 않았지만 시력이 아주 조금 회복되었다.

다른 사람을 따라 계단으로 내려가려 했지만, 불현듯 생각나는 게 있어 발길을 멈췄다. 다시 스프레이 가스가 자욱한 7층으로 돌아와 벽을 손으로 짚으며 이이야마가 앉아있던 자리로 향했다.

그가 앉았던 자리 앞에는 검은색 가죽 구두가 남아 있었다. 신발을 갈아 신을 새도 없이 이곳에서 도망친 것이다.

이이야마가 앉은 의자 옆에는 등산용 배낭이 있었다. 이이야마의 소지품은 그것뿐인 것 같았다.

나는 배낭을 들고 계단으로 향했다.

빨리 이 건물에서 나가야 했지만, 앞이 잘 보이지 않아서 신중한 발걸음으로 계단을 내려가야 했다.

간신히 1층에 도착해 건물에서 나오자, 건물 앞이 사람으로 넘쳐나고 있었다. 많은 사람들이 길바닥에 앉아 콜록거리거나 손으로 눈을 누르고 있었다. 무슨 일인지 몰라 아우성치는 사람도 있는가 하면, 울고 있는 사람도 있었다. 그런 이상한 광경에, 길을 지나던 사람들까지 무슨 일이 있었나 하고 모여들었다. 멀리서 사이렌 소리가 들려온다.

"대체 무슨 일입니까?"

회사원 같은 남자가 흥미로운 듯 내게 다가와 물었다.

"글쎄요…. 저도 잘 모르겠습니다. 그런데 이 근처에 공원이 있습니까?"

"저기 편의점 옆으로 꺾어서 조금 더 가면 있어요."

회사원 같은 남자가 저쪽을 가리키며 말했다.

"고맙습니다."

나는 인사를 하고 인파를 헤치며 그 자리를 떠났다.

공원에 들어가 바로 수도를 찾았다. 불어대는 찬바람 속에서 수차례 찬물로 얼굴과 눈을 씻었다.

통증이 조금 가시자, 주머니에서 스마트폰을 바로 꺼냈다.

지도를 화면에 띄워 이이야마가 어디로 도망쳤는지를 확

인하려 했다. 하지만 지도상에는 어떠한 움직임도 없었다. 좀 전까지 있던 곳을 그대로 가리키고 있었다.

어떻게 된 걸까? 놈이 설치한 GPS가 현재 이이야마가 가지고 있는 소지품에도, 내가 가져온 이이야마의 배낭에도 없다는 뜻인가?

이이야마가 가지고 있던 것 중에 대체 어떤 물건에 GPS를 설치한 걸까?

가만히 생각해보니 한 가지 물건에 생각이 미쳤다.

이이야마가 자리에 두고 간 가죽 구두….

그렇다면 더 이상 이이야마를 쫓는 건 불가능하다. 누가 GPS를 설치했는지 이이야마에게 물을 수도 없게 되었다는 뜻이다.

모든 것이 무너져 내릴 것만 같은 기분을 간신히 참으며 공원 벤치로 향했다.

아직 모든 추리의 단서가 끊어진 것은 아니다. 이이야마에게 구두를 줄 수 있거나, 이이야마의 구두를 만질 수 있는 인물은 소수로 한정된다.

이이야마의 자리에서 가지고 나온 등산용 배낭 속에 그 단서가 있을지도 모른다.

나는 벤치에 앉아 배낭을 열고 그 안에 들어있는 것들을 하나씩 조사해갔다. 하지만 안에는 옷가지들만 들어있

을 뿐, 이이야마의 교우 관계를 엿볼 수 있는 것은 아무것
도 없었다.

그 순간 갑자기 주머니 속의 스마트폰이 진동해, 나는
뒤로 나자빠질 뻔했다.

놈이다—.

"여보세요…"

나는 마음을 가누고 전화를 받았다.

"왜 이이야마 옆을 떠났습니까?"

그 말을 통해, 놈이 나와 이이야마 둘의 위치를 모두 실
시간으로 파악하고 있다는 게 명백해졌다.

"방금 전까지 이이야마와 같이 있었지요? 장소로 말하
자면 큰길가에 있는 건물이네요. 이이야마를 죽이고 도망
친 겁니까?"

"이이야마가…"

'호신용 스프레이를 뿌리고 도망쳤다.'

그렇게 말하려다 바로 입을 다물었다.

이이야마가 도망친 데다 더 이상 쫓을 수 없다는 걸 알
면 놈이 어떻게 나올지 두려웠다. 나를 괴롭히는 것이 목
적이라면 다음으로 놈이 할 짓은 호노카를 해치는 것 아
닐까?

"놈은 PC방 안에 있어. 하지만 자리가 많아서 어디 있는

건지 알 수가 없어. 쭉 모습을 살피고 있었지만 이이야마
는 못 찾았어."

나는 재빨리 거짓말을 했다.

"PC방 안에 가만히 앉아만 있으면 너무 졸음이 몰려와
서…."

"바깥 공기를 쐬러 나왔다 이겁니까?"

"그런 거야. 이이야마가 이 시간에 거기를 나갈 거라 생
각하긴 힘들어. 게다가 나온다고 해도 바로 알 수 있어. 잠
이 깨면 PC방으로 돌아갈 거야."

"고생이 많네요. 요 며칠 당신에게는 바람 잘 날이 없겠
지요. 마음은 이해합니다."

기계로 변조된 음성이지만 내 상황이 우습다는 듯 비웃
고 있는 건 알 수 있었다.

"하지만 이제 곧 그 고통에서 해방되는 겁니다. 당신이
지금 이이야마 바로 옆에 있는 건 분명해요. 나와의 약속
을 완수하면 푹 쉬세요."

"경찰서나 구치소에서 말인가?"

나는 빈정거림으로 답했다.

"그렇게 되나요? 뭐, 당신이 경찰에게서 계속 도망칠 수
있는 재주가 있다면 어떻게든 되지 않겠습니까? 나는 당신
이 약속을 완수해주면 그걸로 충분하니까요. 당신이 이이

야마만 죽이면, 당신이 경찰에 붙잡히든 평생 도망치든 아무래도 좋습니다. 차라리 예전처럼 새 호적을 손에 넣어서 또 다시 얼굴을 성형하고 새 인생을 살아가는 방법도 괜찮겠네요."

"정말 그래도 되는 건가?"

"무슨 뜻인가요?"

놈이 되물었다.

"네 진짜 목적은 이이야마를 죽이는 게 아니라, 나를 괴롭히는 거 아닌가? 두 사람을 죽였다는 죄를 뒤집어씌워서 나를 사형대로 보내는 것…. 그게 네가 진짜 노리는 거 아니야?"

"당신을 사형에 처할지 말지를 결정하는 건 법원입니다. 내가 관여할 일이 아닙니다. 몇 번이나 말하지만, 나는 단지 그때 나와 한 약속을 확실히 완수해주길 원하는 것뿐입니다. 당신이 그렇게 해 주면 그 이상의 것은 바라지 않습니다. 가족을 해치는 형태로 당신을 괴롭히는 것은, 내 본의가 아닙니다."

'그런 말을 누가 믿어!'

나는 목구멍까지 올라온 말을 필사적으로 삼켰다.

"다만 당신이 약속을 완수하지 못했을 때는 당신을 괴롭힐 수밖에 없다는 말입니다. 당신은 앞으로 몇 시간 내에 소중한 사람을 자신의 힘으로 지켜낼 수 있느냐 하는 갈림길에 서 있습니다. 지금부터 몇 시간이 당신에게 주어진 마지막 기회입니다. 이이야마는 당신 바로 옆에 있어요."

그 말을 듣고, 이이야마가 도망쳐버린 일을 전할까도 잠시 고민했다.

"이제 어떤 변명도 허락되지 않습니다."

내 생각을 가로막는 것처럼 놈이 계속 말했다.

"만약 오늘 중으로 이이야마가 살해당했다는 뉴스가 방송에서 나오지 않는다면, 당신에게 이이야마를 처리하게 하는 일을 맡기는 것은 중단하고, 강경한 수단으로 나가게 될 겁니다."

"강경한 수단…? 대체 무슨 뜻이야?"

나는 되물었다.

"당신과, 당신 가족의 운명은 내가 쥐고 있다는 뜻입니다."

내가 있는 곳을 경찰에 알려서 체포하게 한다는 것일까? 그러고는 쇠고랑을 차고 옴짝달싹 못하는 나를 비웃으면서 호노카와 가오루를 해치겠다는 것인가?

이 스마트폰을 내가 가지고 있는 한 내 위치는 고스란히 놈에게 드러나니, 확실히 내 운명은 놈이 쥐고 있다.

어떻게 하면 되지? 스마트폰 전원을 늘 켜두지 않으면 약속을 깬 것으로 간주하겠다고 놈은 으름장을 놓았다.

"알았어. 반드시 약속은 지키지."

어떻게 해야 좋을지 판단이 서지 않았지만, 나는 일단 그렇게 말했다.

필사적으로 머리를 굴려 보았다.

갑자기 이 위기를 해결해 줄지도 모를 딱 한 가지 계획이 섬광처럼 번뜩였다. 하지만 덜컥 겁이 났다. 내게 당치도 않은 위험을 수반하는 것이기 때문이었다. 그러나 달리 방법이 없다.

"무슨 일이 있어도 이이야마를 죽이겠어. 그러니 호노카와 가오루는 절대 해치지 않겠다고 너도 약속해줘."

나는 놈이 조금이라도 나를 믿게 하려고 말했다.

"약속하지요."

놈은 웃으며 대답하고, 이내 전화를 끊어버렸다.

나는 바로 스마트폰을 주머니에 넣고 이이야마의 배낭을 챙겨 벤치에서 일어났다.

공원을 나와 PC방이 있는 건물로 다시 향했다. 편의점을 돌아 큰길로 나오니, 경찰차 몇 대와 구급차의 붉은 경광등이 빛나고 있는 것이 보였다. 건물 앞 인도는 많은 사람들로 북적이고 있었다. 그 속에 제복을 입은 경찰관과 구급대원의 모습도 보였다.

제복을 입은 경찰관을 본 순간, 나는 얼어붙은 것처럼

자리에서 멈췄다.

시간이 지나면 지날수록 경찰관의 수는 늘어날 것이다. 현장 검증을 위해 PC방은 출입금지 상태가 되고 말지도 모른다. 들어가려면 혼란한 틈을 탈 수 있는 지금뿐이다.

괜찮다. 무카이 사토시라는 남자가 지명수배된 것을 눈앞의 경찰관들은 아직 모른다. 그렇게 생각해도 좀처럼 다리가 움직여지지 않았다.

가자! 가는 거다—!

나는 각오를 다지며 신발을 벗어 등산용 배낭 안에 넣었다. 양말만 신은 채 건물로 향한다. 제복을 입은 경찰관 한 명이 건물 가까이로 다가가는 내게로 시선을 돌렸다.

심장이 오그라드는 듯한 두려움을 느꼈지만, 표정에 드러나지 않도록 애썼다.

그 경찰관은 나를 신경 쓰지도 않고, 바로 옆에서 울고 있는 여성을 보며 다시 얘기하기 시작했다.

나는 인파를 헤치고 건물에 들어갔다. 서늘한 리놀륨 바닥을 디디며 계단을 올라간다. 7층까지 올라가 PC방으로 들어갔다. 좀 전까지 자욱했던 스프레이 가스는 꽤 없어진 상태였다.

카운터 쪽을 보니 몇 명의 경찰관이 눈에 들어왔다. 종업원들에게 이야기를 듣고 있다.

나는 경찰관들의 눈을 피해 재빨리 벽에 몸을 숨기고, 이이야마가 머문 자리로 향했다.

이이야마의 자리에는 여전히 검은 가죽 구두가 놓여 있었다. 서둘러 신으려고 했지만 사이즈가 작아 발이 들어가지 않았다. 그 자리에 앉아 신발 끈을 느슨하게 풀었다. 손으로 가죽을 늘려 어떻게든 발을 넣으려고 했다.

"무슨 일이십니까?"

그 목소리에 고개를 들어 올려다본 나는 가슴이 철렁했다.

나이든 경찰관 한 명이 눈앞에 서서 나를 내려다보고 있었다.

"아, 아니 그게…. 정신없이 대피하는 바람에 신발 신는 걸 깜빡해서요."

나는 재빨리 얼굴을 숙이면서 말했다.

"난리통이었네요."

"정말 그렇습니다. 대체 무슨 일일까요?" 나는 태연한 말투로 물었다.

"여기 계셨던 분이죠? 제가 잠시 말씀 좀 여쭤도 될까요?"

"네에."

나는 간신히 구두를 신고, 손으로 눈가를 비비는 척 하면서 살짝 고개를 들었다.

"누군가가 호신용 스프레이를 마구 뿌리고 도망친 것 같습니다. 혹시 그 사람을 보셨습니까?" 경찰관이 물었다.

"호신용 스프레이라…. 어쩐지. 눈이 엄청 아파서…."

나는 경찰관이 내 얼굴을 보지 못하도록 분주하게 양손으로 눈가를 비볐다.

"누가 그랬는지는 못 봤습니다. 자리에 앉아있는데 주변에서 비명소리가 들리더니, 저도 눈이 아파지고 속도 안 좋아져서…. 그래서 허둥지둥 빠져나왔습니다."

"괜찮으세요? 순차적으로 구급차가 도착할 테니, 아래까지 모셔다 드리지요."

경찰관이 걱정스러운 듯 내 어깨에 손을 올렸다.

"혼자서도 괜찮습니다. 그보다도 빨리 범인을 잡아주세요. 밑에도 사람이 많았으니까 분명 누군가가 목격했을 겁니다."

"네, 최선을 다하겠습니다."

나는 고개를 살짝 끄덕이고 아픈 발을 참으며 일어났다.

"몸조리 잘하세요."

경찰관의 목소리를 뒤로 한 채 황급히 계단으로 향했다.

PC방을 나와 경찰관의 시선이 느껴지지 않자 나도 모르게 무거운 한숨이 새어나왔다.

나는 계단을 통해 내려와 건물에서 빠져나온 뒤, 잰걸음으로 좀 전의 공원으로 향했다.

공원에 들어가 스마트폰을 꺼내 전원을 끈 다음 다시 주머니에 넣었다.

이걸로 놈의 눈을 속일 수 있을까?

공원 공중화장실에 들어가, 변기에 앉아서 꽉 끼는 가죽 구두를 벗었다. 곧바로 코트 주머니에서 칼을 꺼냈다.

칼을 구두에 박아 넣어 구두 바닥을 벗겨냈다. 하지만 특별히 뭔가 장치한 흔적은 없었다. 다른 한쪽 구두도 마찬가지로 바닥을 벗기기 시작했다. 그 사이에도 야단스럽게 울려 퍼지는 사이렌 소리가 초조감을 부채질했다.

경찰은 살인사건 용의자가 그곳에 있었다는 것을 알아챌 수 있을까?

지금은 호신용 스프레이를 뿌린 남자를 찾느라 분주하겠지만, 내가 거기 있었던 것을 알아채는 것은 시간문제일지도 모른다.

그 PC방을 이용하려면 신분증 제시가 필요하니, 경찰은 이용객 명단을 통해 호신용 스프레이를 뿌린 남자를 찾으려 할 것이다. 나도 접수할 때 운전면허증도 냈고, PC방 종업원은 그것을 복사해 뒀다.

구두 바닥을 다 벗겨내니, 다른 쪽 구두에는 없던 것이 눈에 들어왔다. 안쪽에 조그만 공간이 있고, 거기에 무언가가 들어 있었다. 나는 그것을 집어 올렸다. 일회용 라이터 크기 정도의 플라스틱 케이스다.

이것이 GPS일 것이다.

나는 GPS와 칼을 다시 주머니에 넣은 뒤, 내 신발로 갈아 신고 공중화장실에서 나왔다.

나는 고리야마역에서 내린 뒤 고속버스를 타는 곳으로 향했다.

지금부터 센다이로 가야 한다.

이이야마의 행방을 알 수 없게 된 지금, GPS를 설치한 사람을 찾을 단서를 쥐고 있는 사람은 한사람 밖에 없었다. 어제 이이야마의 집 앞에서 내게 말을 걸어온 이케우치 유키에라는 동료 여성이다.

물론 우츠노미야시에서 센다이시까지 신칸센을 타고 간다면 1시간 정도면 도착할 수 있다. 하지만 지금 이 상황에서 우츠노미야 중앙역 주변으로 가는 것은 위험하다고 판단했다.

경찰이 이미 내가 다카토 후미야인 것을 확인했을지도 모르고, 전국 경찰서에 내 현재 몽타주가 내걸렸을지도 모른다.

공원을 나와 택시를 붙잡아 타고, 우츠노미야 중앙역에

서 네 정거장 떨어진 가라스야마선 니이타역 주변에서 내렸다. 동이 트는 동안 나는 거기서부터 우츠노미야선의 가타오카역까지 걸어간 뒤 비로소 지하철을 탔다. 이렇게 해서 경찰을 얼마나 교란시킬 수 있을지 불안했지만, 지금까지는 수사망에 걸리지 않았다.

물론 지하철로도 센다이까지 갈 수 있었지만, 또 다른 계획이 하나 있어 고리야마역에서 내려 고속버스를 타기로 결심한 것이다.

나는 센다이행 고속버스에 올라타 맨 뒷자리로 갔다.

버스가 출발하자, 나는 내 휴대폰을 꺼냈다. 휴대폰을 쳐다보며 잠시 망설였다.

공원에서 스마트폰 전원을 꺼버린 뒤로, 놈은 지금까지 내가 있는 곳을 파악하지 못해 초조해하고 있을 것이다.

놈이 내 휴대폰 번호를 알고 있을까?

만약 알고 있다면, 나와 이야기할 수단으로서 이 휴대폰에 전화를 걸어오지 않을까? 어젯밤 공원에서 섬광처럼 번뜩인 계획은 내게 매우 위험한 도박이었다.

경찰들이 잔뜩 있을 PC방으로 다시 돌아가 이이야마의 신발을 손에 넣는 것도 그렇고, 만약 놈이 내 휴대폰 번호를 몰라 전화를 걸어오지 못한다면, 놈은 내가 약속을 지키지 않고 배신했다고 간주할 것이다.

그렇게 되면 놈의 목적은 나로 하여금 이이야마를 죽이게 하는 것에서 호노카와 가오루를 해치는 것으로 틀림없이 옮겨갈 것이다.

게다가 놈의 연락을 기다리기 위해 이 휴대폰의 전원을 켠다는 것은, 경찰에게 내가 있는 위치를 알리는 꼴도 된다.

경찰이 통신사를 통해 확보할 수 있는 휴대폰 위치 정보가 어느 정도로 정확한지는 모르겠지만, 이 버스까지 특정하지는 못하지 않을까 예상했다.

그렇게 나를 설득할 수밖에 없었다. 지금 내게는 다른 선택의 여지가 없기 때문이다.

나는 내 휴대폰의 전원을 켜고 바지 주머니에 넣었다.

창밖을 보며 내 마음을 도려내는 것 같은 시간을 그저 곱씹었다.

주머니 속의 진동에 숨죽이며 곧바로 휴대폰을 꺼냈다. '발신번호 표시제한'으로 걸려온 전화였다.

놈일까?

나는 자리에서 일어나 서둘러 전화를 받았다.

"나를 배신할 생각입니까?"

귓가에 기계로 가공된 기이한 목소리가 울렸다.

놈이다—.

"배신 같은 건 안 했어."

"어젯밤부터 몇 번을 걸어도 당신은 전화를 받지 않았어. 내가 준 스마트폰을 버렸든가, 전원을 껐겠지요. 자기가 있는 곳을 내게 알리기 싫으니까. 꽤 배짱이 좋네요."

"그게 아니야…. 사정이 있었어."

"사정?"

"어어…. 너랑 통화를 한 후 PC방으로 돌아가 이이야마가 모습을 드러내길 쭉 기다렸어. 그리고 마침내 이이야마가 있는 자리를 알아냈지. 나는 이이야마를 처리하기 위해 그에게 다가갔지만, 그때 그놈이 내게 호신용 스프레이를 뿌려댄 거야."

"호신용 스프레이?"

"그래. 이이야마는 그 소동을 틈타 PC방에서 도망쳐 버렸어. 스마트폰 지도에 표시된 위치로 근처 공원에서 이이야마를 찾았지. 난 어떻게든 이이야마를 죽이려고 했지만, 놈은 옆에 있던 쇠파이프 같은 걸로 나에게 반격했어. 호신용 스프레이를 맞은 참이라 나도 제대로 상대할 수가 없었어. 잔뜩 두들겨 맞는 바람에…. 그때 스마트폰이 망가져 버렸어. 결국 이이야마는 도망쳐버렸고."

나는 필사적으로 호소했다.

"정말인가요?"

내 말을 의심하는 것 같다.

"거짓말 아니야. 뉴스를 보면 분명 그 일을 보도할 거야. 우츠노미야에 있는 PC방에서 그런 사건이 있었다고…."

그 후로 잠시 말이 없었다. 아마도 TV나 인터넷으로 알아보고 있을 것이다.

"분명히…, 그런 사건이 있었던 것 같기는 하네요."

"그렇지? 전화를 받지 않으면 너는 내가 널 배신했다고 생각해 버릴 테니까, 경찰에게 내 위치가 알려질 위험을 무릅쓰고 내 휴대폰 전원을 켜 둔 거야."

"용케도 내가 당신 휴대폰번호를 알고 있을 거라 예상했군요."

"너라면 그 정도는 조사했을 것 같았어."

"그건 그렇고, 일이 성가시게 되어 버렸네요."

놈이 잠시 틈을 두고 말했다.

"그러네."

"이이야마는 당신의 습격을 받았으니 이제 경찰서로 뛰어 들어갔을지도 모릅니다."

"그럴지도 모르지. 이이야마는 지금 어디에 있지? 너라면 알잖아."

"후쿠시마에 있어요. 니혼마츠시라는 곳입니다. 아무래도 차로 이동하고 있는 것 같네요."

잠시 지나자 놈이 대답했다.

"경찰에는 안 갔다는 뜻이군."

"그런 사건을 일으켜서 주저하고 있는 건지도 모르지요. 습격당했다고 주장한다 해도, 이이야마에게는 흉악 범죄를 저지른 전과가 있으니까요."

"아직 기회는 남아 있다는 거군."

"하지만 상당히 상황이 어려워져 버렸습니다. 이이야마가 꽤 경계하고 있겠죠. 게다가 내가 준 스마트폰이 망가져 버렸기 때문에 당신은 이이야마가 있는 곳도 실시간으로 알 수가 없잖아요."

"다음에 이이야마를 찾을 수 있으면 어떻게든 처리할게. 아까는 설마 호신용 스프레이를 뿌릴 줄 몰랐기 때문에 어쩔 수 없이 놓쳤어. 다음에는 반드시…."

"이이야마는 당신 얼굴을 봤지요? 다시 가까이 가서 죽일 수 있을까요?"

"그건 괜찮아. 나도 꽤 변장하고 있었으니까."

"무슨 심경의 변화인지…. 꽤 의욕이 넘치는 것 같네요."

놈이 탐색하는 듯 말했다.

"이이야마를 죽인다는 약속을 지키면 그걸로 되는 거잖아. 난 소중한 가족을 지키고 싶을 뿐이야. 물론 그렇다고 해서 내가 교도소에 들어갈 마음이 있는 것도 아니고, 사형 당하고 싶은 마음 역시 추호도 없어. 네 말대로, 새로운 신분으로 다시 위장해서 경찰로부터 무사히 도망칠 거야. 그래도 된다고 했지?"

"네에."

"나는 반드시 너와의 약속을 완수할 거야. 반드시 이이야마를 죽여 보이겠어."

그럴 생각은 털끝만큼도 없었지만, 놈의 정체를 파헤칠 때까지 시간을 벌기 위해 그렇게 말했다.

"경찰에게 내 위치가 노출될 수 있으니, 이 휴대폰 전원을 계속 켜둘 수는 없어. 공중전화로 주기적으로 네게 연락을 할 테니 그때마다 이이야마가 있는 곳을 가르쳐줘."

"어쩐지 답답하네요."

놈의 웃음소리가 울렸다.

"어쩔 수 없잖아. 달리 방법이 있나?" 내가 물었다.

"당신은 지금 어디에 있습니까?"

"우츠노미야에서 조금 떨어진 곳에 있어."

"그러면 주기적으로 연락을 주세요. 이이야마가 있는 곳을 알려드리죠."

놈은 그렇게 말하고 연락할 번호를 불러줬다. 나는 그 번호를 머릿속에 집어넣었다.

"어어. 상황이 허락할 때마다 연락하지. 어쨌든 나는 경찰에 쫓기는 몸이니까."

"그러네요. 경찰에 붙잡히지 않는 걸 우선으로 해주세요. 당신은 약속을 완수해주어야 하니까요."

"끊는다."

나는 전화를 끊고, 휴대폰 전원도 껐다.

버스에서 내린 나는 재빨리 센다이역 앞 사거리를 벗어났다. 역 주변에는 특히 경찰들이 많을 거라 생각했기 때문이다.

인파에 섞여 번화가 쪽으로 발길을 돌렸다. 좁은 골목길에서 공중전화를 발견했다. 가까이 가서 수화기를 들고 전화를 걸었다.

"여보세요."

놈이 전화를 받았다.

"나다…. 이이야마는 어디에 있지?"

나는 일부러 그렇게 물었다.

"센다이에 있네요. 센다이 역 주변입니다."

"센다이? 대체 어떻게 된 거야…? 그 놈이 집으로 돌아갔다는 건가?"

나는 계속 시치미를 떼고 말했다.

"그런 것 같네요. 익숙한 곳에 있는 편이 안전하다고 생각했을지도 모릅니다. 아니면 지인이나 누군가에게 의지하기 위해서든가…."

"알았어. 지금부터 센다이로 갈게. 센다이에 도착하면 다시 연락하지."

"얼마나 걸릴 것 같습니까?"

놈이 물었다.

"신칸센으로 가면 한 시간 조금 더 걸리겠지만 쉽지 않을 수도 있어. 경찰은 이미 내가 다카토라는 것과 내 현재 얼굴을 알고 있을 테니."

"뉴스를 살펴봤는데, 아직 거기까지는 보도되지 않았습니다."

"시간문제겠지."

"그렇겠죠."

"가능한 한 눈에 띄지 않게 센다이로 갈게. 센다이에 도착하면 다시 연락하지."

나는 공중전화를 끊고 그 자리를 떴다.

잠시 걸어간 뒤 그곳에서 택시를 탔다.

"어디까지 가세요?"

나는 운전사에게 이이야마가 일했다던 주유소 근처를 설명했다.

택시가 출발하자, 극심한 피로감이 몰려와 눈을 감았다.

오늘 이케우치 유키에가 근무하고 있기를 마음속으로 간절히 바랐다.

그녀는 이이야마의 인간관계를 얼마나 알고 있을까? 누가 이이야마에게 그 신발을 줬는지 짐작 가는 인물이라도 있으면 좋으련만.

물론 내가 가장 바라는 바는 유키에가 이미 이이야마와 연락을 주고받고 있는 것이었다. 그러면 이이야마에게 그 신발을 준 인물이 가도쿠라를 죽였다고 전할 수도 있다. 나를 계속 협박하고 있는 놈의 단서도 잡을 수 있다는 뜻이다.

"오늘 새벽, 우츠노미야 시내의 PC방에서 스프레이 소동이 있었습니다…."

택시 안의 라디오에서 흘러나오는 목소리에 나는 정신을 차리고 눈을 떴다.

"PC방 안에서 남자가 호신용 스프레이를 분사하고 도주, 그 자리에 있던 종업원과 손님 등 34명이 눈과 목에 고통을 호소했고, 그중 12명이 병원으로 이송되었습니다. 목격자 증언에 따르면 범인은 50대 남성으로, 신장은 약 165센티미터입니다. 경찰은 상해 용의자로 도망친 남성의 행방을 쫓고 있습니다…."

"세상이 흉흉하네요."

운전사가 중얼거렸지만 나는 대답하지 않았다.

뉴스를 듣는 동안 이제까지 간과한 사실에 주목하게 되었다.

호신용 스프레이를 분사한 범인이 이이야마라고 판명나는 것도 시간문제가 아닐까? 그 PC방을 이용하는 손님들의 신분증은 모두 남아 있을 테니까. 그렇다면 그 시간대에 있던 손님의 신원을 조사해, 목격자 증언과 조합하면 호신용 스프레이를 뿌리고 도망친 범인이 이이야마라는 건 쉽게 알 수 있을 것이다.

만약 이이야마가 경찰에 붙잡히든가 혹은 스스로 출두하게 되면, 결국 나를 협박하고 있는 놈을 속이기 위해 꾸민 내 계략은 써먹지도 못하게 된다.

써먹기는커녕 내가 이이야마의 GPS를 가진 채 이동하고 있을 때 이이야마가 붙잡히고 그것을 보도 등으로 놈이 알게 되면, 놈은 자신이 속고 있었다는 것을 눈치채고 격분할지도 모른다.

"다음 뉴스입니다. 오카야마 현지 경찰은 오카야마 시내의 공원에서 가도쿠라 도시미츠 씨가 살해당한 사건의 용의자인 남성의 이름을 공표했습니다."

나는 나도 모르게 몸을 운전석 쪽으로 내밀었다.

"…다카토 후미야, 43세로, 다카토는 십수 년 전부터 무카이 사토시라는 가짜 이름을 사용했고, 얼굴을 성형한 이후 사이타마현 내에서 생활하며 아내와 아이도 있었습니다. 어제저녁쯤부터 다카토의 행방을 알 수 없어 경찰은 전력을 총동원해 그를 쫓고 있습니다—."

나는 입술을 깨물며 그 뉴스를 잠자코 들었다.

물론 내가 붙잡히지 않도록 신중하게 행동하는 것도 중요하다. 하지만 이이야마가 경찰에 붙잡히지 않았는지도 지속적으로 체크할 필요가 있었다. 그리고 이이야마가 경찰에 붙잡히기 전에 반드시 놈의 정체에 도달해야 했다.

내게 남은 시간은 앞으로 얼마나 될까?

국도를 따라 늘어서 있는 대형 할인점이 눈에 들어왔다.

"여기서 세워주세요."

주유소까지는 아직 꽤 거리가 남아 있었지만 운전사에게 그렇게 말했다.

택시를 내려 곧장 할인점으로 향했다. 매장 안에 들어가 변장에 필요한 안경과 휴대용 라디오를 샀다.

이이야마가 경찰에 붙잡혔는지를 라디오 뉴스를 통해 체크해야 했다.

화장실에 들어가 안경을 쓰고, 라디오 이어폰을 귀에 꽂았다. 매장을 나와, 그대로 유키에가 일하는 주유소까지 걸어갔다.

주유소에 도착해 넌지시 둘러봤지만, 유키에의 모습은 없었다. 주유소 안에 있는 커피숍에도 들어가 봤지만, 거기에도 유키에는 보이지 않았다.

나는 커피숍 안에서 잠시 동향을 살피려고 커피를 사서 창가 자리에 앉았다.

유키에가 출근하지 않았다면, 지금부터 어떻게 해야 좋을까?

나는 몽롱해진 의식을 카페인으로 깨우며 생각했다.

다른 직원에게 불쑥 유키에의 전화번호를 묻는다면 분명 가르쳐주지는 않을 것이다. 그렇다고 해서 그녀가 출근할 때까지 여기에 머물러 있을 수는 없었다.

다른 직원이 이이야마에 관한 일로 중요한 얘기가 있다고 유키에에게 연락을 해주면, 유키에는 나를 만나러 와주지 않을까?

나는 귀에서 이어폰을 빼고 일어섰다. 직원이 있는 계산대로 가려고 했을 때 옆에 있던 문이 덜컥 열렸다. 그쪽을 쳐다보니, 회사 유니폼을 입은 중년 여성이 화장실에서 나왔다.

유키에였다―.

"안녕하세요."

나를 알아보지 못하고 지나치는 유키에를 부르자, 유키

에가 돌아보았다.

안경을 쓰고 있는 탓인지, 나를 못 알아보는 것 같다.

"저… 어제 이이야마 씨 집 앞에서 만났던…"

거기까지 말하자, 유키에는 드디어 나를 알아본 듯 "아아, 그때 그분이군요."하고 크게 고개를 끄덕였다.

"그 뒤로 이이야마 씨와는 연락이 되셨나요?"

"아니요…. 기숙사에도 안 돌아왔어요. 몇 번이나 연락을 해봤지만, 휴대폰 전원을 꺼둔 것 같아요…"

그 대답을 듣고 실망감이 가슴까지 차올랐다.

"그렇습니까?"

"저기…"

유키에가 그렇게 말하며, 뭐라고 부르면 좋을지 묻고 싶다는 표정으로 나를 향해 손을 뻗었다.

"어제는 이름도 말씀드리지 못하고 실례가 많았습니다. 사토라고 합니다." 가명으로 나를 소개했다.

"사토 씨도 이이야마 씨와는…?"

"네에. 연락이 되지 않습니다."

"그렇군요. 대체 어떻게 된 걸까요? 정말 걱정돼서…"

유키에가 무거운 한숨을 흘렸다.

"이이야마 씨에 대해서 얘기를 하고 싶은데 잠시 시간 내주실 수 있을까요? 무척 중요한 이야기입니다."

내 말에 유키에는 더욱 심각해진 표정으로 손목시계를 쳐다보았다.

"앞으로 2시간 있으면 일이 끝나요. 그때까지 기다려주실 수 있나요?"

다시 내 얼굴을 보며 말했다.

"네에. 이 근처에 공원 같은 건 없나요?"

그렇게 말하자, 나를 향한 유키에의 눈빛에 의아함이 번졌다.

어디까지 그녀에게 이야기해야 할지 아직 정하지 못했지만, 주변에 사람이 없는 편이 좋겠다고 생각했다.

"이 국도를 따라 조금 가면 우체국이 있는데, 그 뒤쪽에 공원이 있어요."

내 의도를 짐작한 것처럼 유키에가 답했다.

"그럼 거기서 기다리겠습니다."

불안한 듯 나를 쳐다보는 유키에에게 나는 고개를 끄덕이고, 그 자리를 떠났다.

공원으로 들어오는 유키에를 발견하고 나는 벤치에서 일어났다.

"추운데 이런 곳으로 오시라고 해서 죄송합니다."

나는 머리를 숙였다.

"아니에요, 신경 쓰지 마세요⋯."

유키에는 그렇게 말하고 고개를 옆으로 저었지만, 마음 속에는 큰 불안이 소용돌이치고 있을 것이다.

"이이야마 씨 일로 중요한 얘기가 있다고⋯."

벤치에 나란히 앉자 유키에가 말을 꺼냈다.

"네에."

유키에가 나를 빤히 쳐다봐 나는 시선을 조금 피했다.

어디부터 이야기를 꺼내야 좋을지 아직 결정하지 못하고 있다.

"그 이야기를 하기 전에, 제가 이이야마 씨에 대해 좀 여쭤 봐도 될까요?"

"네."

유키에가 끄덕였다.

"이이야마 씨와는 꽤 친하게 지내고 계신가요?"

내가 물으니 유키에는 좀 동요한 듯한 표정이 되었다.

"꽤 친한 건 아닌 것 같아요. 이이야마 씨와는 1년 정도 사귀었어요. 앗, 사귀었다는 건 그런 뜻이 아니라 직장 친구로서 사귀었다는 뜻이지만요. 1년쯤 전에 이이야마 씨가 여기서 일하기 시작해서⋯."

"그랬습니까? 유키에 씨가 걱정하는 모습을 보고 이이야마 씨와 상당히 친하게 지냈었나, 하고 느꼈거든요."

"직장 안에서는 제가 가장 친했을지도 모르겠네요. 이이야마 씨는 무뚝뚝하고, 직장에서도 거의 사람을 사귀지 않는 분이니까요. 그런 저도, 이이야마 씨와 말을 하게 된 건 최근 세 달 정도예요."

"그렇습니까?"

"네에. 3개월 쯤 전의 일인데, 괴한이 저를 덮친 적이 있어서요."

"괴한이요?"

의외의 말에 나는 고개를 갸웃했다.

"퇴근길에 어떤 남자가 칼을 들이대면서…, 돈을 내놓으라고 협박을 했고, 제가 가지고 있던 핸드백을 빼앗겼어요. 그때 우연히 그곳을 지나가던 이이야마 씨가 범인을 쫓아가서 붙잡아줬어요. 이이야마 씨는 그때 칼에 옆구리를 찔려서 열흘 정도 입원하게 되고 말았어요. 그런 일이 있어서, 그 후로…."

그런 일이 있었던 것인가? 그제야 단순히 직장 동료를 걱정하는 수준을 넘어서는 유키에의 태도에 납득이 갔다.

"그밖에 이이야마 씨와 친하게 지내셨던 분을 모르십니까? 직장 밖에서라도요."

내가 물으니 유키에가 작게 고개를 가로저었다.

"아니요…. 잘 몰라요. 입원했을 때도, 저 말고는 문병 온 사람도 없었고요."

"주변 사람들이 이이야마 씨가 그런 일로 입원한 걸 몰라서 문병을 못 갔는지도 모르겠네요."

"그럴지도 모르지만…. TV 뉴스에 '용감한 시민'으로 이이야마 씨가 보도되었을 정도니까 누군가 아는 분이 찾아올 법도 한데, 조금 이상하다고 느꼈어요."

이이야마는 출소 후, 가급적 남들과 친해지지 않도록 주의하며 살아온 것이 아닐까? 젊은 여성을 무참하게 죽였다는 과거가 드러날 것이 두려워서.

"이이야마 씨에게 누군가가 신발을 선물한 것 같은데, 짐작 가는 분이 혹시 없나요?"

"신발이요?"

불쑥 화제가 바뀌어 유키에가 당황스럽다는 듯 되물었다.

"네에. 검은 가죽 구두인데요."

"혹시 항상 신으시는 신발 말인가요?"

유키에가 기억이 난다는 듯 고개를 끄덕이는 것을 보고, 심장이 크게 요동쳤다.

"누가 줬는지 아시나요?"

나는 나도 모르게 몸을 앞으로 내밀었다.

"친구에게 받았다고 들었어요. 여기 취직한 지 1년 된 기넘으로 받았다고 기쁘게 얘기했어요. 친구의 기대에 부응하도록 이 신발이 닳고 닳을 때까지 열심히 일해야 한다고도 했어요."

"이름이 뭔가요? 남성인가요? 아니면 여성인가요? 유키에 씨도 그분을 만난 적이 있습니까?"

나는 속사포처럼 질문을 연달아 내놓았다.

"아니요. 저는 만난 적도 없고, 이름도 몰라요. 그냥, 오래된 친구라는 것만…."

내 기세에 눌려 유키에가 쩔쩔매면서 고개를 옆으로 저었다.

"그렇군요…."

한 가닥 희망이 끊긴 나는 무거운 한숨을 뱉었다.

"대체 무슨 일인가요? 그 일이 이이야마 씨의 중요한 이야기라는 것과 관계가 있나요? 사토 씨는 어째서 그런 걸 묻는 건가요?"

유키에가 다그치듯 물어온다.

할 수 있으면 덮어두고 싶은 이야기지만, 사실을 얼버무리며 유키에에게 설명하는 건 한계가 있을 것 같았다.

"지금부터 하는 얘기는, 유키에 씨는 도저히 믿지 못할 일일지도 모르지만…."

나는 주저하며 말을 꺼냈다.

"제대로 얘기해 주세요."

이쪽을 쳐다보는 유키에의 눈빛이 또렷해졌다.

"알겠습니다. 유키에 씨는 도저히 믿을 수 없는 일이겠지만, 모쪼록 저를 믿고 들어주세요. 어떤 인물이 이이야마 씨의 목숨을 노리고 있습니다."

그렇게 말해도 유키에는 그 의미를 전혀 모르겠다는 듯 나를 멀뚱멀뚱 쳐다볼 뿐이었다.

"말씀하시는 의미를 잘 모르겠는데요…?"

잠시 머뭇거리던 유키에가 그렇게 말했다.

"어떤 인물이 이이야마 씨의 목숨을 노리고 있습니다."

내가 같은 말을 반복하자, 유키에는 말도 안 된다며 웃었다.

"네? 이이야마 씨의 목숨을 노린다니, 무슨 그런 일이… 말도 안 돼요."

"저도 불쑥 이런 말씀을 드려서, 그리 쉽게 믿어주실 거라고는 생각하지 않습니다. 하지만 엄연한 사실입니다. 이이야마 씨는 신변의 위험을 느끼고 기숙사에서 나간 거겠지요."

"대체 누가…, 누가 이이야마 씨의 목숨을 노린다는 건가요?"

유키에가 당황해하며 물었다.

"그건 저도 모릅니다. 다만, 이이야마 씨에게 그 검은색 구두를 준 인물이 관계가 있습니다."

"모른다니… 그렇다면 당신은…. 사토 씨는 어째서 이이야마 씨의 목숨이 위험하다는 걸 알고 있는 건가요?"

"제가 이이야마 씨를 죽이라는 명령을 받았기 때문입니다."

내 말에 나를 쳐다보고 있던 유키에의 눈이 휘둥그레졌다. 다음 순간, 겁에 질린 듯 내게서 물러나 일어서려고 했다.

"잠깐만요!"

나는 재빨리 유키에의 손을 붙잡았다.

"끝까지 얘기를 들어주세요! 이이야마 씨를 구하려면 당신의 힘이 필요합니다. 당신뿐입니다!"

손을 뿌리치려고 심하게 저항하는 유키에에게 호소했다.

"이이야마 씨를 죽일 마음 따윈 전혀 없기 때문에, 당신에게 이런 이야기를 하는 겁니다. 지금 제가 기댈 수 있는 사람은 당신밖에 없어요!"

강한 말투로 호소하자 그때까지 저항하던 유키에의 움직임이 멈췄다.

"들어주시겠습니까?"

유키에를 쳐다보며 간청하자 그녀는 체념한 듯 고개를 끄덕였다. 하지만 나를 향한 눈빛에는 아직 두려움이 차 있다.

"어떤 인물이 제게 이이야마 씨를 죽이라고 협박했습니다. 아니, 여기까지 얘기한 마당에 더 정확하게 말씀드리지요. 이이야마 씨와 또 한 사람, 가도쿠라라는 사람까지 두 명을 죽이라고요. 그렇게 하지 않으면, 제 딸을 해치겠다고…, 제 딸을 죽이겠다고 했습니다."

"그렇다면…, 그런 협박을 당하고 있다면 경찰에 알리면 되잖아요."

"저는 그럴 수 없었습니다. 제게는 경찰에 알릴 수 없는 약점이 있기 때문입니다."

"약점이요?"

"네에, 그 이야기를 하면 길어지기 때문에…. 다만 분명한 사실은, 이젠 경찰서에 가고 싶어도 갈 수 없게 되어 버렸다는 것입니다. 이이야마 씨의 옛 친구인 가도쿠라 씨가 살해당했고, 저는 그 죄를 뒤집어쓰고 있습니다."

"죄를 뒤집어썼다고요…? 경찰한테서 도망치고 있다는 건가요?"

유키에가 더 놀란 듯 말했다.

"그렇습니다. 하지만 저는 정말로 죽이지 않았어요."

나는 주머니에 손을 넣어 GPS를 꺼내 유키에에게 보여 주었다.

"이건 GPS라는 건데, 몸에 지니고 있으면 어디서든 이

GPS가 있는 곳의 위치를 추적할 수 있습니다. 좀 전에 얘기했던 이이야마 씨의 신발 속에 이게 들어 있었습니다. 그리고 그 인물은 제게 이이야마 씨의 위치를 알 수 있도록 설정된 스마트폰을 보내왔습니다. 그걸로 이이야마 씨를 찾아내서 그를 죽이라는 겁니다."

"하지만 이이야마 씨가 있는 곳을 당신이 알 수 있다면, 어제는 왜 그 집을 찾아온 건가요? 그때 이미 이이야마 씨는 거기 안 계셨잖아요."

"그때까지만 해도 이이야마 씨 몸에 그런 것이 장착되어 있다는 걸 저도 몰랐습니다. 그 인물이 이이야마 씨의 집 주소만 알려준 상태였으니까요."

"그곳에 있는 이이야마 씨를 죽이라고요?"

유키에의 물음에 나는 끄덕였다.

"그럼, 어제 이이야마 씨를 찾아온 건…?"

나를 쳐다보는 유키에의 눈빛이 험악해졌다.

"솔직히 모르겠습니다…. 남의 명령을 받고 살인을 저지르고 싶다고 생각하는 사람은 없겠죠. 다만, 그때의 저는 딸을 잃는 것이 두려워서…. 그 두려움만 머릿속에 가득 차 있었어요…. 정상적인 사고를 할 수 없는 상태였는지도 모릅니다. 하지만 지금은 다릅니다. 이이야마 씨를 죽일 마음 따윈 눈곱만큼도 없습니다. 가도쿠라 씨를 죽이고, 그

죄를 제게 뒤집어씌우고, 제게 이이야마 씨까지 죽이게 하려는 그 인물을 꼭 찾아내야 합니다."

나는 유키에를 마주보며 말했다.

"그 인물의 단서는 현재 이것뿐입니다."

유키에의 시선이 내게서 손바닥에 올린 GPS로 향했다.

"이이야마 씨와 어떻게든 연락을 취할 수 있도록 계속 전화해주실 수 있을까요? 이이야마 씨와 연락이 되면, 제가 지금 한 얘기를 그에게 전해주세요. 이이야마 씨에게 신발을 준 인물이 이이야마 씨를 죽이려 한다고요. 그리고 경찰서에 가서 그 사실을 말해 달라고요. 그 일을 부탁드릴 수 있을까요?"

내가 부탁하자 유키에가 작게 고개를 끄덕였다.

"이이야마 씨와 연락이 되면, 당신에게 알리는 편이 좋을까요?" 유키에가 물었다.

"그렇게 해 주셨으면 하는 마음은 간절하지만, 저는 지금 제 휴대폰 전원을 꺼놓아야 해서 사용할 수가 없습니다. 죄송하지만 유키에 씨 연락처를 가르쳐주실 수 있을까요? 공중전화로 주기적으로 연락하겠습니다."

"알겠어요."

유키에는 가방 속에서 펜과 메모지를 꺼내 번호를 적어 내게 건넸다.

"고맙습니다."

나는 일어나 공원 출구로 향했다.

"저기…."

유키에가 나를 불러 세워 다시 돌아보았다.

"어째서…, 어째서 그 사람이 이이야마 씨와 가도쿠라 씨라는 분의 목숨을 노리게 된 건가요? 왜 그런 일을…? 두 사람이 무슨 짓을 했다는 건가요?"

유키에가 호소하는 듯한 눈빛으로 쳐다보았다.

"정말로 죄송하지만, 제 입으로는 말할 수가 없습니다."

나는 살짝 머리를 숙이고 유키에에게서 등을 돌리고 걸었다.

큰길로 나와 센다이역까지 택시를 타려고 손을 들다가 생각을 고쳐먹었다.

다시 조금 전에 들렀던 대형 할인점으로 향했다. 청 테이프와 핸드 타월, 소형 해머를 산 뒤, 매장 앞 큰길에서 택시를 잡아탔다.

운전사에게 이이야마가 사는 기숙사 위치를 설명했다.

어떻게든 이이야마에게 그 신발을 준 친구에 대한 단서를 얻어야 한다.

택시에서 내린 나는 기숙사로 향했다. 주변을 살핀 후 입구를 지나 복도로 나아갔다. 주저하며 104호실 초인종을 눌러보았다. 응답이 없었다. 이어 106호실도 초인종을 눌러 사람이 없다는 것을 확인하고, 건물 뒤편으로 돌아 갔다.

나는 이이야마의 방인 105호실 창문 앞에서 몸을 웅크리고, 배낭을 열어 대형 할인점에서 산 것들이 들어있는 비닐봉지를 꺼냈다.

창문 걸쇠가 달려 있는 주변에 청 테이프를 잔뜩 붙이고, 그 위에 핸드타월을 댄 뒤, 망치로 일격을 가했다. 청 테이프를 벗기자 깨진 유리가 테이프에 그대로 붙어서 떨어져 나왔다. 손을 깨진 창문 안쪽으로 넣어 걸쇠를 풀고 창문을 연 뒤 방 안으로 넘어 들어갔다. 철제 침대와 TV, 협탁만 놓여 있는 간소한 집이다.

나는 옷장으로 다가가 문을 열었다. 옷장 안도 간소해서 의류 몇 벌과 3단으로 된 컬러 박스가 있을 뿐이다. 컬러 박스 서랍을 열고 안을 뒤졌다.

엽서 다발을 발견하고 꺼내 들었다. 노란 고무줄을 빼고 엽서 내용을 차례로 읽어 나갔다. 아무래도 교도소에 있던 이이야마에게 누군가가 보낸 엽서 같았다.

'출소가 결정되었다니 축하해. 내 일처럼 기쁘네. 지난 번 네가 말한 불안한 마음은 충분히 이해해. 30년 가까이 사회로부터 격리되고 거기다 의지할 가족이 한 명도 없다니. 하지만 부디 비관하지 않기를. 나는 앞으로도 너의 갱생을 계속 응원할 거야. 초등학교 시절을 함께 한 게 전부지만, 너는 언제까지고 마음속에 남아 있는 내 소중한 친구니까. 재회를 기대하고 있을게. 자리 잡을 곳이 정해지면 연락 줘.'

나는 엽서를 뒤집어 봤다. '보내는 사람'은 고모리 츠토무라고 되어 있었다. 그 이름을 보고, 왠지 낯익은 느낌이 들었다.

잠시 기억을 더듬어 보니 생각이 났다. 16년 전에 노부코의 집에서 훔쳐본 엽서에 적혀 있던 이름이 바로 고모리 츠토무였다.

그때 노부코는 이이야마와 가도쿠라가 보낸 엽서를 가지고 있었다. 두 사람이 보낸 엽서의 '받는 사람'은 모두 고모리 츠토무였다.

그때는 어떻게 노부코가 딸을 죽인 범인이 보낸 엽서를 가지고 있는 건지 이해할 수 없었는데, 이제 이 엽서를 보니 그 이유를 알 것 같았다.

어떤 계기로 노부코와 고모리 츠토무라는 사람이 알게 되었는지는 모르지만, 노부코가 고모리라는 사람에게 이이야마와 가도쿠라에게 계속 편지를 보내도록 부탁했던 게 아닐까?

변호사인 야마데라 씨가 말했던 것처럼, 피해자의 유족인 노부코는 출소 후 두 사람이 있는 곳을 알 길이 없었다.

하지만 교도소에 들어간 후 몇십 년간 엽서를 계속 주고받으면, 분명 출소한 뒤에 현재 그들이 사는 곳을 고모리 츠토무에게 알려줄 거라고 노부코는 예상했을 것이다.

나를 협박하고 있는 인물이 이 엽서에 적힌 고모리인지 아닌지는 확실하지 않지만, 노부코의 협력자인 것은 틀림없다.

나는 엽서 한 장을 주머니에 넣고 다시 창문을 넘었다.

"다음 역은 우에노, 우에노."

안내 방송이 들리자 나는 자리에서 일어나 열차 출입문으로 향했다.

신칸센에서 내려 우에노역 구내 편의점에 들렀다. 절연테이프와 주먹밥을 사서 개찰구로 향했다.

도쿄의 우에노역을 빠져나오니 주변은 완전히 어두워져 있었다.

고모리 츠토무라는 사람의 주소는 도쿄의 아다치구 센주3가(街)였다. 지도로 알아보니 기타센주역 근처다. 여기서 지하철인 히비야선을 타고 기타센주에 갈 수 있지만, 그 전에 반드시 여기 우에노역 근처에서 해두어야 할 일이 있다.

만약 고모리가 놈이거나 놈의 협력자라면, 놈으로 하여
금 이이야마가 기타센주역 주변으로 이동했다고 생각하게
만들어서는 안 된다.

나는 길을 오가는 사람들을 피해 주변 건물의 간판을
둘러보았다. PC방 간판을 하나 발견하고 일단 그 건물 안
에 들어가 봤다.

내가 생각하는 조건에 맞지 않으면 곧바로 건물을 나와
다시 다른 PC방 간판을 찾았다. 몇 곳인가를 돌다가 마침
내 조건에 맞는 곳을 찾았다. PC방이 있는 건물 1층 엘리
베이터 옆에 공중전화가 있다.

나는 코트 주머니에서 꺼낸 GPS를 조금 전에 산 절연테
이프로 전화기 받침대 뒷면에 붙였다.

여기서 놈에게 한번 연락을 취해도 되겠지만, 잠시 시간
간격을 벌려두는 것도 좋을 것 같았다.

나는 건물에서 나와 오카치마치 방면을 향해 걸었다. 잠
시 걸어간 곳에서 공중전화 부스를 발견하고 안으로 들어
갔다.

놈의 휴대폰 번호를 적어둔 메모지를 꺼내 수화기를 들
었다. 동전을 넣고 번호를 눌렀지만 좀처럼 전화가 연결되
지 않는다.

"여보세요…."

1분 정도 연결음을 듣고 나서야, 겨우 놈의 목소리가 들렸다.

"나다. 지금 센다이에 도착했다. 놈은 어디 있지?"

나는 놈에게 물었지만 놈은 바로 대답하지 않았다. 그 침묵에 위가 찌릿찌릿 아려왔다.

혹시 이이야마 대신 내가 GPS를 가지고 있는 것을 들킨 건 아닐까?

"어이, 듣고 있나?"

나는 무거운 침묵을 견디지 못하고 물었다.

"기다리세요. 지금 알아보는 중입니다."

놈의 말을 듣고 나는 놀란 가슴을 쓸어내렸다.

"이이야마는 우에노에 있습니다."

"우에노?"

나는 영문을 모르겠다는 듯 되물었다.

"네에. 도쿄의 우에노입니다."

"어째서 우에노에 있지?"

"글쎄요, 모르겠습니다. 당신에게 연락이 온 후, 이이야마는 센다이에서 자기가 일했던 직장으로 간 것 같습니다."

"직장이라니, 주유소 말인가?"

"잘 아시네요."

"이이야마를 찾으러 한 번 간 적이 있으니까."

"그랬지요. 이이야마는 그 후 주유소를 벗어나 근처 공원으로 갔습니다. 거기에 2시간 정도 있었네요. 누군가를 만난 걸까요?"

그냥 하는 물음이겠지만, 나 역시 아무런 대답도 하지 않았다.

"공원에서 나와 자기가 사는 기숙사로 돌아왔습니다."

"뭣 때문에?"

"저도 모르죠. 깜빡한 거라도 가지러 간 건지… 바로 센다이역으로 돌아와 좀 전에 도쿄의 우에노역으로 왔습니다."

"그래. 어째서 우에노 같은 델 간 건지 짐작 가는 건 없나? 넌 이이야마에 대해 이것저것 잘 알잖아."

"모르겠네요. 다만 그 주소를 알아보니 그곳에 PC방이 있었습니다."

"PC방?"

나는 시치미를 뚝 뗐다.

"시간상으로 볼 때, 오늘은 이이야마가 우에노에 있는 PC방에서 잘 생각인지도 모르겠네요. 신칸센을 이용하면, 지금 당신이 있는 센다이에서 1시간 반 정도면 우에노역까지 갈 수 있습니다. 드디어 당신이 말했던 기회가 왔네요."

"신칸센을 타는 건 위험부담이 커. 아까 들은 뉴스에 의하면, 경찰은 다카토 후미야와 무카이 사토시가 동일인물이라는 것을 알고 있어. 신칸센 철도역에 있는 경찰들에게도 틀림없이 내 얼굴이 들어간 수배 전단을 뿌렸을 거야. 나는 센다이에서 고속버스를 타고 도쿄로 가도록 하지."

"그러면 또 엇갈릴지도 모릅니다. 당신은 정말 이이야마를 죽일 생각이 있기나 한 겁니까?"

놈이 의심하는 것 같은 말투로 말했다.

"내가 경찰에 붙잡혀 버리면, 이이야마를 죽이는 일은 더 이상 불가능해져."

놈이 침묵하고 있다.

"도쿄행 고속버스를 타면 새벽에 우에노역에 도착할 거야. 네 말대로 이이야마가 PC방에서 잘 생각이라면 이이야마와 맞닥뜨릴 수 있겠지."

"할 수 없군요."

"내가 우에노역에 도착하면 연락하지."

나는 그렇게 말하고, 놈의 말을 기다리지 않고 전화를 끊어 버렸다.

수화기를 든 손을 내려놓기 힘들다. 대체 언제까지 이렇게 시간을 벌 수 있을지 불안감이 덮쳐온다.

하지만 달리 방법이 없다. 이렇게 아주 조금 시간을 버는 동안 어떻게든 놈에 대한 단서를 찾아야 한다.

나는 스스로를 다독이며 공중전화 부스에서 나왔다. 오

카치마치역으로 가 히비야선 지하철을 타고 기타센주역으로 향했다.

기타센주역에 도착해 지도를 보고 고모리라는 사람의 집을 찾았다. 역 앞 번화가에서 엽서에 쓰여 있던 건물의 주소를 발견했다.

하지만 금세 무너질 듯한 5층짜리 허름한 상가건물을 올려다보며 뭐라 말할 수 없는 이질감을 느꼈다. 도저히 사람이 살 수 있는 곳으로 보이지 않았기 때문이다.

나는 일단 허름한 상가 안에 들어가 보았다. 엽서에 쓰여 있는 401호실 우편함에는 명패가 없었다. 다른 호실의 우편함을 봐도 명패는 거의 보이지 않았다. 명패가 있는 몇 개의 우편함은 대개 전당포나 마사지 숍이었다.

5층 건물인데 엘리베이터도 없었다. 어둑어둑한 계단을 통해 4층까지 올라가서 401호실로 갔다. 강철로 된 검은 문에도 아무것도 적혀 있지 않았다.

몇 번 노크를 해봤지만 반응이 없었다. 할 수 없이 계단으로 다시 내려가려고 했을 때, 옆 호실 문이 열리고 안에서 남자가 나왔다.

"저기, 실례합니다."

내가 불러 세우자 남자가 이쪽을 쳐다보았다. 나와 동년배 같았지만 눈빛이 날카로웠고, 건실한 사람으로는 보이지 않았다.

"여기 사시는 분과 관련된 일로 여쭙고 싶은 게 있습니다만."

내 말에 남자가 의아하다는 듯한 얼굴을 했다.

"여기 사는 고모리 씨를 아십니까?"

"산다니…? 이런 데 사는 사람이 있을 리 없잖아."

남자는 그렇게 말하고 엷은 웃음을 띠었다.

"하지만 엽서 수신지가 여기로 되어 있습니다. 개인 이름으로요."

나는 주머니에서 엽서를 꺼내 남자에게 보여주었다.

"여긴 우편사서함 역할을 해주는 사설 업소야."

그 말을 듣고 나서야, 나의 불길한 상상이 맞아 버렸다는 암담한 마음이 들었다.

"여기 영업시간은 아십니까? 몇 시쯤이면 여기서 일하는 사람을 뵐 수 있을까요?"

사설 사서함이라면 틀림없이 계약자의 연락처를 적어 두었을 것이다.

"글쎄. 거의 본 적이 없어. 뭔가 켕기는 일에 이용되고 있는 건지, 가끔 당신처럼 얼굴이 울그락불그락해진 사람들이 찾아오니까 말이지. 여기서 제대로 일하는 사람이나 있겠어? 그저 남들 우편물을 받아서 대신 운송해 주기만 하면 돈을 벌 수 있다니. 이런 일 하는 놈들은 정말 부러워. 스스로 위험을 떠맡지 않아도 쏠쏠한 벌이는 될 테니 말이지."

코웃음을 치고 계단을 내려가는 남자의 뒷모습을 멍하니 바라볼 수밖에 없었다.

놈에게 연결될지도 모를 마지막 단서를 잃고 말았다.

어찌할 방도가 없다는 절망감을 곱씹고 있지만, 동시에 한 가지 확실해진 것이 있다.

고모리 츠토무라는 이름을 사칭해서 이이야마와 가도쿠라에게 편지를 보내고 있던 인물이야말로 놈이거나, 놈의 협력자라는 것이다.

이이야마와 가도쿠라의 초등학교 동창인 고모리 츠토무라는 인물은 분명 실재할 것이다. 하지만 그 엽서를 쓰고, 또 그것을 보내고 있던 것은 틀림없이 고모리 츠토무를 사칭한 다른 사람이다.

실제 두 사람의 초등학교 동창인 남자가 살인을 저지르면서까지 노부코에게 협력할 이유는 없어 보인다. 가도쿠라와 이이야마가 살해당하면, 주소까지 위장해 엽서를 계속 보냈던 고모리 자신이 의심받게 될 테니까.

노부코는 두 사람이 출소했을 때 두 사람의 주소를 알아내기 위해서, 초등학교 동창을 사칭해 곤란한 일이 있으면 언제든지 연락하라는 엽서를 보냈을 것이다. 그리고 노부코가 죽은 후에는 누군가가 그 역할을 이어받아 계속했을 것이다.

'초등학교 시절을 함께 한 게 전부지만, 너는 언제까지고 마음속에 남아 있는 내 소중한 친구니까.'

이이야마에게 보낸 엽서 내용으로 추리해 볼 때 두 사람은 초등학교 졸업 후에는 만나지 않은 것 같다. 40년이나 지났으니 다른 사람이라는 것을 알아채지 못한다 해도 이상하지 않다.

어떻게든 사설 사서함 업체에 침입해 고모리의 정체를 알아낼 수는 없을까?

하지만 이내 무리라는 걸 절감했다. 내게는 자물쇠를 따는 기술 따위 없다. 또 설령 그럴 수 있다고 해도, 주소를 위장하기 위해 사설 사서함 업체를 이용하는 사람이 곧이곧대로 자신의 신분이나 정체와 관련된 어떤 정보를 남겨 놓았을 가능성도 낮다. 이 사서함 업체는 왠지 켕기는 일에 이용되는 것 같다는 말을 듣는 곳이다.

이제 나는 아무것도 할 수 있는 게 없었다. 그저 유키에가 이이야마와 연락이 되기를 기도할 수밖에 없었다.

나는 안절부절못하며 공중전화를 찾았다. 전화 부스를

발견하고 황급히 뛰어 들어가 유키에의 휴대폰에 전화를
걸었다.

"여보세요…."

유키에의 목소리가 들렸다.

"접니다. 낮에 만났던…."

가명을 썼던 것은 기억하지만 뭐라고 이름을 댔었는지
조차 잊어버렸다.

"알고 있습니다. 다카토 씨라는 분이시지요?"

날카로운 말투였다.

"죄송합니다. 가명을 썼습니다."

나는 바로 사과를 했다.

"아까 집에 돌아와서 뉴스를 봤어요. 당신은 십몇 년 동
안이나 타인의 호적으로 살고 있다고요…. 그리고 부인과
아이가 있다는 것도."

말투가 날카로웠던 이유를 알았다.

"네에, 지금 그 죗값을 치르고 있습니다."

"무례한 말 같지만 당신 같은 사람과 이야기하는 것만으
로 역겹습니다."

나는 아무 말도 할 수 없었다.

"아까 제게 말한 것처럼 설령 사람을 죽이지 않았다고
해도 당신은 지은 죄가 무척 무거운 사람입니다. 제가 전

화를 받은 것은 이이야마 씨와 당신의 부인 그리고 자녀분을 위해서지 당신을 위해서는 아니에요⋯. 그것만은 꼭 말해두고 싶었어요."

"잘 압니다."

"이이야마 씨와는 아직 연락이 안 됩니다. 그걸 묻고 싶었던 거지요?"

"그렇습니까⋯."

나는 실망감에 터져 나오는 한숨을 필사적으로 참았다.

나보다 더 비탄에 잠겨 있을 가오루와 호노카가 생각났기 때문이다.

"그것만 묻고 싶었던 것이 아니라 한 가지 드릴 말씀이 있습니다." 나는 마음을 가다듬고 말했다.

"뭔가요?"

"낮에 여쭈었던, 이이야마 씨에게 신발을 선물한 친구에 대해 알아냈습니다. 고모리 츠토무라는 이이야마 씨의 초등학교 동창입니다. 물론 진짜 동창은 아니겠지만요."

"무슨 뜻인가요?"

의미를 모르겠다는 듯 유키에가 말했다.

"이이야마 씨는 어떤 죄를 짓고 오랫동안 교도소에 들어가 있었습니다."

내 말에 유키에가 숨죽이는 것이 느껴졌다.

"교도소 안에서 이이야마 씨는 그 고모리 츠토무와 쭉 엽서를 주고받았습니다. 이이야마 씨는 교도소 생활에 대해 쓰고, 고모리는 이이야마 씨가 출소하면 힘이 되어 주겠다는 격려의 편지를 계속 보냈습니다. 하지만 엽서에 적혀 있던 고모리의 주소에 찾아가보니 그 곳은 수상해 보이는 사설 사서함 업체였습니다."

"어떻게 당신이 이이야마 씨에게 온 편지를 가지고 계신 건가요?"

당연한 질문이었다.

"저는 또 죄를 저지르고 말았습니다. 다만, 예전 같은 후회는 없습니다. 저와 제 가족 그리고 이이야마 씨를 지키기 위해서니까요."

잠시 침묵이 흘렀다.

"진짜 동창이 아닌 누군가가 고모리라는 초등학교 동창을 사칭해 이이야마 씨와 편지를 주고받았다는 건가요?"

"그렇게 생각하는 것이 자연스럽겠지요. 고모리 씨 본인이었다면 그렇게 본인의 주소를 위장하기 위해 사설 사서함을 이용할 필요가 없었을 테니까요. 그 인물이 이이야마 씨에게 GPS를 장착한 신발을 선물했을 겁니다. 그 신발이 닳을 때까지 열심히 일하라는 격려의 말도 덧붙이면서요."

"그 사람이 가도쿠라라는 사람을 죽이고, 당신에게 이이야마 씨를 죽이라고 협박하고 있다는 건가요?"

"거기까지는 알 수 없습니다. 다만, 이번 사건에 관련되어 있는 건 분명하겠죠. 이이야마 씨는 그 신발을 어떻게 선물 받았을까요? 택배로 보내왔을까요?"

"그러고 보니…, 신발 얘기를 듣기 전에 오랜만에 도쿄에 갔었다는 얘기를 했어요. 신주쿠에서 친구와 한잔해서 즐거웠다고…"

"어디에서 만났는지는 모릅니까?"

"거기까지는…. 신주쿠에서 중화요리를 먹었고 그 후에 세련된 바에 데려가 줬다고…. 그 정도밖에는."

"그 가게 이름이나 특징 같은 건…?"

"뭔가 들었을지도 모르지만…. 기억이 안 나네요."

"그렇습니까…"

나는 입술을 깨물었다.

이이야마가 친구를 만난 곳을 알면, 고모리에게 연결된 단서를 얻을 수 있지 않을까 싶었는데.

"이이야마 씨는 지금 그 고모리라는 사람을 사칭한 사람과 함께 있는 건 아닐까요? 어쩌면 이미…"

유키에의 음성이 떨리고 있었다.

"그건 아닐 겁니다. 놈은 제 손으로 이이야마 씨를 죽이게 하려고 합니다. 놈이 직접 이이야마 씨에게 손대는 일은 없겠지요. 이이야마 씨가 친구를 만난 일로 뭔가 생각나시는 게 있으면 뭐든 가르쳐주세요. 다시 연락하겠습니다."

"알겠어요."

나는 유키에에게 인사를 하고 전화를 끊었다. 공중전화 부스를 나와 지금부터 어떻게 해야 할지 생각해 보았다. 호텔이나 사우나, PC방에서 밤을 새는 건 위험할 것 같았다. 그렇다고 해서 이대로 거리를 걷다 보면 언제 불심검문에 걸릴지도 모르는 일이다.

나는 등산용 배낭에서 지도를 꺼내 몸을 숨길 수 있을 만한 곳을 찾았다. 조금 떨어진 곳에 아라카와강이 있었다.

이 시간에 아라카와강 강변에는 사람이 거의 없지 않을까? 게다가 노숙자처럼 박스를 뒤집어쓰고 자면, 아무에게도 들키지 않고 잠깐의 휴식을 취할 수 있다.

새벽까지는 우에노에 숨겨둔 GPS를 회수하고, 또 다시 새롭게 시간을 벌 방법을 강구해야 한다. 나는 거기까지 생각하고 아라카와강을 향해 걷기 시작했다.

잘 곳도, 종이 박스도 확보하지 못한 채 강변 둔치를 걷고 있는데 추적추적 비가 내리기 시작했다.

나는 앞쪽에 보이는 고가 도로를 향해 걸었다. 고가 도로 밑에 도착함과 동시에 빗발이 굵어졌다. 여기서 잠시 비를 피할 수밖에 없을 것 같다.

주변을 둘러봤지만 어둑어둑해서 아무것도 보이지 않는다. 어스레함 속에서 빗소리만이 귀에 울린다.

나는 그 자리에 쭈그려 앉아 조금 전에 편의점에서 산 주먹밥을 꺼냈다. 식욕은 전혀 없었지만 뭔가를 먹어두지 않으면 몸이 견디지 못할 것 같아 억지로 입 안에 음식을 쑤셔 넣었다.

뒤에서 바스락 소리가 들려 나는 흠칫 놀라 돌아보았다.

무언가가 움직이는 기척을 느꼈지만, 그것이 무엇인지까지는 알 수 없었다.

"여기는 내 구역이야. 멋대로 들어오지 마!"

목소리가 허스키한 남자 목소리가 들린 순간 눈앞이 새하얘지더니, 눈이 부셔 시선을 아래로 떨구지 않을 수 없었다.

잠시 시간이 흐른 뒤 눈이 상황에 적응하자, 조금 떨어진 곳에서 이쪽을 향해 손전등을 비추는 남자의 모습이 보였다. 어깨까지 머리를 기르고 수염이 덥수룩한 덩치 작은 남자였다. 나이는 불분명하다. 다만 목소리의 느낌으로 볼 때 나보다는 위일 것 같았다.

"여기 있고 싶으면 자릿세를 내." 남자가 말했다.

공공장소에 머무는 것뿐인데 자릿세를 내란 소리가 황

당했지만, 그렇다고 불평할 여력도 없었다.

"얼마입니까?" 내가 물었다.

"술을 살 수 있는 정도의 금액이면 얼마든 좋아."

나는 남은 주먹밥을 입에 넣고 일어나 남자를 응시하며 천천히 다가갔다.

내가 생각한 것 이상으로 나이가 많은 것 같다. 일흔 살 전후일까? 노인은 내가 무슨 짓을 할 것 같았는지 뒷걸음질했다.

나는 지갑에서 천 엔짜리 지폐 세 장을 빼냈다.

"이거면 되겠습니까?"

노인에게 내밀자, 의외라는 듯 나를 쳐다봤다.

처음 여기에 왔을 때는 몰랐는데, 노인 주변에는 골판지 박스를 모아 만든 박스 집과 생활용품들이 흩어져 있었다.

"꽤 위세가 좋구만."

노인이 지폐를 받아 재킷 주머니에 넣고 빙그레 웃었다.

"여기 당신 말고 또 누가 삽니까?" 나는 물었다.

"지금은 나 혼자야. 여긴 추우니까."

"하룻밤 여기서 재워주시겠습니까?"

"공공장소인데 뭘. 거절할 이유는 없어. 원하는 박스를 써."

노인이 골판지 박스를 앞에 두고 턱짓을 했다.

"고마워요."

"난 지금 술을 사 올 건데, 필요한 거 있나?"

"이런 빗속에서도 일부러 술을 사러 갑니까?"

"비가 와도 술이 고프긴 마찬가지잖아."

"그럼 담배를 사다 주세요."

그러고 보니 한동안 담배를 피우지 않은 것이 생각났기 때문이다.

"무슨 담배든 상관없습니다. 그리고 라이터도요. 돈은 이따 드리겠습니다."

노인은 손잡이가 구부러진 낡은 비닐우산을 들고 터벅터벅 걸어갔다. 멀어져가는 노인의 뒷모습을 쳐다보며 희미한 불안감이 싹텄다.

3천 엔을 건네면서 박스 집에 재워달라는 나를 수상히 여기고 경찰서로 뛰어가는 건 아닐까?

하지만 30분쯤 뒤에는 그 불안이 기우였다는 것을 알았다.

노인은 담배뿐만 아니라 내 몫의 술도 사 왔다. 원래는 바로 잘 계획이었지만, 한 잔만 노인과 함께하기로 했다.

나카무라라고 이름을 밝힌 노인은 이야기하는 걸 좋아했다. 그동안 몹시 지루한 생활을 보내고 있었는지, 내가 묻지도 않는데도 이런저런 자신의 이야기를 했다.

젊은 시절 실업자가 된 것을 계기로 빈집 털이를 하다 경찰에 붙잡혔다는 얘기로 시작했다. 몇 년 후에 교도소를 나왔지만 전과가 있어서 좀처럼 일할 곳을 찾지 못해서 다시 빈집 털이에 손을 댔고 교도소에 다시 들어갔다고 한다.

"그 후로 3년 전까지는 교도소를 들락날락하는 인생이었어."

나카무라가 술을 한껏 들이켜며 말했다.

"3년 전부터 이 생활을?"

내가 묻자 나카무라는 고개를 끄덕였다.

"예전에는 교도소에 있는 편이 차라리 편하다고 생각했어. 일단 의식주를 걱정할 일은 없으니까 말이지. 게다가 밖에 나오면 이래저래 힘든 일도 많잖아. 하지만 이 생활을 알고부터는 이게 더 편하다는 걸 깨달았지. 게다가 감방에서는 술을 못 마시니까 말이야."

그 뒤로도 나카무라는 계속 이야기했다. 하지만 자기 얘기만 할 뿐, 나에 대해서는 일절 묻지 않았다.

"제 얘기는 안 궁금하십니까?" 나도 모르게 물었다.

"별로 안 궁금해. 아마 경찰이나 야쿠자한테 쫓기는 거겠지."

나는 정곡을 찔려서 입을 다문 채 술에 입을 댔다.

"내가 관심 있는 건 술과 그걸 사기 위한 돈뿐이야."

나는 신기하게도 나카무라에게서 풍겨오는 냄새에 진한

향수를 느끼고 있었다. 나도 젊은 시절 한때 이런 생활을 했던 것이 생각났다.

야쿠자를 찌르고 도망 다녔을 때다. 요코하마 주변에서 노숙자에 섞여 박스 집에서 먹고 자며 야쿠자로부터 몸을 숨기고 있었다.

그 시절에는 야쿠자에게 보복당할까 두려워 몸을 숨겼고, 지금은 경찰로부터 도망치면서 똑같이 두려움에 떨고 있다. 모든 것이 그때의….

거기까지 생각했을 때 내 머릿속에 섬광처럼 한 줄기 빛이 내달렸다.

마카베….

어쩌면 이번 일은 마카베가 관련된 것이 아닐까?

지금 나를 협박하고 있는 그 놈이 어떻게 노부코를 만나기 전에 내가 저지른 죄를 알고 있는지 그것이 줄곧 의문이었다. 그것은 노부코가 모르는 사실이었다.

하지만 교도소에서 만나, 출소한 후에도 나쁜 짓을 함께했던 마카베라면 내 과거를 속속들이 알고 있다.

더구나 내게 무카이 사토시라는 호적을 구해준 사람이 마카베였다. 내가 무카이 사토시의 호적을 산 것은 노부코도 알고 있지만, 그녀 말고 그 사실을 알고 있는 사람은 마카베뿐이었다.

하지만 마카베는 내게 가도쿠라와 이이야마를 죽이라고 시킬 이유가 없다. 또 마카베는 나와 노부코가 나눈 약속도 모른다.

마카베는 이 일과 관련이 있을 수 없다고 궤도를 수정하려는 순간, 그때의 광경이 뇌리에 되살아나기 시작했다.

나는 야쿠자 세 명을 찌르고 정신없이 도망쳐 나왔다. 칼은…? 그때 내가 사용한 칼은 어떻게 했지? 필사적으로 기억을 더듬어간다.

가지고 있지 않았다.

"왜 그래?"

나카무라의 목소리에 나는 정신을 차리고 그에게로 시선을 돌렸다.

"아니요…. 오랜만에 술을 마셨더니 멍해져 버려서…"

나는 시선을 떨구고 다시 생각을 계속했다.

야쿠자 중 한 사람은 내가 눈을 찔러서 실명했다고 들었다. 조직은 혈안이 되어 나를 찾고 있었다. 나와 관계가 있던 마카베도 야쿠자에게 추궁당했을지 모른다.

마카베가 내게 새로운 호적을 팔았다는 사실을 야쿠자에게 이야기했을 수도 있지 않을까? 야쿠자에게 협박당해서인지, 스스로 정보를 팔아넘긴 건지는 알 수 없지만.

야쿠자를 찌른 칼에는 당연히 내 지문이 묻어 있을 것

이다. 지금 일어나고 있는 모든 일이 그때의 야쿠자가 나에게 복수하기 위해 꾸민 일이라고 생각하면 앞뒤가 맞았다.

다만, 한 가지 알 수 없는 것은 야쿠자와 노부코를 연결하는 고리이다.

나는 마카베에게 노부코 이야기는 하지 않았다. 당연히 가도쿠라와 이이야마를 죽이겠다는 나와 노부코 사이의 약속도 모른다.

하지만 마카베가 그것을 절대로 알 수 없다고 단정할 수는 없었다.

마카베에게서 호적을 건네받은 곳은 노부코가 살던 연립주택 근처의 구름다리였다. 내 뒤를 미행해 내가 노부코와 교류가 있다는 것을 알았을 수도 있을 것이다.

노부코가 다른 사람에게 나와 한 약속에 대해 얘기했다고 보기는 힘들다. 하지만 마카베에게 이야기를 들은 야쿠자가 노부코를 미행하던 중 후쿠오카에서 나와 노부코가 만나는 모습을 봤을 수 있다. 그때 그녀와 나의 약속을 알았을 가능성도 완전히 배제할 수는 없다.

물론 그때 이미 내가 있는 곳을 알았다면 당장 붙잡아서 죽여 버렸을 거라는 생각도 들었다. 하지만 한편으로, 야쿠자들로서는 그런 복수가 너무 가벼운 응징이라고 생각했을 수도 있다.

죽음은 누구에게나 공평하게 괴로울 것이다. 하지만 그 시절의 나와 지금의 나는 목숨값이 다르다는 생각이 들었다.

이제와서 드는 생각이지만, 그 무렵의 나는 내 목숨과 인생의 가치를 가볍게 보고 있었다. 사랑하는 사람도, 지켜야 할 존재도 없었기 때문이다. 하지만 지금은 다르다. 내게는 사랑하는 사람도, 지켜야 할 존재도 있다.

죽음에 대한 두려움은 그 무렵과 다르지 않겠지만, 이제는 그보다 사랑하는 사람들을 잃는 두려움이 더 커져버렸다.

'편하게 죽게 내버려두지는 않겠다.'

실명한 야쿠자는 죽을 때까지 불편함을 끌어안고 살아가게 된다. 아무리 시간이 걸리더라도 내가 가장 괴로워할 방식으로 내게 복수하기로 했다면…?

모든 것은 상상이고 가정일 뿐이다. 하지만 생각이 그 가능성에 도달한 이상, 이대로 있을 수는 없었다.

쉽지는 않겠지만 어떻게든 마카베를 찾아내자.

"한 가지 부탁하고 싶은 일이 있는데요."

나는 나카무라를 쳐다보고 주저하며 입을 열었다.

새벽 4시가 되어 나는 박스로 만든 집에서 나왔다. 주변은 아직 어둠에 휩싸여 있었다.

잠시라도 휴식을 취하려고 박스 안으로 들어갔지만, 결

국 거의 잠을 자지 못했다.

나는 나카무라에게 빌린 손전등을 켜고 옆으로 갔다.

"시간 됐습니다. 일어나세요."

나카무라가 누워 있는 박스 집을 손으로 두드리며 말하자, 나카무라가 느릿느릿한 동작으로 기어 나왔다.

"벌써 시간이 그렇게 됐나?" 나카무라가 하품을 하며 말했다.

"네에. 시간이 별로 없으니 이제 가도록 하지요."

나는 손전등을 비추며 어둠 속을 걷기 시작했다. 하천 둔치에서 큰길로 나와 택시가 잡히기를 기다렸다.

"택시를 탈 건가?"

나카무라의 물음에 나는 고개를 끄덕였다.

여기서 우에노까지 걸어가면 시간이 오래 걸려서 계획에 차질이 생기고 만다.

잠시 기다리니 빈 택시가 와서 나는 손을 들었다.

나카무라와 함께 택시에 올라타자, 운전사가 노골적으로 얼굴을 찌푸리고 있다는 것이 느껴졌다.

"우에노까지 부탁합니다."

승차 거부를 당하기 전에 얼른 그렇게 말하고 나는 자는 척했다.

우에노에서 택시를 내려 PC방이 있는 건물에 들어갔다.

엘리베이터 옆에 있는 공중전화로 가서, 받침대 밑으로 손을 넣어 숨겨두었던 GPS를 꺼냈다.

"이걸 계속 몸에 지니고 계세요."

나는 GPS를 나카무라에게 건네며 말했다.

"이게 뭔가?"

"저를 옭아매는 사슬입니다."

"뭔지 잘 모르겠지만 이걸 가지고 하루종일 빈둥빈둥거리면 된다는 건가?"

"네, 그리고 몇 가지 부탁이 있습니다. 이것만은 꼭 지켜주셔야 합니다. 그러지 않으면 추가로 드릴 5만 엔은 그냥 날아가는 겁니다."

"5만 엔을 준다면 뭐든 하겠단 말이지."

"우선 여길 나가면 곧장 우에노역으로 가세요. 우에노역에서 첫 지하철을 타고 어디든 좋으니 할 수 있는 한 최대한 멀리 가주세요."

"어어, 알았네."

"그 뒤부터는 나카무라 씨 자유입니다. 어디든 상관없습니다. 다만 30분 이상 같은 곳에 머물지는 마세요. 졸리면 지하철이든 뭘 타든 하여간 계속 이동해 주셔야 합니다. 지하철뿐만이 아니라 버스나 택시를 이용해도 좋으니까 가능한 한 넓은 범위로 활동해 주세요. 이상이 제 부탁입니다."

"지하철이라면 몰라도 택시는 좀…."

조금 전 운전사의 달갑지 않은 태도가 신경 쓰이는 모양이다.

"우에노로부터 멀리 가게 되면 거기서 목욕이라도 하고 옷을 한 벌 사는 게 어떻겠습니까?"

나는 그렇게 말하고 지갑에서 5만 엔을 꺼내 건넸다.

"이 돈으로 먹고 마시고 해도 되는 건가?"

"네에. 다만 30분 이상 같은 곳에 있지만 마세요. 한 장소에서 나오면 다시 가능한 한 멀리 가주세요."

"정확히 언제까지 빈둥거리면 되는 거지?"

"가능하면 내일 이 시간까지요. 내일 새벽 5시에 여기서 만나는 건 어떻습니까? 힘들까요?"

노인에게 혹독한 부탁을 하고 있다는 건 나도 잘 알고 있다.

"뭐, 지하철에서 선잠을 잘 수 있다면 괜찮겠지."

"내일 여기서 만났을 때 약속한 5만 엔을 추가로 드리겠습니다."

"알았네."

나카무라는 고개를 끄덕이고 건물 출구로 나갔다.

나는 나카무라의 뒷모습을 가만히 쳐다보며, 설명한 대로 행동해주기를 간절히 빌었다.

만난 지 얼마 안 된 사람에게 내 운명을 맡기는 것이 두렵기도 했지만 지금은 나카무라를 믿을 수밖에 없다.

한 시간 뒤, 나는 우에노역 근처에 있는 공중전화 부스에서 놈에게 전화를 걸었다.

"여보세요…"

놈의 목소리가 들렸다.

"나야. 나도 우에노에 도착했다." 내가 말했다.

"간발의 차이였네요. 1시간쯤 전에 이이야마는 우에노를 떠났습니다. 지금은 오오미야에 있습니다."

"알았어. 지금 오오미야로 가지. 오오미야에 도착하면 다시 연락하지."

나는 놈에게 그렇게 말하고 재빨리 전화를 끊었다.

가능한 한 빨리 마카베를 찾아내야 한다.

조급한 마음을 억누르지 못하고 공중전화 부스에서 나왔지만, 마카베를 찾는 일이 쉽지는 않을 거라고 느꼈다.

마카베와 교류했던 건 16년도 전의 일이다. 당시 나는 마카베와 함께 살았다. 교도소를 출소한 나는 달리 갈 곳도 없어 마카베의 집에 얹혀 살았다. 가메이도에 있는 허름한 다가구 주택건물에 있는 원룸이었다.

마카베가 지금도 거기 살고 있을 거라 생각하기는 힘들

지만, 일단 가메이도에 가보기로 하고 역으로 향했다.

우에노역에서 야마노테선 지하철을 타고 아키하바라로 간 뒤, 다시 지하철을 갈아탔다. 군데군데 자리가 비어 있었지만, 나는 다른 사람들의 시선이 신경 쓰여 문 옆에 선 채로 창밖을 바라보고 서 있었다. 서서히 밝아지는 전동차 밖 광경을 바라보며 있으니 초조함이 극에 달했다.

마카베를 찾는다고 해도 내게 남은 시간은 그리 많지 않았다.

나카무라가 내일 새벽 5시까지는 GPS를 가지고 이동한다고 약속해 주었다. 그동안은 놈과 연락을 주고받으며 이이야마를 찾고 있다고 생각하게 할 심산이었다. 하지만 언제까지 놈을 속일 수 있을지 불안했다.

이이야마를 여러번 놓치게 되면 조만간 놈이 수상하게 여길지도 모른다.

긴시초역에 도착하자 옆에 앉아 있던 남자가 일어났다. 남자는 신문을 선반 위에 두고는 전동차에서 내렸다.

문이 닫히자 나는 선반 위의 신문을 집었다. 수사 상황이 궁금했다.

신문을 펼치고 사회면을 훑어봤지만, 내가 용의자가 된 사건 얘기는 실려 있지 않았다. 우츠노미야의 PC방 소동 사건에 대한 기사도 다행히 없었다.

조금 전 놈과의 전화로, 이이야마가 아직 경찰에 붙잡히지 않았을 거라 어느 정도 예상했지만, 그 점에 대해서는 앞으로도 주의를 기울여야 했다.

나는 등산용 배낭 안에서 휴대용 라디오를 꺼내 이어폰을 귀에 꽂고 다이얼을 돌렸다.

뉴스 방송은 나오지 않았지만, 이어폰을 꽂은 채 다음 가메이도역에서 지하철을 내렸다.

역에서 나와 머릿속에 남아 있는 광경이 눈에 들어오자, 그 무렵의 기억과 함께 불길함이 마음속에 피어올랐다.

나는 이 거리에서 1년 가까이 지냈다. 그사이 나는 마카베를 포함한 그 동료들과 여러 가지 나쁜 짓을 했다. 칼날처럼 날카로운 감정을 주위 사람들에게 드러내며, 이 거리를 내 것인 양 활보했었다.

이 거리에 사는 사람들 몇 명을 골라 생트집을 잡고 괴롭힌 적도 있었다. 물론 그 시절의 나는 그런 행동을 하는 나름의 이유가 있었다.

내 얼굴을 보고 비웃거나 깜짝 놀라거나 불쌍하다는 표정을 짓는 사람을 보면, 도저히 폭력적인 충동을 자제할 수 없었던 것이다.

나는 머릿속에 소용돌이치는 꺼림칙한 기억을 뿌리치듯 빨리 걷기 시작했다. 잠시 걸어 목적지에 다다르자, 나는 무거운 한숨을 내뱉었다. 그곳에는 마카베와 살았던 허름한 다가구주택 건물 대신 큰 아파트가 서 있었기 때문이다.

이미 예상했던 일이기는 했지만 실제로 완전히 변해버린 광경을 보고, 지금부터 내가 하려고 하는 일이 얼마나 힘든 것인지 다시 한번 깨달았다.

나는 입술을 깨물며 손목시계를 보았다. 슬슬 놈에게 연락해야 했다. 공중전화를 찾아 놈에게 전화를 걸었다.

"여보세요…"

놈이 전화를 받았다.

"나야. 지금 오오미야에 도착했다." 내가 말했다.

"이이야마는 이미 오오미야에는 없습니다."

"무슨 뜻이야?"

"당신이 전화를 걸었을 때는 오오미야에 있었지만, 그 후 30분 정도 지나 다른 곳으로 이동했습니다."

"지금은 어디 있는데?"

"아무래도 지하철이나 그런 걸로 이동 중인 것 같네요."

"그래…?"

"이 상황에서는 당신에게 어디로 가라는 지시를 내릴 수 없겠네요. 어떻게 된 걸까요?"

"한 시간 쯤 후에 다시 연락하지. 그러면 어떤가?"

"알겠습니다."

놈이 그렇게 말하고 전화를 끊었다.

'이제 어떻게 하지—?'

나는 수화기를 내려놓으며 생각했다.

마카베가 잘 가던 술집과 클럽 등은 인근 긴시초에 몇 곳 있었다. 실제로 교도소에서 막 나온 내가 처음 마카베를 찾아간 곳이 긴시초에 있는 《에스》라는 바였다.

절도 일에 관심이 있다면 그 가게로 찾아오라는 마카베의 말에, 나는 출소하자마자 곧바로 그 가게로 갔다.

내가 마카베를 찾아갔을 때 그는 가게에 없었다. 바에 앉자 바텐더가 주문을 받기 전에 어딘가로 전화를 걸었다.

그러자 곧바로 마카베가 찾아왔다. 아무래도 마카베가 내 인상착의를 말해두고, 내가 찾아오면 연락하라고 미리 언질을 해둔 것 같았다.

스가이라는 이름의 바텐더는 나보다 두 살 많은 남자였다. 지금 생각해 보면 칵테일 레시피가 너무 엉터리여서 바텐더라고 불릴 자격조차 없었지만, 얼마 지나지 않아 그가 마카베와 끊으려야 끊을 수 없는 인물임을 알게 됐다. 스가이는 손님이 거의 없는 바를 운영하면서, 사실 뒤로는 장물 매매를 주업으로 하고 있었기 때문이었다.

나는 스가이를 좋아하지 않았다. 아니, 좋아하지 않는다는 말로는 부족할 정도로 마음속으로 증오하고 있었다.

마카베를 비롯한 절도단 동료들은 적어도 내게 최소한의 경의를 표해 주었다. 그것은 내가 그들 이상의 일을 하고 있었기 때문이다.

나는 당시 나의 흉포함을 이용하여 경비원을 괴롭히거나 종업원을 협박해 우리가 노리고 있는 물건이 있는 곳을 토해내게 하는 등 각종 지저분한 일을 전부 도맡아 하고 있었다.

하지만 스가이는 나와 얼굴을 마주할 때마다 항상 코웃음 치는 동작을 했다. 그뿐 아니라 내가 없는 곳에서는 나를 '비스트'라고 부르고 있다는 사실도 잘 알고 있었다.

'비스트', 짐승처럼 난폭한 놈이라는 의미다.

늘 스가이의 안면을 힘껏 후려치고 싶다는 충동에 시달렸지만, 내게 일과 있을 곳을 제공해 준 마카베에게는 중요한 동료라는 이유로 줄곧 참아왔다.

마카베는 지금도 스가이와 손잡고 일을 하고 있을지 모른다.

《에스》라는 바는 한밤중에 문을 열었다. 칵테일을 만드는 방식이 엉터리인 것처럼 영업시간도 제멋대로였지만, 대개 밤 10시쯤에 가게를 열고 새벽 5시쯤에 닫았다. 지금 이 시간이라면 스가이가 가게를 닫고 나서 아직 혼자 술을 마시고 있을 시간인지도 모른다.

당시 그 바는 긴시초역 인근의 눈에 띄지 않는 허름한 건물 지하에 있었다. 설사 스가이가 없다 해도 문 열쇠를 때려 부수고 들어가 가게 안을 뒤져보면, 스가이가 사는 곳이나 마카베에게 연락할 수 있는 단서를 얻을 수 있을지도 모른다.

어쨌거나 지금 나는 바가 오픈할 밤까지 기다릴 여유가 없었다.

나는 바로 공중전화 부스를 나와 역을 향해 걸었다.

지하철이 긴시초역에 정차하자, 나는 《에스》라는 바가 있던 건물을 목적지로 삼고 걷기 시작했다.

술집과 유흥업소가 늘어선 거리를 빠져나와 흐릿한 기억에 의지해 골목을 몇 차례 돌았다.

주변 풍경은 조금 달라졌지만, 기억 속에 남아 있는 건물이 거기에 있었다. 지하로 이어지는 계단 앞에 서있는 입간판을 보고 나는 잠시 망설였다.

간판 이름이 《에스》가 아니라 《무희》였기 때문이다. 스포츠마사지 업소인양 쓰여 있었지만 퇴폐 안마시술소가 아닐까 하는 생각이 들었다.

스가이가 업종을 바꾼 것일까? 아니면 스가이와는 아예 관계없는 가게로 탈바꿈한 것일까?

나는 일단 계단을 내려가 보기로 했다. 머뭇거리며 문을 열자 벨 소리가 울렸다.

가게 안은 수상한 핑크색 불빛이 비치고 있다. 눈앞에는 작은 소파가 여러개 있고, 각각의 소파는 커튼으로 나누어져 있다.

"어서 오세요."

잠시 후 나와 나이가 비슷해 보이는 여성이 커튼을 열고 나왔다. 억양으로 봐서 명백히 일본인이 아님을 알 수 있었다.

"손님, 처음이에요?"

여성이 내 얼굴을 들여다보며 물었다.

"아니…. 저는 손님이 아닙니다. 좀 여쭙고 싶은 게 있어서요."

"앉으세요."

여성은 내 말을 제대로 이해하지 못한 듯 내 손을 잡고 소파에 앉히려고 한다.

"아니, 그게 아니라…. 스가이 씨는 없습니까? 이 가게 사장이 스가이라는 남자가 아닌가요?"

나는 어떻게든 묻고 싶은 것을 묻기 위해 사장이라는 말과 스가이라는 이름을 특히 강조해서 말했다.

"스가이?"

여성이 모르겠다는 듯 고개를 갸웃했다.

아무래도 스가이와는 관계가 없는 가게 같았다.

"실례했습니다."

나는 여성의 손을 풀고 발길을 돌려 문을 열었다.

"잠깐만. 금방이면 돼요."

음란한 미소를 띠며 커튼 안쪽으로 데려가려고 하는 여성의 손을 힘으로 뿌리치고 가게를 나왔다.

내 등 뒤로 의미를 알 수 없는 외국어 욕을 내뱉는 것 같았다. 계단을 올라가서, 나는 빠른 걸음으로 건물로부터 벗어났다.

어떻게든 마카베를 찾을 단서를 구해야 했다.

나는 긴시초 번화가를 헤매며 가봤던 기억이 있는 음식점에 닥치는 대로 들어갔다. 하지만 아무리 종업원에게 물어봐도 마카베를 기억하는 사람은 없었다.

16년도 더 지난 일이니 어쩔 수 없는 건지도 모른다. 그렇다고 포기할 수도 없어서 이번에는 가메이도에 있던 다가구주택 건물이 있던 곳으로 다시 돌아가 마카베의 정보를 구하기로 했다.

공중전화로 놈과 다시 연락을 한 다음, 전에 살던 곳 주변을 걷고 있는데 문득 라면 가게 간판이 눈에 들어왔다. 마카베와 살았던 다가구주택 건물이 헐리고 큰 아파트가 들어섰고, 주변 풍경도 크게 달라졌지만 그 라면 가게만큼은 예전 그대로였다.

나는 가게 안으로 들어갔다.

"어서 오세요."

점심 전이라 그런지 가게 안에는 손님이 없었다.

식사를 하지 않고 얘기만 물어볼 생각이었지만 주방에서 일하는 노부부의 모습이 눈에 들어와 나도 모르게 테이블에 앉아 버렸다.

"뭐로 하시겠습니까?"

주인이 내 앞으로 와서 주문을 받았다.

16년이 지나 흰머리가 더 늘어난 것 같았지만, 온화해 보이는 얼굴은 그 시절 그대로였다.

나는 매일같이 이 가게에 왔었다. 이 주변 음식점들 중 유일하게 내가 오는 걸 성가셔 하지 않았기 때문이다.

"탕면으로 할게요."

내가 주문하자 주인이 라면을 만들기 시작했다.

식욕을 아예 잃었다고 해도 좋을 정도였지만 나는 시간을 들여 일부러 탕면을 전부 비웠다.

"여전히 이 탕면은 맛있네요."

주인에게 말하자 기쁘게 미소를 지었다.

"전에도 오신 적이 있나요?"

"네에. 자주 왔습니다."

"그러셨습니까? 손님 얼굴은 거의 기억하는 편인데, 죄송하네요."

주인이 사과했다.

"아니에요, 16년 가까이 지난 일이니까요. 혹시 마카베라는 사람을 기억하시나요?"

"마카베…?"

주인이 고개를 갸웃했다.

"이 근처에 살았는데, 그 사람이 여기가 맛있다고 해서 자주 왔었습니다."

"자주 오셨던 분이라면 얼굴을 보면 알 텐데, 이름만으로는 좀….

"이런 표현은 좀 그렇습니다만…. 얼굴에 특징이 있는 남자랑 자주 같이 왔을 텐데요."

이런 게 더 기억에 남아 있을지도 모른다 싶어서 내 얘기를 꺼냈다.

"얼굴에 특징이요?"

"네에. 분명 이름이 다카토였을 텐데, 뭐라고 하면 좋을까…. 얼굴에 멍이 있고…."

"아아. 그 사람이라면 기억해요."

가게 주인이 그렇게 말하고 얼굴을 찌푸렸다.

온화함에서 일변한 그 표정이 내 마음을 찔렀다.

"그 사람을 아는 분이신가요?"

가게 주인이 탐색하듯 물어왔다.

"아니요, 아는 정도까지는…. 마카베 씨의 지인이라 일면식은 있지만요."

나는 당황하며 대답했다.

"그렇습니까? 손님 장사를 하면서 손님한테 이런 말을 써도 될지 모르겠지만, 저희한테도 민폐인 사람이기는 했어요. 그렇지?"

주인이 옆에서 이야기를 듣고 있던 부인을 쳐다보았다.

"그랬지요. 매일같이 와줘서 사실 고맙게 생각해야 했지만…. 주변 손님들을 위협하는 느낌이라서…. 무섭다고 해야 할지, 좀 기분 나쁘다고 해야 할지. 그 사람이 있을 때는 다른 손님이 들어오지 않게 되었으니 말이죠. 1년 정도 다녔는데 오지 않게 되어서 안심했다고 해야 할까요."

노부부는 눈앞에 있는 내가 설마 그 남자일 거라고 꿈에도 생각하지 못할 것이다.

"마카베 씨가 그 사람이 자주 여기에 왔었다고 들었습니다. 최근에는 안 오시나요?"

나는 노부부의 반응에 충격을 받았지만 이야기를 계속했다.

"아뇨…. 그 사람은 대개 혼자 왔었는데요. 맞지?"

"그랬지."

주인이 묻자 부인이 고개를 끄덕였다.

"그랬습니까?"

나는 그렇게 물으며 그 시절 기억을 다시 떠올리고 있었다.

스스로는 까맣게 잊고 있었지만, 그러고 보니 분명 내가 누군가와 함께 식사하는 일은 거의 없었다.

마카베도, 다른 동료들도 그 나름대로 나를 존중해 줬던 것은 맞다. 하지만 분명 나와 얼굴을 맞대고 있으면 식욕이 사라져서, 함께 식사하는 것만은 넌지시 피했을 것이다.

나는 문득 이전에 호노카가 했던 얘기가 떠올라 마음이 아팠다. 호노카와 같은 반 아이가 '몬스터'라는 별명으로 불렸던 이야기다. 바로 얼마 전에 들은 이야기인데도 아득히 먼 옛날 일처럼 느껴진다.

호노카는 그 소년에게 다른 친구들과 함께 스케이트를 타러 가자고 해서 마음을 열도록 애썼다고 한다. 하지만 정작 그 호노카는 아버지가 살인사건 용의자여서 학교에 가지도, 친구와 놀지도 못하고 있을 것이다.

"그러고 보니…. 몇 번인가 젊은 남자랑 온 적이 있었지. 10대 같았는데 그 사람이 마카베라는 분일까?"

뭔가 생각이 떠오른 것처럼 부인이 말했다.

그건 마카베가 아니다. 테츠야라는 남자다.

부인 말대로 그 시절에는 테츠야가 아직 10대였던 걸로 기억한다. 폭주족 출신이라고 거리에서 거들먹거리다가 야쿠자에게 걸려서 호되게 당하고 있던 것을 내가 구해준 적이 있었다. 그 인연으로 마카베에게 동료로 끼워달라고 했던 것이다.

자기를 구해준 것 때문인지 테츠야는 나를 잘 따랐고, 가끔 둘이 식사를 했던 것이 떠올랐다.

그 시절의 나와 함께 있으면서도 맛있게 밥을 먹었던 유일한 인물이었다.

테츠야는 지금쯤 어떻게 살고 있을까? 그때 19살 정도였으니 지금은 삼십 대 중반일 것이다.

본가는 아사쿠사 부근에서 주류상을 한다고 들은 적이 있다. 어릴 때부터 가업을 이으란 말을 계속 들어온 것에 대한 반발심으로 비행을 저지르다가 집을 뛰쳐나왔다고 이야기했었다.

내가 그런 일에 끌어들인 탓에 테츠야가 그 후로 떳떳하지 못한 길을 걷고 있지는 않기를 바랐다.

테츠야를 떠올리는 사이 나는 한 가지 생각에 이르렀다.

테츠야는 혹시 현재의 마카베에 대해 뭔가 알고 있지 않을까? 아사쿠사 부근에서 대대로 주류상을 한다면 테츠야의 본가를 찾기는 그리 어렵지 않을 것이다. 테츠야의 성은 아라카와라고 했었다.

물론 테츠야가 본가로 돌아갔는지는 확실히 알 수 없다. 더구나 테츠야가 여전히 범죄에 발을 담그고 있다면, 본가에 가도 테츠야가 어디 있는지 알 수 없을지도 모른다.

반대로, 만약 내 바람대로 그런 일에서 손을 씻었다면, 테츠야는 마카베의 현재 소식을 알지 못할 것이다.

그래도 찾아가 볼 가치는 있다고 판단했다.

"잘 먹었습니다. 맛있었어요. 또 오겠습니다."

나는 내뱉은 말과는 달리 쓰디쓴 마음을 곱씹으며 지갑을 열었다.

나는 공중전화 부스에 들어가서 전화번호부를 꺼내 아사쿠사 부근에 있는 주류상을 샅샅이 찾아보았다.

금방 테츠야의 성씨를 딴 주류상 전화번호를 찾았다. 나는 펜과 메모지를 꺼내 《아라카와 주류상》의 전화번호와 주소를 옮겨 적었다.

손목시계를 보니 오전 11시 반이었다. 아까 놈에게 연락하고 나서 1시간 가까이 지났다. 그때 듣기로, GPS를 갖고 있는 나카무라는 치바현의 후나바시에 있었다.

나는 펜과 메모지를 겉옷 주머니에 넣고 수화기를 들었다.

"여보세요…"

놈의 목소리가 들렸다.

"나다. 지금 후나바시에 도착했다." 내가 말했다.

하지만 잠시동안 대답이 돌아오지 않았다.

"왜 그래?" 내가 물었다.

"이이야마는 30분쯤 전에 후나바시를 떠났습니다."

"또야…?"

나는 연기를 하며 놈에게 들릴 만한 큰 한숨을 흘렸다.

"대체 이이야마는 뭘 하고 있는 걸까요? 아침 일찍 우에노를 나서서 오오미야에 갔다가, 거기서 도코로자와, 후추, 시부야, 가와사키, 신바시, 그리고 후나바시… 마치 자로 잰 것처럼 30분마다 이동을 반복하고 있습니다."

기계로 가공된 목소리지만 확연히 짜증을 내고 있는 걸 알 수 있었다.

"어떻게 생각하나요?"

놈이 물어왔다.

"난들 이이야마가 무슨 생각을 하는 건지 알 수 있겠나? 나는 이이야마를 쫓을 뿐이야."

"그렇긴 하네요. 이렇게 합시다. 나도 쭉 이이야마의 장소를 계속 확인하는 건 좀 지쳤으니까, 밤 9시까지는 내게 연락을 안 해도 좋습니다. 대신 밤 9시 정도가 되면, 이이야마도 어딘가에 머무르지 않을까요?"

"그럴지도 모르겠군."

밤 9시까지 연락하지 않아도 된다는 것은 내게 무척이나 고마운 일이다.

"그럼 밤 9시에…."

전화를 끊고 나서 공중전화 부스에서 나와 주머니에서 메모지를 꺼냈다.

놈에게 다음 연락을 할 때까지 어떻게든 마카베를 찾아내고 싶었다. 나는 기도하는 마음으로 걷기 시작했다.

아라카와 주류상은 센소지라는 절 뒤편에 있었다. 매장 규모만 봐도 몇 대나 이어지고 있는 유서 깊은 주류상이라는 걸 단번에 알 수 있었다.

테츠야에게 형제가 있는지 어떤지는 모르겠지만, 만약 없다면 부모가 자식과 싸워가면서까지 가게를 이으라고 한 것도 납득이 갔다.

"어서 오세요."

가게에 들어가자 상냥한 여성의 목소리가 들렸다.

계산대로 눈길을 돌리니 30대 초반으로 보이는 귀여운 인상의 여성이 미소를 짓고 있었다.

"저…. 좀 여쭙고 싶은 게 있습니다만."

나는 여성에게 다가가며 말했다.

"뭔가요?"

"여기에 테츠야 씨가 계십니까?"

"남편은 배달을 나갔는데요…."

눈앞의 여성이 테츠야의 아내라는 걸 알고 가슴 속에서 안도와 낙담이 동시에 끓어올랐다.

테츠야가 범죄에서 손을 씻고 행복하게 살고 있다는 안도와, 그런 테츠야는 마카베의 행방 같은 건 전혀 모르지 않을까 하는 낙담이었다.

"실은, 전 테츠야 씨의 옛 친구인데요."

"그러세요?"

눈앞에 있는 여성의 표정이 더욱 밝아졌다.

"쭉 소원하게 지냈습니다만…. 아사쿠사에 마침 볼일이 있어서 왔다가, 그리고 보니 본가가 아사쿠사에서 주류상을 크게 하고 있다는 얘기를 들은 기억이 나서 혹시나 하고…."

"그러시면 휴대폰으로 불러볼까요?"

"아뇨, 일하는 중에 미안하니까…. 몇 시쯤에 돌아오나요?"

"1시간 정도 후면 돌아올 거예요."

"그러면 잠깐 앞에 있는 절이나 한 바퀴 돌고 다시 오겠습니다."

나는 테츠야의 아내에게 살짝 머리를 숙이고 문으로 향했다.

1시간 반 후에 나는 다시 아라카와 주류상을 찾았다.

매장에 들어가니 안쪽 냉장고에 술을 채워 넣는 한 남자의 뒷모습이 눈에 들어왔다. 내 기척을 느꼈는지, 남자가 이쪽을 돌아보았다.

"어서 오세요."

곧바로 16년 전 기억과 포개지지는 않았지만 잠시 바라보니 테츠야라는 걸 알아볼 수 있었다.

당연한 얘기겠지만 테츠야는 나를 못 알아보는 것 같았다.

테츠야 입장에서는, 술을 고르지도 않고 지그시 자신을 쳐다보는 내가 평범한 손님은 아닐 것 같다는 경계심을 품고 있는 것 같았다.

"뭘 찾으시나요?"

테츠야가 탐색하는 것 같은 시선을 보내며 물었다.

"아니요…. 뭘 사려는 게 아닙니다."

내 목소리를 들어도 아직 눈치채지 못한 것 같았다.

"혹시 아까 저를 찾아오셨다는 분인가요?"

나는 고개를 끄덕였다.

"제 옛날 친구라고 말씀하셨다는 것 같은데 죄송하지만

당신은…. 정말 실례지만 우리가 어디서 만났지요?"

말투는 정중했지만 온 얼굴에 경계심을 가득 드러내고 있었다.

"모르는 것도 무리가 아니지. 나야, 다카토."

테츠야가 내 눈을 가만히 쳐다보며 가까이 왔다. 이윽고 숨을 멈춘 것처럼 눈을 부릅떴다.

"다카토라니…. 설마….'

내가 고개를 끄덕이자 믿을 수 없다는 듯 테츠야의 말문이 막혔다.

"오랜만이네. 잘 지내는 것 같아 다행이다."

나는 미소 지었지만 테츠야의 표정은 급속히 굳어져갔다.

"나 만큼은 아니지만 너도 그 시절 이후로 꽤 많이 변했네. 얼굴을 봐도 금방은 못 알아봤어." 내가 말했다.

"어째서…. 어째서 여기에…?"

테츠야의 목소리가 떨린다.

나와 재회한 기쁨 따윈 눈곱만큼도 없을지 모른다. 켕기는 과거를 알고 있는 사람이 불쑥 나타나면, 내가 반대 입장이라도 비슷한 반응을 보였으리라.

"불쑥 찾아와서 미안하다. 잠시만 너랑 얘기하고 싶었어. 얘기가 끝나면 바로 갈 거야."

문 열리는 소리에 나는 뒤를 돌아보았다. 나이 든 남자

손님이 가게에 들어왔다.

"어서 오세요."

테츠야는 재빨리 웃는 표정을 지으며 손님을 응대하고
는, 나를 향해 밖으로 나오라는 듯 턱짓을 했다.

"쿄코. 잠깐 나갔다 올게. 가게 좀 봐 줘."

계산대로 가서 안쪽 방에 대고 아내를 부르는 테츠야를
보며 나는 먼저 가게에서 나왔다.

밖에서 기다리자 테츠야가 뒤따라 가게에서 나왔다. 그
는 나를 쳐다보지도 않고 그대로 어디론가 걸어갔다.

"어디 가는 거야?"

테츠야 뒤를 따라가며 물었다.

테츠야는 아무 대답도 하지 않았다. 가게에서 50미터 정
도 떨어진 건물 앞에서 멈춰 서더니 셔터를 반쯤 올리고
그 안으로 들어갔다.

나도 테츠야를 따라 셔터 아래로 몸을 숙인 뒤 안으로
들어갔다. 주류상 창고로 쓰이는 곳인지 맥주 박스 같은
게 잔뜩 쌓여 있었다.

"당신은 지금 커피숍도 자유롭게 못 들락거릴 처지 아니
야? 이 주변에 사람 눈에 안 띄는 곳 따윈 거의 없어."

테츠야는 그렇게 말하며 초조한 듯 난폭하게 셔터를 닫
았다.

"알고 있었나?"

"아까까지는 단순히 동명이인일 거라 생각했어. 범인 얼굴 사진은 아직 안 나왔으니까. 하지만 뉴스에서 범인은 성형수술을 하고 십 몇 년 동안 타인 행세를 하며 살아왔다고 하더군. 당신이 그 사건의 범인이지?"

나는 침묵한 채 테츠야를 쳐다보았다.

"정말, 이제 와서 왜 날 찾아온 거야? 당신이랑 같이 있었던 걸 들키면 이쪽도 귀찮아져."

"경찰에 찌를 건가?"

"당신은 한 번 날 구해준 적이 있어. 얘기만이라면 듣지. 하지만 돈을 뜯어낼 거라면 다른 델 알아봐. 공범은 되기 싫어."

테츠야가 나를 노려보며 말했다.

"고맙다. 안심해. 돈 뜯으러 온 거 아니야."

"그럼 대체 뭐야?"

"마카베가 지금 어디에 있는지 혹시 아나?" 내가 물었다.

"마카베?"

바로 그 이름이 생각나지 않는다는 듯 테츠야가 고개를 갸웃했다.

"기억 안 나나? 16년 전 우리 일의 보스였던 남자."

"그러고 보니 그런 이름이었지."

테츠야가 생각난 것처럼 대답했다.

그에게 마카베는 바로 이름이 생각나지 않을 정도의 존재밖에 안 된단 말인가.

"마카베를 찾고 있어. 지금은 교류가 없겠지만 뭔가 아는 게 있으면 가르쳐줘."

"왜 마카베를…? 도주하는 데 도움이라도 받으려는 건가?"

"그런 게 아니야."

"그럼…?"

"이런 말을 해도 믿을지 모르겠지만, 난 사람을 죽이지 않았어."

테츠야가 그 말의 진위를 파악하려는 듯 지그시 내 눈을 들여다보았다.

"안 죽였다면 왜 경찰에 쫓기는 건데? 피해자를 찌른 칼에 당신 지문이 묻어 있었다고 뉴스에서 그랬어."

테츠야가 응수했다.

"함정에 빠졌어."

"함정에 빠졌다고?"

"그래…. 누군가가 내 지문이 묻은 칼로 죽인 거야."

"대체 누가…?"

"모르겠어."

"그런 얘기를 믿으란 거야?"

테츠야가 코웃음 치듯 말했다.

"너도 알다시피 분명 난 몹시 나쁜 짓을 많이 저질렀어. 많은 사람에게 상처를 입혀왔지. 하지만 16년 전에 신분과 얼굴을 바꾸고부터 난 다시 태어났어. 너와 마찬가지로 결혼해서 아이도 있어."

"아이…? 당신한테?"

예전의 나를 아는 테츠야로서는 믿지 못하는 것 같았다. 그 시절의 나에게 아이는 그저 성가신 존재였다.

"그래. 초등학교 3학년 여자아이야."

"우리랑 똑같군. 우린 사내아이지만."

"그렇구나."

나는 나도 모르게 미소를 지었다.

"마카베가 당신을 함정에 빠트렸다는 건가?"

훈훈한 분위기를 끊어내듯이 테츠야가 이야기의 주제를 되돌렸다.

"거기까지는 단정할 수 없어. 하지만 그 사건과 관련되어 있을 가능성은 있어. 적어도 나는 그렇지 않을까 생각해."

"마카베가 그 사건에 관련되어 있을지도 모른다니…? 그 사건의 피해자와 마카베는 아는 사이인가?"

"아니야."

"그럼 어째서 마카베가…? 당신이 무슨 말을 하는 건지 전혀 모르겠어."

"간단히 설명할 수 없는 복잡한 얘기야."

"간단하지 않더라도 설명해 줘. 여기까지만 들으면 너무 신경 쓰이잖아."

"나는 16년 전에 사카모토 노부코라는 여성과 어떤 약속을 했어. 기억할지 모르겠지만 나는 16년 전에 야쿠자를 다치게 하고 도망 다니던 중이었지."

내가 그렇게 말하자 그 일이 생각난 것처럼 테츠야의 얼굴이 일그러졌다.

"우리한테도 그 야쿠자의 동료란 인간들이 찾아왔었어. 당신이 어디 숨었는지 말하라고. 당신을 숨겨주면 가만 안 둔다고 엄청 협박당했지."

"그 녀석들한테 모진 짓을 당했나?"

나는 주저하며 물었다.

"상상에 맡기지. 이렇게까지 했는데 안 불 정도면 정말로 모르는 거라고 생각할 정도의 짓은 당했어."

조금 전까지 증오에 차 있던 눈빛의 이유를 알 것 같았다.

"미안하다."

나는 머리를 숙였다.

"그때는 당신이 지독히 미웠지. 하지만 지금의 행복은 그

일 때문이라고도 할 수 있어. 그걸 계기로 변변치 못한 세계에서 빨리 손 씻게 됐으니까. 나는 그 일이 있고 나서 바로 본가로 돌아왔어."

"그랬구나."

"그런데 그 약속이라는 건 대체 뭐야?"

"야쿠자에게서 영원히 도망치기 위해 난 돈이 필요했어. 새 호적을 손에 넣고 그 얼굴을 성형하기 위한 돈이… 사카모토 노부코라는 여성이 증오하는 인물을 죽여주겠다는 약속을 하고 나는 그 사람에게 돈을 받았어."

"증오하는 인물을 죽인다?"

"그래. 그 중 한 명이 내가 용의자가 된 사건의 피해자인 가도쿠라라는 남자야."

"노부코라는 여성은 왜 그 남자를…?"

"노부코의 딸은 가도쿠라와 또 다른 한 명의 남자에게 살해당했어. 두 사람은 경찰에 붙잡혀서 무기징역 판결을 받았지. 하지만 사카모토는 그 판결을 납득하지 못했어. 두 사람이 출소하면 자기 손으로 죽여 버리고 싶다고 할 만큼 증오했지만, 노부코는 말기 암이라서 살날이 얼마 남지 않았었어. 자기는 도저히 그놈들이 출소할 때까지 살아있을 수 없으니까, 내가 그놈들을 대신 죽여줬으면 좋겠다고…."

"그래서 당신이 그 약속을 받아들였다는 거야?"

테츠야가 질려버렸다는 표정을 지었다.

"그래. 정말이지 바보 같은 약속이었지. 하지만 그 무렵 내게는 달리 선택지가 없었어. 그대로 있다간 야쿠자에게 잡혀서 살해당했겠지. 놈들이 출소한다고 해도 당시로서는 상당히 먼 훗날의 얘기잖아⋯. 게다가 그런 약속 같은 건 지킬 필요도 없다고 생각했어. 그런데 얼마 전에 내 앞으로 노부코의 이름을 사칭한 편지가 왔어. 그때의 약속을 지키지 않으면, 내 딸을 해치겠다고 했지."

마지막 말을 들은 테츠야의 눈에 아주 조금 동정의 빛이 떠올랐다.

"편지만이 아니라 전화 협박도 당했어. 목소리가 기계로 가공되어 있긴 했지만⋯. 그런 협박을 받아도 나는 경찰에 이 사실을 알릴 수가 없었어."

"자신의 과거를 가족에게 알리고 싶지 않았던 거군."

나 정도는 아니겠지만 테츠야도 숨기고 싶은 과거를 가지고 있으니 내 마음을 이해할 것이다.

"그런데 지금까지 한 얘기랑 마카베랑 대체 무슨 관계가 있다는 거야?"

테츠야가 여전히 이해하지 못하겠다는 듯 다시 물었다.

"나는 16년 전부터 무카이 사토시라는 사람의 신분으로 위장한 채 살고 있었어. 그 새로운 신분을 준비해 준 게 바로 마카베야."

그 이야기를 듣고 테츠야가 의외라는 듯한 표정을 지었다. 처음 안 사실인 것 같았다.

"마카베한테 못 들었나?" 내가 물었다.

"어. 마카베도 그 야쿠자 놈들한테 심하게 위협을 당한 것 같아. 당신을 가장 잘 알았으니까 말이지. 당신에게 원한을 품어도 이상할 게 없을 것 같았는데, 오히려 당신이 도망치도록 도와줬다니…."

테츠야의 말을 들으니 마카베에 대한 내 의심은 더욱 확고해졌다.

역시 마카베는 야쿠자의 협박에 못 이겨 결국에는 나를 팔아넘긴 것일까?

"마카베가 그 이야기를 아무에게도 하지 않았다면, 내가 무카이 사토시로 살고 있다는 걸 아는 사람은 마카베와 노부코 두 사람뿐이야. 하지만 노부코는 이제 이 세상에 없어."

"노부코라는 사람이 누군가에게 말했을지도 모르잖아. 가족이나 아니면 자신과 친한 사람에게…. 그래서 그 사람이 대신 당신을 협박하고 있는 걸지도 몰라."

"나를 협박하고 있는 인물은 노부코도 모르는, 내가 과거에 저질러 온 죄까지 알고 있었어."

"하지만 마카베가 왜 그런 짓을…?"

"야쿠자는 나한테 복수하려고 했을 거야. 그래서 마카베를 협박했겠지. 어쩌면 내가 자기한테 연락하기를 기다렸을지도 몰라. 그리고 야쿠자에게 새 호적에 대해 얘기한 게 아닐까 싶은데…. 물론 하나의 가능성일 뿐이야. 그래서 마카베를 만나 확인해보고 싶어."

"아까도 말했지만 마카베가 지금 어디서 뭘 하는지는 나도 몰라. 다만 좀 지난 일이긴 한데, 10년쯤 전인가…, 신문에 마카베가 실린 걸 본 적이 있어."

"신문에?"

나는 되물었다.

"절도로 붙잡혔다는 기사였어."

"다른 동료에 대해서는 뭔가 아는 거 없어?"

다시 물었지만 테츠야는 모른다며 고개를 가로저었다.

"그래…."

나는 무거운 한숨을 흘렸다.

"그러고 보니…. 스가이 얘기는 소문으로 몇 번인가 들었어."

테츠야의 말에 나는 고개를 들었다.

"스가이에 대한 소문?"

"그래. 아야세 쪽에서 바를 한다는 얘기를 들은 적이 있어."

"아야세에서 바를…?"

"그다지 평판이 좋은 가게는 아니야. 뭔가 위험한 녀석들이 모여 있는 것 같고, 독한 술을 억지로 먹이고 인사불성을 만들어서 바가지를 씌운대. 그걸로 끝이면 오히려 다행이지만. 주류 대금 결제도 억지로 떼어먹는다고 이쪽 업계에서는 유명해."

여전히 정도를 벗어나 있다.

"뭐 예전에 우리가 죽치고 있던 《에스》도 남이 볼 땐 그런 가게였겠지만 말이야."

그 남자의 얼굴을 다시 본다는 상상만 해도 구역질이 올라올 것 같았지만 만나지 않을 수는 없다.

"스가이가 하고 있다는 가게 이름은 아나?"

"업계 사람한테 물어보면 알 수는 있어."

스가이가 현재 하고 있는 《제로》라는 바는 아야세역에서 꽤 떨어진 곳에 있었다.

멀리서 들리는 발소리에 나는 허름한 건물 쪽을 쳐다보았다.

어스레함 속에서 금발의 남자가 건물 쪽으로 걸어왔다. 남자는 건물 앞에서 멈춰 서더니 《제로》가 있는 지하 계단으로 내려갔다.

내가 있는 곳에서는 그가 스카이인지 확실히 알 수 없었지만 4시간 넘게 기다려 겨우 나타난 《제로》의 관계자임에는 틀림없었다.

나는 조금 시간차를 두고 건물 안으로 들어갔다.

지하로 이어지는 계단을 내려가 정면에 있는 문을 열었다. 바 안쪽에 있던 금발의 남자가 이쪽을 바라보았다. 시선이 마주쳤다.

16년 전 풍모와는 꽤 차이가 났지만 틀림없이 스카이였다.

"어서 오세요." 스카이가 무뚝뚝하게 말하고 금세 시선을 딴 데로 돌렸다.

가게 안으로 발을 내딛고 문을 닫자, 평소에 가는 바에서는 나지 않는 독특한 냄새가 코를 찔렀다. 아무래도 이 가게는 술만 파는 것이 아니라 대마초나 수상한 허브 같은 것도 제공하고 있는 것 같았다.

바 쪽으로 가면서 넌지시 가게 안을 둘러보았다. 8인용 바와 테이블석이 2개인 아담한 가게였다. 일단 칵테일 바 같은 형태였지만 테이블 대신 게임기가 놓여 있었다.

나는 옆자리에 등산용 배낭을 놓고 바에 걸터앉았다.

"일단 맥주로 주세요."

스카이는 귀찮다는 표정으로 냉장고에서 캔 맥주를 꺼냈다. 나에게 등을 돌린 채 캔 맥주를 잔에 따라 내 앞에 놓더니, 바 끝에 있는 컴퓨터 쪽으로 갔다. 컴퓨터로 TV를 보는 중이었던 것 같다.

나는 맥주를 마시며 바 안쪽에 늘어선 술병을 쳐다보았다. 술 종류는 그렇게 많지 않았다. 맨 위 선반에는 손님들이 키핑해 놓은 술병이 늘어서 있다.

그 병들을 찬찬히 살펴보던 나의 시선은 하나의 술병에서 멈췄다.

와일드 터키 위스키 병을 주시하자, 라벨에는 '마카베'라고 적혀 있었다. 뱀이 기어가는 것 같은 필체도 분명 기억에 남아 있었다.

"이 근처 사람이야?"

불쑥 말을 걸어와 나도 그를 쳐다보았다.

스가이가 컴퓨터 앞에서 나를 응시하고 있다.

만약 마카베가 그 사건과 관련되어 있다면 내 정체를 드러내지 말아야 할 것이다.

"아뇨, 다른 사람 소개로."

나는 그렇게 대답했다.

"다른 사람 소개?"

그 말에 흥미를 느꼈는지 스가이가 가까이 다가왔다. 나를 가만히 쳐다보며 참으로 불쾌한 웃음을 엷게 띠었다.

내가 다카토 후미야라는 것을 눈치챘을까? 아니면 사람

을 불쾌하게 만드는 그 엷은 미소는 그저 스가이의 버릇일
까?

"이런 가게를 소개해주는 사람이 있다니. 대체 누구야?"

스가이가 탐색하듯 물어왔다.

"마카베 씨라는 사람입니다."

"마카베?"

스가이가 시치미를 떼는 듯 고개를 갸웃했다.

"마카베 씨에게 전에 신세를 져서…. 그때 이 가게 얘기
를 들었습니다. 좀 상의하고 싶은 일이 있어서 만나고 싶은
데 공교롭게도 연락처를 몰라서요."

"마카베라는 손님은 모르겠는데?"

"그럴 리가요? 저건 마카베 씨가 키핑해 둔 술병 아닌가
요?"

나는 와일드 터키 병을 가리켰다.

"아아, 그 손님인가…?"

스가이는 속이 뻔히 들여다보이는데도 방금 생각난 것
처럼 대답했다.

"꼭 만나서 상의하고 싶은 일이 있습니다. 나쁜 얘기가
아닙니다. 아니, 오히려 마카베 씨에게는 실로 구미가 당길
이야기죠."

나는 스가이에게 미소 지어 보이며 말했다.

마카베가 현재 어떤 일을 하며 사는지는 모르겠지만, 이런 곳에 출입하고 있는 걸 보면 아직 그쪽 세계에서 손을 씻지는 않은 거라고 확신했다.

"당신, 이름은?"

스가이가 갑자기 물어보는 바람에 나는 어떻게 대답해야 할지 망설였다.

"스즈키입니다. 뭐 까놓고 말하면 그것 말고도 여러 이름을 돌려쓰고 있지만요."

"스즈키라…. 그래서 대체 무슨 얘기인데?"

스가이가 바에 양 팔꿈치를 대고 내 눈을 뚫어지게 쳐다보았다.

"그건 마카베 씨를 만난 후에 얘기하겠습니다."

스가이는 시선을 피하지 않았다. 뱀 같은 끈적한 눈으로 마치 핥듯이 나를 보고 있었다.

"당신 어디서 만난 적이 있던가?"

스가이가 바에서 양 팔꿈치를 떼고 일어나며 말했다.

"아니요."

"그래…. 그렇지. 당신 같은 미남을 만났으면 내가 손을 안 댔을 리가 없지."

스가이가 엷은 미소를 띠며 내 앞에서 멀어지더니 바에서 돌아나왔다.

가게 안쪽 화장실로 들어가는 스가이의 뒷모습을 쳐다보니, 스가이가 남색을 밝히던 자였던 것이 떠올랐다.

《에스》를 운영했을 때도 처음 온 젊은 남자를 보면 술에 취하게 해서 억지로 강간했다. 잠시 후에 스가이가 화장실에서 나오더니 다시 바 안으로 돌아 들어갔다.

"나도 마카베 씨랑 한잔하고 싶은데 요새 통 가게에 오질 않는단 말이지."

스가이가 연기하는 것처럼 부자연스러운 말투로 말했다.

"마카베 씨 연락처나 사는 곳은 모르십니까?"

"모르겠네. 그저 손님과 바텐더 사이니까."

그럴 리는 없다. 마카베가 이 가게에 드나드는 걸 보면 두 사람은 여전히 절도범과 장물아비로서, 끊으려야 끊을 수 없는 관계임이 명백했다.

"이 가게에 안 온 지는 얼마나 됐습니까?"

"안 온 지 벌써 3~4년은 되었어."

와일드 터키 병을 보고, 그것은 거짓말이라고 확신했다.

"마카베 씨 지인이라면 당신도 알겠지만 그 사람은 여러모로 까다로워서 말이지. 아무리 오랫동안 오지 않아도 멋대로 병을 없애버리면 불평을 하거든."

내 의심을 눈치챈 것처럼 스가이가 말했다.

"어쩌실래? 여기 있어도 마카베 씨가 올지 말지는 알 수 없어. 계산하겠어?"

이대로 돌아갈 수는 없었다. 어떻게든 스가이에게 마카베가 있는 곳을 토해내게 해야 했다. 설령 어떤 강제적인 방법을 쓴다 할지라도.

"같은 걸로 한 잔 더 할까?"

그때 이쪽으로 등을 돌린 스가이의 모습이 구불구불 일그러졌다.

아뿔싸.

나는 눈앞의 잔을 쳐다보았지만 갑자기 시야가 빙글빙글 돌기 시작했다. 조금 전 나에게 준 맥주에 수면제나 뭔가 이상한 약을 탄 것이 분명했다.

격렬한 수마의 나른함이 내 몸을 덮쳤다. 나는 필사적으로 눈을 뜨려고 했다. 그때 뒤에서 문이 열리는 소리가 들렸다.

"어서 와요."

스가이의 목소리는 들렸지만, 머릿속이 어질어질해 돌아볼 수도 없었다.

"무슨 일이야? 이 손님은?"

중저음의 남자 목소리가 귓가에서 울렸다.

"처음 온 손님이 내 취향이라 즐겨볼까 했는데, 이상한 소리를 지껄이잖아. 예전에 마카베한테 신세를 졌다면서,

돈 될 만한 좋은 얘기가 있다고 상의하고 싶대."

옆자리에 둔 등산용 배낭이 치워지고 거기에 남자가 앉았다.

"처음 보는 놈인데."

나는 간신히 옆으로 고개를 돌렸다. 시야가 흐릿해 남자의 인상이 또렷하지는 않았지만 마카베가 아닌 것만은 분명했다.

내 배낭을 뒤지는 것 같았지만 손을 뻗어 말릴 힘도 솟아나지 않았다.

"무카이 사토시. 주소는 가와고에인가?"

남자가 지갑에서 내 운전면허증을 꺼내 보며 말했다.

"아까는 이름이 스즈키랬어."

"너 이 새끼, 뭐야?"

남자가 내 멱살을 잡았다. 일그러진 시야 속에서 남자가 바 안쪽으로 다른 한 손을 뻗은 것이 보였다. 뭔가를 붙잡더니 그것을 내 얼굴에 가까이 댔다.

칵테일에 들어갈 얼음을 깰 때 쓰는 얼음송곳이었다. 나는 양손으로 남자의 손을 붙잡았다. 하지만 손에 힘이 들어가지 않았다.

"바른대로 말해! 너 이 새끼, 누구야. 마카베한테 대체 무슨 볼 일이야?"

얼음송곳 끝이 바로 눈앞까지 다가와 나도 모르게 눈을 감을 뻔했지만 필사적으로 참았다. 여기서 눈을 감아버리면 의식이 날아가고 말 것이다.

"어이, 빨리 말해. 안 그러면 진짜로 네놈 눈깔을 쑤셔버릴 테니까."

비웃는 남자의 목소리가 들린다.

나는 마지막 남은 힘을 쥐어짜내 남자가 쥔 얼음송곳 끝을 바닥으로 향하게 했다. 그리고 그대로 내리눌러 내 허벅지를 찔렀다.

격렬한 통증과 함께 끊어져가던 의식이 다시 깨어났다.

상대는 어안이 벙벙했는지 얼음송곳을 잡고 있던 오른손에 힘을 풀었다. 나는 재빨리 얼음송곳을 빼앗은 뒤, 남자의 왼손을 붙잡아 바 테이블 위에 올린 채 얼음송곳으로 강하게 내리찍었다.

남자가 절규하며 얼음송곳 자루를 붙잡고 필사적으로 빼내려했다. 하지만 손바닥을 관통해 바에 박힌 얼음송곳은 꼼짝도 하지 않았다.

나는 남자의 안면에 주먹을 꽂아 넣었다.

의자에 앉은 남자의 몸이 크게 뒤로 젖혀졌다. 얼음송곳이 박힌 손이 당겨져 더욱 큰 비명을 질렀다.

하지만 조금 전까지 얼음송곳 자루를 잡고 있던 남자의

오른손이 움직이더니, 근처에 있던 술병을 집어 나에게 내려쳤다.

나는 재빨리 팔로 막았지만 심한 충격과 함께 의자에서 굴러떨어져 눈앞이 깜깜해졌다.

바로 일어나 눈을 뜨자 시야가 빨갰다.

남자가 이쪽으로 깨진 술병 끝을 들이밀었다. 나는 술병을 손으로 뿌리치고, 남자의 안면에 재차 주먹을 날렸다.

여전히 남자의 왼손이 바에 얼음송곳으로 고정되어 있었기 때문에, 나는 남자의 안면을 수차례 미친 듯이 두들겨 팼다. 그러자 남자는 실신해 바 위에 엎어졌다.

인기척에 놀라 돌아본 순간, 오른팔에 예리한 통증이 느껴졌다. 바 안쪽에서 나온 스가이에게 칼로 찔린 것이다.

"너 대체 뭐야! 죽여 버리겠어! 덤벼!"

위세 좋은 말투와는 달리 스가이는 겁먹은 표정으로 칼을 나에게 겨눴다.

나는 아픈 허벅지를 이끌고 조금 뒷걸음질 쳐서 스가이와 거리를 두었다.

"칼 버려. 얌전히 마카베에 대해 가르쳐주면 더 이상 심한 짓은 안 할 거야."

나는 그렇게 말하며 바에 실신해 있는 남자를 힐긋 보았다.

"까불지 마! 정말 죽여 버릴 테니까. 여기서 네놈이 죽어도 얼마든지 쥐도 새도 모르게 처리할 수 있어."

"넌 날 못 죽여." 내가 단호하게 말했다.

스가이는 태생이 쓰레기지만 부하의 손과 무기에 기대지 않으면 아무것도 하지 못하는 소심한 인간이라는 것을 누구보다도 잘 알고 있었다.

"언젠가 널 죽도록 괴롭히다 죽여 버리고 싶다고 항상 생각했었어. 하지만 얌전히 마카베에 대해 얘기한다면 다음 기회로 미뤄주지."

그렇게 말하자 스가이는 의미를 알지 못하겠다는 듯한 표정을 지었다.

"나를 괴롭혀서 죽이고 싶었다고…?"

나는 고개를 끄덕였지만, 스가이는 아직 그 의미를 이해하지 못하는 것 같다.

"헛소리 지껄이지 마!"

칼을 들고 이쪽으로 돌진해 오는 스가이를 피해 몸을 돌렸다. 그 순간 칼을 든 스가이의 손을 붙잡고 그의 목덜미를 손날로 내리친 뒤, 손목을 반대 방향으로 비틀었다.

스가이는 비명을 지르며 바닥 위로 쓰러졌고, 그대로 칼을 놓쳤다.

나자빠진 몸 위에 올라타자 스가이가 저항하는 피래미

처럼 손발을 파닥였다. 실신하면 곤란하기 때문에 적당히 힘을 조절하며 안면을 몇 방 때리자 스가이는 체념한 듯 움직이지 않게 되었다.

"마카베는 어디 있지?"

스가이를 꼼짝 못 하게 하며 물었다.

"어디 있는지 몰라. 정말이야…. 마카베와는 3~4년 동안 안 만났어."

스가이가 몸을 떨며 말했다.

"그럼 왜 저 남자를 불렀어?"

나는 바에 뻗어 있는 남자를 쳐다보았다.

"저 남자는 마카베랑 아는 사이지?"

다시 스가이에게로 시선을 돌렸다.

"저 녀석은 분명히 마카베랑 아는 사이야. 하지만 나는 벌써 몇 년째 마카베와는 안 만났어. 아까 한 말은 사실이야."

"그럼 저 병은?"

"아까도 말했잖아. 예전에 왔을 때―."

"거짓말 하지마! 저 병은 몇 개월밖에 안 된 거야!"

나는 스가이의 말을 끊고 말했다.

"와일드 터키 병의 라벨은 작년에 이전과는 다른 디자인으로 바뀌었어. 저건 새로 바뀐 라벨이야."

내가 그렇게 말하자, 스가이가 '아뿔싸!'하는 표정으로 시선을 피했다.

"바텐더면서 그런 것도 몰랐나?"

스가이의 얼굴로 피가 뚝뚝 떨어져 내렸다. 아프지 않은 왼손으로 내 이마 주변을 만져본 다음, 손바닥을 쳐다보았다. 새빨간 피가 끈적끈적하게 묻어나왔다.

"피를 보면 예전 생각이 나서 몸이 근질근질해."

나는 그렇게 말하며 이 남자에게 찔려 욱신거리는 오른손을 앞으로 뻗었다. 바닥에 떨어진 칼을 붙잡아 스가이의 뺨에 칼날을 들이댔다.

"네놈의 그 히죽이는 면상을 조각조각 내고 싶다는 충동이 덮쳐오지."

"내가 뭘…? 내가 당신한테 무슨 짓을 했다고? 아까 일은 사과할게. 치료비와 위자료라면 제대로 지불할 테니까…."

"'비스트'다."

내가 그렇게 말하자 스가이가 의아하다는 표정을 지었다.

"다카토 후미야란 남자 기억 안 나나?"

그 이름을 들은 스가이가 놀라 눈이 휘둥그레졌다.

"다카토…. 설마, 네가…?"

스가이가 이쪽으로 시선을 돌리더니 믿을 수 없다는 듯 중얼거렸다.

"지금부터 질문을 몇 개 하지. 대답에 납득이 가지 않으면 그때마다 네 얼굴을 잘게 썰어 줄게. 예전의 나처럼 되기 싫으면 솔직하게 대답해."

스가이가 잔뜩 겁먹은 듯 소심하게 고개를 끄덕였다.

"마카베는 지금 어디 있지?" 내가 물었다.

"어디 사는지는 몰라. 그런데, 센주 쪽에 카센터를 가지고 있어…."

"카센터?"

"그래. 자동차 정비소야. 이름은 가와모토 모터스고."

"주소는?"

"자세한 주소는 몰라. 센주 신바시라는 큰 다리 바로 근처야. 아라카와강 강변에 있고 바로 앞에 운동장이 있어."

"마카베는 거기서 뭘 하지? 설마 개과천선하고 정비사가되었을 리는 없을 텐데."

"겉으로는 평범한 자동차 정비소지만 뒤로는 도난 차량을 취급하고 있어. 번호판도 바꾸고, 도색도 하고…. 자동차이외에 거래하는 장물을 보관하는 창고로도 쓰이고 있어."

협박이 효과가 있었는지 사실을 얘기하는 것 같았다.

"16년 전에 내가 야쿠자한테 쫓기고 있었던 건 알고 있지?"

스가이가 고개를 끄덕였다.

"그 일에 대해 마카베가 뭔가 말한 건 없어?"

"무슨 말…? 너 때문에 호되게 당했다고 죽는소리를 한 적은 있어. 네가 어디 있는지 불라고 야쿠자들한테 협박당했다고…."

"그래서 마카베는 야쿠자에게 내 얘기를 했나?"

스가이가 고개를 가로저었다.

"끝까지 시치미 뗐다고 했어."

"정말이냐?

강한 말투로 물었다.

"어어…. 그렇게 말했어. 야쿠자한테 잡히면 넌 죽은 목숨이라 새 호적도 구해줬다고. 근데 너는 왜 마카베를 찾는 거야? 처음부터 다카토라고 말했으면 나도 수상히 여기지는 않았을 텐데…."

"마카베 입에서 사카모토 노부코라는 여성의 이름이 나오는 걸 들어본 적 있나?"

"사카모토 노부코…? 그런 이름은 처음 듣는데."

"내 일이 있고 나서 마카베한테 뭔가 달라진 건 없었어? 씀씀이가 헤퍼졌다든가 나를 쫓고 있던 야쿠자랑 친하게 지냈다던가."

"그런 거 없어. 아니, 당신을 쫓고 있던 야쿠자랑 친하게 지내다니 대체 그게 무슨 뜻이야…? 자기를 그렇게 괴롭혔던 야쿠자랑 어떻게 친하게 지낼 수가 있겠어?"

스가이가 거짓말을 하는 것 같지는 않았다. 하지만 마카베가 그러한 사실을 스가이에게 이야기하지 않은 것뿐일지도 모른다.

"너 대체 뭐야? 왜 이런 짓을 하는 거지? 옛 동료에게 이런 짓이나 하고…"

스가이가 마구 지껄이기 시작했다.

"넌 동료가 아니었어."

나는 스가이의 턱에 일격을 날렸다. 스가이의 뺨을 두드려 보고, 그가 기절한 것을 확인한 뒤 일어났다.

불편한 다리를 끌며 바 안으로 들어가 주변을 둘러보았다. 두 사람의 손발을 묶을 만한 로프를 찾지 못해서 컴퓨터의 전원 케이블을 뽑아 칼로 삼등분했다. 물에 젖은 걸레와 싱크대에 있던 행주를 모두 집었다. 바에서 나가려는데 술병이 진열된 선반이 눈에 들어왔다. 보드카 한 병을 집어 들고 바에서 나왔다.

바에 엎드려 있는 남자의 양손을 케이블로 묶고, 걸레를 입에 쑤셔 넣은 뒤 행주로 재갈을 물렸다. 스가이의 양손과 양발도 뒤로 해서 모두 묶고, 남자와 마찬가지로 재갈을 물렸다.

나는 등산 배낭을 열고 그 안에서 모자를 꺼냈다. 바 위에 올려둔 행주와 보드카를 들고 화장실로 향했다.

문을 열자 정면 거울에 비친 내 모습을 보고 깜짝 놀랐다.

얼굴 오른쪽 절반이 피투성이였다. 마치 예전의 내 모습을 보는 것 같은 끔찍한 얼굴이었다.

나는 일단 세면대에서 얼굴에 묻은 피를 씻어 내고 거울로 이마의 상처를 확인했다. 보드카 뚜껑을 열고 상처 자리에 붓자 격한 통증이 스며들며 나도 모르게 신음소리가 새어 나왔다. 상처 위에 작게 접은 행주를 대고 바로 모자를 썼다.

오른팔의 통증을 견디면서 코트를 벗었다. 스가이에게 찔린 오른팔 주변이 피로 물들어 있었다. 셔츠의 그 부분을 잡아 찢자 쩍 벌어진 상처가 보였다. 이마 쪽 상처와 달리 여기는 꽤 깊었다. 피가 끊임없이 흘러나오고 있었다.

상처에 보드카를 붓고 행주로 세게 묶었다. 일단 응급처치를 하고 코트를 걸친 뒤 화장실에서 나왔다.

바닥에 기절해 있는 스가이에게 다가가 옷 주머니를 뒤졌다. 주머니 안에 가게 열쇠가 없길래 다시 바 선반 서랍을 뒤져 가게 열쇠를 찾았다. 바닥에 떨어져 있던 내 운전면허증을 주워 지갑과 함께 바지 주머니에 쑤셔 넣고 가게를 빠져나왔다.

열쇠로 가게 문을 잠근 다음, 문에 달린 팻말을 'OPEN'

에서 'CLOSE'로 뒤집고 계단을 올라왔다.

지도로 센주 신바시의 위치를 확인한 뒤, 어슴푸레한 어둠 속을 걷기 시작했다.

시간이 지나면서 오른팔의 통증이 더 심해져 갔다. 이대로 그냥 둘 수는 없었다. 내 손으로 상처를 꿰맬 수는 없겠지만, 어떻게든 지혈을 해야만 했다.

약국을 찾아 걷고 있는데, 눈앞에 공중전화 부스가 들어왔다.

아뿔싸…. 손목시계를 보았다. 밤 10시가 지나있었다.

밤 9시에 연락하기로 했었는데, 마카베가 있는 곳을 찾는 데에 정신이 팔려 잊고 있었다. 나는 공중전화 부스로 뛰어 들어가 수화기를 집어 들었다.

"여보세요…."

놈의 목소리가 들렸다.

"나다."

"9시에 전화를 주기로 하지 않았었나요?"

기계로 가공되었지만, 목소리에서 불쾌감이 느껴졌다.

"미안해. 공원 벤치에서 쉬었더니 깜빡 잠들어 버렸어."

적당히 둘러댔다.

"정말이지 긴장감이 없네요. 진심으로 이이야마를 찾아낼 마음은 있는 겁니까?"

"며칠이나 잠을 제대로 못 자서…. 앞으로는 주의하지. 그보다도 이이야마는 어디 있지?"

"신주쿠입니다. 당신은 지금 어디 있습니까?"

"후나바시다."

나는 바로 직전에 연락했을 때 말했던 장소를 다시 그대로 말했다.

"그 뒤로 쭉 후나바시에 있었다는 겁니까?"

"그래. 섣불리 돌아다니면 위험하니까. 지금 신주쿠로 가지."

"당신을 위해서라도 조금 더 빨리 신주쿠로 가는 편이 좋을 겁니다."

말에 다른 의미가 있는 것처럼 들려서 신경이 쓰였지만, 일단 나는 알았다고 하고 수화기를 내려놓았다.

공중전화 부스에서 나와 다시 어두운 거리 걷기 시작했다.

약국 간판을 발견하고 안으로 들어갔다. 지혈에 필요한 거즈와 붕대를 찾아서, 소독약과 진통제와 함께 바구니에 담았다. 계산대로 향하는데 뒤에서 비명소리가 들려 뒤돌아보았다.

젊은 여성이 놀란 입을 틀어막고 있었다.

여성의 시선을 따라가자, 바닥에 피가 점점이 묻어 있었다. 내 오른팔을 보니 소매에서 상당한 양의 피가 뚝뚝 흘러내리고 있었다.

"괜찮으세요?"

여성이 내게 다가왔다.

"네에."

나는 피가 흘러내리지 않도록 오른팔을 들어 올린 뒤, 걱정스럽다는 여성의 눈빛을 뿌리치고 계산대로 향했다.

계산대 위에 바구니를 올려놓자, 점원도 내 오른팔을 쳐다보며 놀란 표정을 지었다.

"정원의 풀을 베다 잘못해서 팔을 베여서요."

순간적으로 궁색한 변명을 했다.

"그렇게 피가 많이 나는데 병원에서 안 꿰매면 큰일 나요."

점원이 걱정스럽게 말했다.

"일단 응급처치를 하고 병원에 가겠습니다."

"이 시간이면 보통 병원은 안 하지요. 구급차를 부르는 게 좋겠어요."

"괜찮습니다."

"잠시만 기다려보세요."

점원은 전화를 걸려는 것인지 계산대에서 나갔다.

나는 안쪽 문으로 들어가는 점원의 뒷모습을 보고, 바구니를 놓아둔 채로 허둥지둥 그 자리를 떠났다. 가게에서 나와 허벅지를 아리는 통증을 참으며 빠른 걸음으로 걸었다.

센주 신바시를 등지고 아라카와강을 따라 나 있는 길을 걸어갔더니,《가와모토 모터스》라는 카센터 간판이 보였다.

절반 이상 내려진 셔터 틈으로 불빛이 새어나왔다.

카센터로 향하던 나는 일단 발길을 멈췄다. 손목시계를 보니 밤 11시 20분을 지나고 있었다.

일단 놈에게 연락을 넣는 편이 좋을 것 같았다.

나는 주변에 있는 공중전화를 발견하고는 그쪽으로 걸어갔다.

놈의 휴대폰에 전화를 걸자 전원이 꺼져있거나 전파가 닿지 않는 곳에 있어서 연결이 되지 않는다는 안내가 흘러나왔다.

몇 번을 다시 걸어봤지만 역시 연결이 되지 않아 일단 공중전화 부스에서 나왔다.

나는《가와모토 모터스》로 가서 셔터 앞에서 몸을 숙이고 안쪽을 살폈다. 뭔가 소리가 희미하게 들렸지만 사람 모습은 없었다.

나는 재빨리 셔터 안쪽으로 들어가 가까이에 있는 선반 그림자에 몸을 숨기고, 거기서 카센터 안을 둘러보았다. 차 2대가 놓여 있고, 벽 쪽에 세워진 차량 한 대 밑에서 사람의 발이 보였다. 차 밑에 들어가 뭔가 작업을 하고 있는 것 같았다.

눈앞에 또 다른 입구가 하나 있었다. 겉으로 보기에 그 문은 2층으로 연결되어 있는 것 같았다.

나는 발소리를 죽이며 그 문으로 다가갔다. 손잡이를 돌려봤지만 문이 잠겨 있는지 열리지 않았다.

스가이의 얘기로는, 이 공장은 장물 창고로서의 역할도 겸하고 있다고 했다.

나는 천천히 차로 다가갔다. 차 옆에 서서, 문 주위를 손으로 두드렸다. 그러자 차량 밑에서 바퀴 달린 작업용 기구에 등을 기댄 채 일하고 있던 남자가 흠칫 놀라 얼굴을 내밀었다.

순간 그가 마카베라는 걸 바로 알아챘다.

"뭐야, 당신…? 멋대로."

마카베가 놀라 일어나려고 했지만 나는 한쪽 다리로 그의 가슴팍을 눌러 움직이지 못하게 했다.

"마카베 씨, 당신한테 물어보고 싶은 게 있어."

마카베는 어떻게든 일어나려고 발버둥 쳤지만, 나도 물러나지 않았다.

"내가 누군지 알지?"

나는 마카베의 얼굴을 내려다보며 말했다.

"내가 어떻게 알아?"

그렇게 말한 다음 순간, 마카베가 차 밑으로 손을 뻗었다. 뭔가의 공구를 집어 내 발을 내려쳤다. 어쩔 수 없이 마카베의 가슴팍에서 발을 뗐지만, 곧바로 마카베의 배를 다시 짓밟았다. 마카베가 배를 누르며 괴로운 듯 신음했다.

"다음에 또 그딴 짓을 하면 죽을 때까지 거기서 못 나오게 해주겠어. 내가 누군지 알지?"

나는 다시 한 번 물었다.

"모, 몰라…."

"무카이 사토시다."

그렇게 말했지만 마카베의 표정은 변하지 않았다.

"너한테 새 호적을 받은 남자다."

"그런 놈들은 많지만, 넌 만난 적 없어."

"다카토 후미야라고 하면 알려나?"

내가 그렇게 말하자 마카베의 눈이 휘둥그레졌다.

"다카토…? 말도 안 돼…."

마카베가 뚫어질 듯 나를 쳐다본다.

연기 같지는 않았다.

"어째서 네가 이런 곳에…. 왜 나한테 이런 짓을…?"

마카베는 거기까지 말하고, 뭔가가 생각난 듯 입을 다물었다.

"또 내가 구해주길 바라는 거냐? 사람을 죽이고 경찰에게 쫓기고 있다는 건 뉴스에서 봤다. 그렇다면 그렇다고 빨리 말하면 될 것을."

"그게 아니야." 나는 냉담하게 말했다.

"뉴스에 나온 게 너 맞지? 다카토 후미야라는 이름이고 나보다 3살 아래야. 그래, 생각났어. 그 녀석은 쭉 무카이라는 인간을 사칭해 살아왔다고 했지. 너 말고 누가 있겠어? 옛 정이 있으니까 잠시라면 숨겨줄게."

그러니까 제발 배에 올린 발을 치우라고 눈으로 호소했다.

"나는 분명 살인 혐의로 경찰에 쫓기고 있지만, 결코 사람은 안 죽였어."

"안 죽였다고? 그럼 왜 경찰에 쫓기고 있는 거야?"

"함정에 빠진 거야. 너 때문에 말이지."

"무슨 소리를 하는 거야? 너!"

마카베가 무슨 뜻인지 모르겠다며 고개를 가로저었다.

"너 나한테 호적 판 얘기 누군가에게 했지?"

"아아, 스가이한테는 얘기했어. 기억하지? 《에스》라는 바에 있던 남자야. 그게 왜?"

"스가이에게 나한테 무카이 사토시라는 사람의 호적을 팔았다고 얘기했나?"

"아니, 거기까지는 말 안 했는데. 널 그냥 놔뒀다가는 야쿠자에게 잡혀서 살해당할 것 같으니까 새 호적을 준비해 줬다고 한 것뿐이야."

"나는 어떤 인물이 판 함정에 빠져서 지금 살인 누명을 뒤집어썼어. 그놈은 내가 예전 호적을 버리고 무카이 사토시라는 인간으로 살고 있는 걸 아는 인물이야. 그걸 아는 건 둘뿐이야. 너랑, 또 한 사람 사카모토 노부코라는 여성이지. 하지만 그 여성은 이제 이 세상에는 없어."

"이봐, 좀 더 이해할 수 있게 얘기해 줘."

"살인 누명을 씌운 인물은 내게 깊은 원한을 가진 인간이 틀림없어. 너…! 나를 쫓고 있던 야쿠자에게 내 호적 얘기를 했지? 내가 무카이 사토시라는 사람으로 살고 있다는 얘기를."

"말했을 리가 없잖아! 그런 말을 할 리가 있겠어?"

배를 두 번 연달아 차자 마카베가 몸을 비틀며 신음했다.

나는 그 자리를 잠시 벗어나 주변을 둘러보았다. 작업대 위에서 휴대용 가스버너와 라이터를 발견하고 그것을 집어 다시 마카베 곁으로 갔다. 배를 누르고 몸을 비틀고 있는 마카베 위에 올라탔다.

"그 자식은 내게 살인 누명을 씌운 데다 또 다시 한 명을 죽이라고 협박하고 있어. 그러지 않으면 내 딸을 해치겠다고 하면서 말이지."

가스버너에 불을 켠 뒤 라이터를 던져버렸다. 마카베의 멱살을 잡으며 상반신을 일으켜 세웠다.

"솔직히 말해! 나도 너한테 신세를 졌으니까 가능하면 널 해치고 싶지 않아. 내 호적 얘기를 야쿠자에게 한 것 자체도 별로 탓하고 싶지 않아."

나는 그렇게 말하며 새치가 섞인 마카베의 머리칼에 버너 불꽃을 가까이 가져갔다.

"나는 날 함정에 빠트린 놈의 정체만 알면 그걸로 돼. 진실을 말해! 어디의 무슨 야쿠자한테 내 얘기를 한 거야!"

마카베의 비명소리를 듣고 있자니, 공기 중에 머리칼 타는 냄새가 떠돈다.

"몰라! 네 얘기 따윈 아무한테도 안 했어. 빌어먹을 자식! 내 오른손 손가락을 봐!"

마카베의 말에 오른손을 쳐다보았다. 새끼손가락과 집게손가락이 없다.

"네가 도망 다닐 때 야쿠자가 네 위치를 실토하라고 고문하면서 잘라 버렸어. 그래도 나는 네게 연락이 온 사실도, 새로운 호적을 팔았다는 것도 불지 않았어. 요코하마에서 만난 일도 말이지!"

나는 마카베의 얼굴로 다시 시선을 돌리고 버너 불을 껐다.

"기억 안 나나? 너한테 호적을 건넸을 때, 내 손은 안 이랬어."

나는 16년 전 기억을 되살렸다. 분명히 그때 마카베의 오른손에 특이한 점은 없었다.

"내가 야쿠자에게 붙잡힌 게 네게 호적을 건넨 후인 것은 맞지만, 너에 대한 정보를 팔아넘길 심산이었으면 이런 짓을 당하기 전에 벌써 다 불었겠지!"

나는 멱살을 붙잡고 있던 손을 놓았다.

다음 순간 마카베가 내 얼굴에 침을 뱉었다.

"목숨 걸고 널 지켜줬는데, 은혜 한번 거하게 갚네."

"미안하다…."

나는 소매로 얼굴을 닦으며 일어났다.

"딸의 목숨이 걸린 일이라 판단이 흐려져 버렸어."

"외모는 사람으로 변했어도 속은 아직도 짐승인 거냐?"

나는 셔터가 열린 쪽으로 걷기 시작했다. 도중에 작업대 위에 놓인 테이프를 발견했다.

나는 바지 주머니에서 지갑을 꺼내 만 엔짜리 몇 장을 작업대 위에 올려 두고 테이프를 들었다.

"최소한의 사죄의 마음이야. 그리고 이 테이프를 나한테 줘."

그 말에 반응한 듯 마카베가 벌떡 일어나 내게로 향해 왔다.

"이딴 거 필요 없어!"

지폐를 쥐고 내 얼굴을 향해 내던졌다.

"그 테이프로 예전처럼 여자의 손발과 입을 막고 즐기려는 거냐?"

마카베의 모욕적인 말에 나는 아무 말도 하지 못한 채 등을 돌렸다.

"너에게 원한을 가진 건 야쿠자뿐만이 아니잖아! 나랑 만나기 전에 얼마나 많은 사람들에게 상처를 입혀 왔냐! 살인죄를 뒤집어썼다고 하지만, 이제야 그 많은 죗값을 치르고 있는 것뿐이야!"

메아리치는 마카베의 말에서 도망치듯 카센터를 빠져나왔다.

정처 없이 걷다 공원을 발견하고 안으로 들어갔다.

벤치에 앉아 코트를 벗었다. 어둠 속에서도 상처 자리를 감은 천이 피로 물들어 있는 것을 알 수 있었다. 그 위에 공장에서 가지고 나온 테이프를 여러 겹으로 둘러 감아 피가 흘러나오지 않도록 지혈했다.

잠시 아무 생각도 하지 못한 채 벤치에 머물러 있다가, 문득 공원 밖 공중전화 부스가 눈에 들어왔다. 그러자 내가 해야 할 일이 떠올랐다.

나는 벤치에서 일어나 공중전화 부스로 향했다.

놈에게 연락을 했지만 받지 않았다.

대체 어떻게 된 걸까…?

이제까지 놈이 내 전화를 연속해서 받지 않은 적은 없었다.

그것에 신경이 쓰이면서도, 그 이상으로 마카베가 내게 한 말이 내 마음을 가차 없이 후벼 팠다.

'나랑 만나기 전에 얼마나 많은 사람들에게 상처를 입혀 왔냐!'

분명 나는 마카베를 만나기 전에도 많은 사람들에게 상처를 입혀왔다. 그들은 야쿠자와는 달리 아무 잘못도 없는 선량한 사람들이었다.

'살인죄를 뒤집어썼다고 하지만, 이제야 그 많은 죗값을 치르고 있는 것뿐이야!'

그 말이 다시 떠올랐을 때 또 하나의 가능성에 다다랐다.

이 모든 일이 그 야쿠자들과 관계가 없다면, 예전에 내가 상처를 준 사람들 중 누군가와 연관되어 있다고 생각할 수는 없을까?

하지만 그 사람들은 노부코와 아무런 접점이 없다. 노부코와 만나고 그 약속을 하게 된 것은, 내가 '그 사건들'을 일으키고 나서 무려 7년이나 뒤의 일이다.

그런 연결고리는 있을 수 없다며 그 가설을 뿌리치려고 했지만, 그 가설이 머릿속에 들러붙어 떨어지지 않았다. 과연 그 사람들이 노부코와 관계가 없다고 단정할 수 있을까?

노부코는 요코하마에서 동료들과 함께 범죄자에 대한 엄벌을 촉구하는 전단지를 돌리고 있었다고 한다. 동료라 함은 아마도 노부코와 마찬가지로 범죄 피해를 당한 사람들일 것이다.

내가 그 사건들을 일으킨 장소는 당시 내가 본거지로 삼고 있던 가와사키 시내였다. 가와사키는 요코하마와 그리 멀지 않다.

나에게 원한이 있는 누군가가 노부코와 함께 범죄 피해자 모임에서 활동했었다고 해도 전혀 이상하지는 않다.

그 무렵의 나는 한번 보면 잊을 수 없는 얼굴을 가지고 있었다. 게다가 피해자는 내 이름을 잊을 리 없다.

만약 노부코와 그 피해자들 중 하나 사이에서 우연히 내 얘기가 나왔다면…?

그러나 만약 그렇다고 해도 20년도 더 지난 지금에 와서, 내게 살인죄를 뒤집어씌울 만큼의 원한을 품고 있는 사람이 있을 거라고는 상상하기 힘들었다.

빌딩 숲에 드리워진 그림자 안에 몸을 숨기고 있는데, 나카무라가 우에노역 쪽에서 이쪽으로 걸어오는 것이 보였다.

나카무라는 나를 발견하지 못하고 건물 안으로 들어갔

다. 그 후 10분 정도 주변을 살폈지만, 누군가가 나카무라를 미행한 것 같은 기척은 없었다.

나는 그것을 확인하고 그림자에서 나와 나카무라가 있는 빌딩으로 들어갔다.

"여어."

공중전화 옆에 서 있던 나카무라가 나를 알아보고 말을 걸어왔다.

"당신 말대로 했어."

나카무라가 그렇게 말하고 GPS를 내게 내밀었다.

"하루 종일 계속 이동했습니까?"

나는 GPS를 받으며 물었다.

"그래. 정말이지 지쳤어. 다리가 땡땡 부었다고."

"뭔가 특이한 일은 없었습니까? 특히 밤 10시쯤부터요."

그 후로 놈과 연락이 되지 않고 있다.

GPS 움직임을 수상히 여겨 나카무라가 놈에게 붙잡혔든가, 미행당한 건 아닐까 생각했다.

"딱히 특이한 일은 없었는데. 심야에는 마지막 지하철이 끊길 때까지 야마노테선 열차을 타고 빙글빙글 돌았고, 그 후에는 택시로 적당히 이동했어."

"그렇습니까…?"

"그보다도 당신, 조심하는 편이 좋겠어."

나카무라의 말에 그를 쳐다보았다.

"신문 안 봤는가?"

"신문이요?"

"어제 석간에 당신 얼굴 사진이 실렸어."

그 말에 심장이 격하게 울렁거렸다.

"이 얼굴인가요?"

나는 내 얼굴을 가리켰다.

"그 얼굴이 아니면 뭐겠어? 뭐, 물론 사진이 실렸다고 해도 그렇게 큰 사진은 아니야. 특별히 관심 있는 사람이 아니라면 아무도 신경 안 쓰겠지만."

나카무라가 그렇게 덧붙였지만 아무런 위로도 되지 않았다.

"뭔가 사정이 있을 줄은 알았지만 설마 살인일 줄은⋯. 더 험한 말은 안 하겠네. 자수하도록 해."

"못 해요."

"이제 와서 딱히 신고할 생각은 없네만, 계속 도망치면 죄가 점점 더 무거워질 뿐이야."

나카무라가 타이르는 것처럼 말했다.

"제가 경찰에 붙잡히면 딸이 위험해집니다."

내가 그렇게 말하자 나카무라가 미간을 찌푸렸다.

"사정이 더 있다는 건가? 사정을 들어주고는 싶지만⋯."

"이제 헤어지는 편이 좋아요. 같이 있으면 당신한테 폐가 될지도 모르고, 지금 당장 가야 할 곳이 있어서요."

나는 바지 주머니에서 지갑을 꺼냈다.

"이거 약속한…."

만 엔 짜리 지폐 다섯 장을 빼서 나카무라에게 건넸다.

"다음에 만났을 때 줘."

나카무라는 그렇게 말하며 받지 않았다.

"하지만…."

"오랜만에 목욕도 하고 새 옷도 샀어. 당분간 거기 있을 거니까 여유가 생기면 먹을 걸 들고 찾아와줘."

"고맙습니다."

나는 나카무라에게 머리를 숙이고 건물에서 나왔다.

주머니에서 마스크를 꺼내 쓰고 역으로 이동했다.

신문에 내 얼굴이 실렸다는 얘기에 주눅이 들긴 했지만 가와사키에 꼭 가야만 했다. 택시로 갈까도 생각했지만 지하철로 이동이 가능한 시간에 택시를 타고 꽤 먼 가와사키까지 가면 오히려 택시 기사가 수상히 여길지 모른다.

아침 첫 차 직후라서 그런지 전동차 내에는 승객이 드물었다. 많은 사람들에게 노출되지 않을 수 있어서 안도가 되면서도, 사람이 적어서 오히려 내 존재가 다른 사람 눈에 더 잘 띄게 되는 것은 아닐까 하는 두려움에 시달렸다.

조금 떨어진 좌석에서 신문을 읽는 남자가 보였다. 신문을 보다가 가끔 주변으로 눈길을 돌리는 남자의 시선에 나는 안절부절하지 않을 수 없었다.

가와사키역에서 나온 순간 등에 소름이 쫙 돋았다.

추위 탓도 있지만, 머릿속에 남아 있는 거리의 광경을 보니 마음에 냉기가 불어 닥친 탓이었다.

나는 스무 살 때 이 주변에서 저지른 네 건의 강도사건으로 경찰에 붙잡혔다.

보육시설에 있을 때부터 절도와 폭행을 반복하며 소년원을 들락거렸는데, 마지막으로 출소했을 때에는 날 데려가겠다는 보호자가 전혀 없어서, 그때까지와는 다른 시설에 일시적으로 맡겨졌다. 거기에 머무는 동안 기숙사가 달린 막노동 거리를 얻었지만 오래 가지는 못했다. 언제나 그랬듯 나를 조롱하는 동료 한 명을 후려갈기고 거기서 도망쳐 나온 것이다.

부랑인 생활을 하면서 돈이 떨어지면 강도짓을 했다. 화려한 차림으로 혼자 귀가하는 여자의 뒤를 밟은 다음 집에 들어가기 직전을 노려 억지로 밀고 들어갔다. 여성을 묶고 돈 될 만한 것을 물색하고, 번뜩이는 칼을 들이대서 카드 비밀번호를 불게 만든 뒤 도망쳤다. 그런 짓을 반복하다 네 건째 되는 사건에서 꼬리가 잡혀 체포되었다.

확실히 그 무렵의 나는 가당치도 않은 악당이었다. 피해자들의 몸에 직접 해를 입히지는 않았지만, 그녀들의 마음에 분명 큰 상처를 입히고 말았을 것이다. 하지만 그렇다고 해서 그 중 누군가가 내게 살인죄를 뒤집어씌우려 할 만큼 원한을 품었을 것 같지는 않다.

그러나….

나는 23년 전의 기억을 되살리며 걷기 시작했다.

시계를 보니 오후 3시를 지나고 있었다.

기억에 의존해 내가 억지로 밀고 들어갔던 세 집을 둘러봤지만 아무것도 알 수 없었다.

첫 번째 집은 이미 완전히 재건축이 되어 다른 건물로 바뀌어 있었다. 다른 두 집에도 찾아가 봤지만 내가 덮쳤던 인물들이 아닌 각각 처음 보는 젊은 남녀가 살고 있었다. 23년 전에 살았던 사람의 소식을 물어보긴 했지만 알리가 없었다.

공중전화가 눈에 들어와 나는 발길을 멈췄다. 가까이 가서 수화기를 집어 들고 놈에게 전화를 걸었다.

역시 받지 않는다.

대체 놈은 어떻게 된 것일까?

어쩌면 뜻밖의 사고라도 당해서 전화를 받을 수 없는 상태인 건 아닐까?

그러기를 바라면서 수화기를 내려놓았을 때 또 하나의 가능성이 떠올랐다.

놈이 경찰에 붙잡힌 건 아닐까?

유키에에게 연락을 취한 이이야마는 내가 전한 이야기를 듣고 경찰서로 달려갔고, 경찰이 고모리 츠토무를 사칭하고 있던 인물의 신병을 확보했다고 생각할 수는 없을까?

나는 조급한 마음을 참지 못하고 유키에의 휴대폰에 전화를 걸었다.

"여보세요…."

유키에가 전화를 받았다.

"접니다. 이이야마 씨와 연락이 됐습니까?" 내가 물었다.

"아니요…. 여전히 전화를 받지 않습니다."

"그렇습니까…?"

기대했던 만큼 낙담이 컸다.

"한 가지 생각난 것이 있어요."

그 말을 듣고 나는 반가운 나머지 수화기를 든 채 얼굴을 들고 "뭡니까?"하고 물었다.

"이이야마 씨가 친구랑 갔었다는 가게입니다. 이것이 어떤 단서가 될지는 모르겠지만…."

"가르쳐주세요."

"그러고 보니 가게 안에 박제가 있었다고 했어요."

"박제 말입니까?" 내가 되물었다.

"그래요. 바 뒤쪽 벽에 사슴 머리의 박제가 걸려 있었다고 했어요."

"이이야마 씨가 친구랑 갔었던 곳이라면, 예전에 말씀하셨던 신주쿠겠네요?"

"네에."

"고맙습니다."

신주쿠에 있는 바이고, 게다가 사슴 박제가 걸려 있다면, 그 바라고 추정되는 범위가 꽤 좁혀질 것이다.

나는 전화를 끊고 역을 향해 걸었다.

잠시 걷다가 머릿속에 남아 있는 광경에 발길을 멈췄다. 주변을 둘러보고 분명 여기라고 확신했다. 뭔가에 끌리는 듯 기억을 더듬으며 걸어가자 낡은 연립주택에 다다랐다.

내가 무단으로 침입했던 마지막 장소다….

이곳에 침입한 나는 깜빡하고 칼을 두고 도망쳐 나오는 바람에 그것을 계기로 체포되었다.

다른 피해자 세 명의 이름은 애매했지만, 이 피해자의 이름만은 확실히 기억한다. 사토 히데미라는 21살의 여성이었다.

나는 귀신에 홀린 듯 연립주택으로 들어가 복도를 성큼 성큼 나아가 103호실 문 앞에서 멈춰 섰다.

그날 밤, 나는 이 문을 열고 들어가려던 히데미의 입을 뒤에서 틀어막아 꼼짝 못 하게 하고 방으로 밀고 들어갔다.

소란을 피우면 죽여 버리겠다고 협박하며 히데미를 바닥으로 밀치고 나서 불을 켠 순간, 침대에서 자고 있는 아이가 눈에 들어와 깜짝 놀랐던 것이 떠올랐다.

나는 문패를 쳐다보았다. '시라이시'라고 쓰여 있었다.

지금 여기에 그녀가 살고 있을 리 없다. 게다가 그녀가 나를 원망하고 있을 리도 없었다.

그렇게 생각하면서도 나는 초인종을 울렸다.

"네."

여성의 목소리가 들렸다.

"난데없이 죄송합니다. 실은 이전에 여기 사셨던 분에 대해 여쭙고 싶습니다만."

"네에…."

"혹시 23년 전에 이 집에 사셨던 사토 히데미라는 분을 아십니까?"

"아니요. 저는 1년 전에 여기로 이사 와서요."

"그렇습니까? 이 건물의 주인 분을 좀 가르쳐주시겠습니까?"

"이하라 씨라는 분이에요. 두 집 건너 옆에 있는 쌀집이
요."

"고맙습니다."

나는 인사를 하고 복도를 통해 연립주택을 나왔다. 여
성이 알려준 쌀집으로 향하면서, 마음속으로는 지금 무슨
배짱으로 활개치고 다니는 거냐고 스스로에게 화를 냈다.

살인사건 용의자로 내 얼굴이 만천하에 드러났는데, 굳
이 불필요한 방문 따위를 해서는 안 된다. 그런 것쯤은 알
고 있다. 하지만 만약 가능하다면 사토 히데미의 그 후를
알고 싶다는 욕구를 거스르지 못했다.

그녀와 그 아이가 그 뒤로 행복해졌는지 어떤지를….

"어서 오세요."

가게에 들어서니 나이 든 여성이 말했다.

"저…, 저기 있는 연립주택의 주인 되십니까?" 내가 물었다.

"그런데요. 미안해요. 지금은 빈 방이 없어요."

"아니요, 그게 아닙니다. 23년 쯤 전에 저기에 사셨던 분
에 대해 여쭙고 싶어서요."

내가 그렇게 말하자 여성이 고개를 갸웃했다.

"103호실에서 사셨던 사토 히데미 씨라는 분입니다만,
기억 하십니까?"

여성은 이리저리 생각하는 듯 잠시 눈을 내리떴지만 바

로 시선을 내게로 돌리고 "네에."하고 고개를 끄덕였다. 그리고는 말했다. "그 분이라면 잘 기억해요. 그게…."

"저는 23년 전에 연립주택 맞은편에 있던 빌라에 살아서요, 그때 사토 씨랑 친해졌어요. 자녀분이 계셨지요. 저도 그 또래 애가 있어서 그걸 계기로요." 내가 말했다.

"그러셨군요."

"다만 제가 지방으로 전근을 가게 되어서 작별인사를 하려고 갔었는데, 뭔가 사건이라도 터졌는지 경찰이…. 그 뒤로 만나지 못하게 되어서요…." 내가 이어서 말했다.

내 이야기를 듣는 동안 여성의 표정이 어두워졌다.

"우연히 일 때문에 이 근처에 오게 되었는데 오랜만에 전에 살던 곳을 걸었더니 그 일이 생각나서 말이지요…. 사토 씨와 자녀분이 잘 지내는지 알고 싶은 마음에 무례하지만 불쑥 여길 찾아뵈었습니다."

"그렇군요."

여성은 내 거짓말을 믿은 듯 맞장구 쳤다. 하지만 나를 쳐다보는 눈빛에서 뭔가 불길한 예감을 읽을 수 있어 가슴이 답답했다.

"안타깝게도 그녀는 자살하고 말았어요."

그 말에 가슴이 옥죄어왔다.

"그녀의 집에 강도가 들어서요. 폭행당하고…. 아마 그

충격 탓인 것 같은데…."

그 사건이 직접적인 원인은 아닐 거라 생각했지만 나는
아무 말도 돌려주지 못했다.

"어린 아이를 키우면서 일도 열심히 했는데… 정말 딱해
서…. 우리 손자랑 같은 나이라 집에 들여서 가끔 함께 식
사도 하는 사이였기 때문에 나도 꽤나 충격을 받았어요…."

"사토 히데미 씨의 자녀분은요?"

나는 겨우 말을 쥐어짜냈다.

"맡아줄 사람이 없어서 보육시설에 맡겨지게 되었어
요…. 그런데…."

여성의 표정이 더욱 어둡게 가라앉았다.

"무슨 일이 있었습니까?"

"17살 때 사람을 죽이고 소년원에 들어갔다는 소문을
들었어요."

겁에 질려 나를 쳐다보던 어린 눈동자가 떠올라, 나는
가슴에 씁쓸함이 퍼져갔다.

"고헤이도 23년 전 사건의 피해자지."

그 이름에 내 몸이 반응했다.

"그런 사건이 일어나지 않고 엄마랑 같이 살았다면 그런
일은…."

사토 고헤이….

"고헤이의 한자는 어떤 한자를 씁니까?" 나는 물었다.

"분명 '공평(公平)하다' 할 때의 고헤이(公平)예요."

내가 아는 고헤이와 같은 한자였다. 설마…. 그 사토 고헤이가 이 사건에 관련되어 있었다는 건가? 그건 말도 안 된다.

"고맙습니다…."

나는 도저히 답답함을 견디지 못하고 가게에서 나왔다.

단순한 동명이인이 분명하다. 고헤이가 가도쿠라를 죽이고 나를 계속 협박하고 있다고 생각하고 싶지 않다. 가도쿠라와 이이야마의 동기를 사칭하며 고모리 행세를 하고 있다면, 놈은 분명 쉰 살 전후의 남자다. 게다가 만약 그때 그 아이가 내가 아는 고헤이라면 나를 그렇게 원망할 리도 없다.

그렇게 생각하려고 했지만, 머릿속에 그 가정에 대한 반론도 만만치 않게 잇달아 떠오른다.

그때 방에 있던 아이는 2, 3살 정도였으니까 그때의 상황을 제대로 파악했는지 알 수 없다. 어디까지나 훗날 드러난 죄상으로 보면 나는 엄마 집에 밀고 들어와 자기 엄마를 폭행한 것으로 되어 있다. 게다가 고모리를 사칭한 이 사건의 주범이 반드시 가도쿠라 일당과 같은 세대라고 단정할 수는 없다. 혹은, 만약 나를 협박하는 놈에게 공범이 있다면 그 정도 나이대인 남자에게 조력을 구하면 된다.

고헤이라면, 바에서 내가 사용하는 칼을 순식간에 바꾸어 놓을 수도 있을 것이다. 내가 바를 비운 틈을 타, 내가 평소 쓰던 것과 같은 형태의 칼을 놔두고 내가 쓰게 만든 후에 들키지 않고 회수하는 것도 가능하다.

노부코의 편지를 받고 나서부터 나는 지치고 쇠약해져 있었기 때문에 칼이 바뀌어 있었다고 해도 눈치채지 못했으리라.

공중전화 부스가 눈에 들어오자 뛰어 들어갔다. 수화기를 붙잡고 오치아이의 휴대폰에 전화를 걸었다.

"여보세요…."

귓가에 오치아이의 목소리가 울렸다.

"나야. 무카이야."

"무슨 일이야?"

"고헤이는 근처에 있어?"

"아니, 없어."

"오너에게 한 가지 부탁할 게 있어. 고헤이에게 연락해서 긴급한 용건이라고 불러냈으면 좋겠는데."

"무슨 뜻이야?" 오치아이가 물었다.

"어쩌면…. 어쩌면 말인데…. 나를 협박하는 놈의 정체는 고헤이일지도 몰라."

오치아이의 말문이 막히는 것이 느껴졌다.

"나는 23년 전에 어떤 죄를 저질렀어. 그 피해자의 아들이 사토 고헤이야."

"맙소사! 말도 안 돼…."

"나도 단순히 동명이인이라고 믿고 싶어. 하지만…."

긴 침묵이 흘렀다.

"알았어. 고헤이가 그런 사건에 관련되어 있다는 건 나도 믿고 싶지 않지만 일단 불러내 보지. 그건 그렇고, 지금 우리 둘이 나눠서 호노카를 찾고 있는 참이야."

"호노카를 찾고 있다니 무슨 얘기야?"

나는 놀라 소리쳤다.

"2시간 쯤 전부터 호노카가 없어졌어."

"어떻게 된 거야!"

"모르겠어. 한동안 밖에 나가면 안 된다고 주의를 줬는데, 잠시 눈을 뗀 틈에 없어져 버렸어. 쭉 집에 갇혀 있어서 울적해 있었으니까, 친구를 만나러 간 것뿐이라면 좋겠는데…."

나는 암담한 마음으로 전화를 끊었다.

호노카가 없어졌다.

불길한 예감을 안고 놈에게 전화를 걸었다.

가슴을 옥죄이며 연결음을 듣고 있는데 "여보세요."하고 기계로 가공된 목소리가 들려왔다.

"나다."

내가 말하자, 놈이 코웃음 치는 것이 느껴졌다.

"오랜만이네요."

"왜 쭉 전화를 안 받았지?" 내가 물었다.

"당신을 이대로 믿어도 될지 갈피를 못 잡아서요."

"무슨 뜻이야?"

"내가 건넨 스마트폰이 망가졌다는 건 진짜일까요?"

"정말이야."

"그렇다면 참 안타깝군요. 좀 전에 그 스마트폰에 당신이 가장 궁금해 하는 것을 보내두었는데 말이죠."

"대체 뭐야?"

"보지 못한다면 차라리 그게 나을 수도 있습니다. 당신과의 거래는 이것으로 끝입니다. 지금부터 도망을 다니든 경찰에 붙잡혀서 가도쿠라를 죽인 죗값을 치르든 좋을 대로 하세요."

전화가 끊겼다.

"이봐! 여보세요!"

나는 수화기를 향해 절규했다.

스마트폰에 대체 뭘 보냈다는 거지?

어쩌면, 놈이 호노카를…?

최악의 상상이 머릿속에 떠올라 허둥지둥 주머니에서 스마트폰을 꺼내 전원을 켰다.

확실히 문자메시지가 와 있었다.

문자메시지에는 아무것도 쓰여 있지 않다.

첨부된 파일을 열려고 화면을 누르려는데 손가락이 심하게 떨렸다. 수차례 심호흡을 반복하고 첨부 파일을 열었다.

화면에 뜬 사진을 본 나는 숨이 멎을 뻔했다.

장소가 어딘지 알 수 없지만 눈을 감고 있는 호노카가 찍혀 있었다.

그 순간 갑자기 손에 쥐고 있던 스마트폰이 부르르 떨리면서 등에 소름이 돋았다.

"여보세요."

나는 전화를 받았다.

"역시 망가졌다는 건 거짓말이잖아요."

비웃는 듯한 목소리가 들렸다.

"호노카는…? 호노카는!"

내가 소리쳤다.

"안심하세요. 자고 있는 것뿐입니다."

그 말을 듣자 가슴을 옥죄고 있던 공포가 아주 조금은 풀어졌다.

"하지만 어디까지나 '지금은'이란 말입니다. 거짓말이나 이상한 잔꾀는 두 번 다시 부리지 마세요."

"알았어. 나는 어떻게 하면 되지⋯?"

"지금 가와고에로 오세요."

"가와고에⋯?"

"당신이 사랑하는 그 거리에서 마지막 추억을 만들어드리겠다는 내 나름의 배려입니다. 가와고에에 도착하면 내게 연락하세요. 다만, 내가 경찰이나 당신 이외의 존재를 조금이라도 감지한다면 두 번 다시 호노카는 돌아가지 않습니다. 당신은 자신의 어리석음을 후회하며 내일 신문을 보게 되겠지요."

"넌⋯."

'내가 아는 사토 고헤이인 거냐⋯?'

목구멍까지 그 말이 올라왔지만 묻지 못했다.

내가 놈의 정체를 알고 있다는 것을 알면 놈이 어떤 행동을 취할지 전혀 예측할 수 없기 때문이다.

"알았다⋯. 가와고에에 도착하면 연락하지."

가와고에 역에 도착해 놈에게 연락하기 전에 공중전화를 찾아 오치아이의 휴대폰으로 전화를 걸었다.

"여보세요⋯. 그 뒤로 고헤이에게 연락하고 있는데 계속 안 받아. 아직 호노카도 못 찾았어." 전화를 받자마자 오치아이가 말했다.

"알고 있어."

"무슨 뜻이야?"

내 대답에 오치아이의 목소리가 절박해졌다.

"호노카는 놈이랑 같이 있어."

"놈이라니…. 너를 협박하는 놈 말이야?"

"그래."

"경찰에 알리는 편이 좋겠어."

"그건 참아줘. 놈은 경찰이나 나 이외에 다른 사람을 조금이라도 감지하면 호노카를 죽이겠다고 했어."

"그럼 어떻게 하란 말이야!"

"범인을 설득할 수밖에 없어."

나는 오치아이의 다음 말을 막고 전화를 끊었다. 주머니에서 스마트폰을 꺼내 놈에게 연락했다.

"여보세요."

놈의 목소리가 들렸다.

"나다. 지금 가와고에에 도착했어."

"마침내 도착했습니까? 가와고에역 서쪽 출구에 《드림인》이라는 편의점이 있는 건 아시지요?"

"어어."

"편의점 앞에 검은색 자전거가 묶여 있습니다. 공중전화 받침대 밑에 자전거 열쇠를 붙여 놨으니까 자전거를 타고 신메이초 사거리 쪽으로 가세요. 나는 당신을 계속 감시하고 있습니다. 모쪼록 혼자 오세요."

"알았다."

나는 전화를 끊고 역 앞 편의점으로 향했다.

편의점 앞에 몇 대의 자전거가 서 있다. 공중전화 받침대 밑을 손으로 더듬으니 정말 열쇠가 테이프로 붙여져 있었다. 검은색 자전거의 자물쇠를 풀고 신메이초 사거리로 페달을 밟았다.

10분 정도 자전거를 밟아 곧 신메이초 사거리에 도착하려는 찰나에 스마트폰이 울렸다.

"사거리를 오른쪽으로 돈 다음, 신호에서 왼쪽으로 다시 도세요."

그로부터 몇 차례 놈의 지령을 받는 사이 주변 경치가 어두워져갔다. 가로등 불빛이 약해 어슴푸레한 거리로 나아가자 스마트폰이 다시 울렸다.

"그 근처에 《쇼와 고철》이라는 공장이 보이시죠? 사람은 없으니까 안으로 들어가세요."

전화를 끊고 나는 주변을 둘러보았다.

길을 따라 담이 이어지고 있다. 자전거에서 내려 자전거 받침대를 내렸다. 인기척도, 차량 통행도 적은 길에서 담장을 따라 걸어가니 문이 하나 나왔다. 간판이 걸려 있고 간신히 《쇼와 고철》이라는 글자를 알아볼 수 있었다. 철제문은 닫혀 있었다.

나는 격자형 문틈으로 안쪽의 모습을 살폈다. 놈의 말대로 사람은 없는 것 같았다.

이 안에 들어가 버리면 더이상 내가 할 수 있는 일은 없어지겠지만 어디에서 놈이 나를 보고 있을지 알 수 없기 때문에 지금 누군가에게 도움을 청할 수는 없었다.

인기척은 느껴지지 않았지만 일단 주변을 두리번거리며 문턱을 넘어 들어갔다.

공장 부지 안은 바깥보다 어둠이 더욱 짙었지만 쌓여 있는 차량의 잔해를 어렴풋이 확인할 수 있어서, 이곳이 폐차장이라는 걸 알아챘다.

발밑을 조심하며 천천히 걸어가자 주머니 속에서 스마트폰이 울렸다. 스마트폰을 꺼내 들자 어둠 속에서 빛이 떠올랐다.

"여보세요…"

스마트폰을 귀에 대니 다시 어둠에 감싸였다.

"도망자 치고는 차림새가 좋네요."

그 목소리에 나는 주변을 살폈다. 놈은 이 근처에 숨어 있다.

"약속대로 혼자 왔다. 경찰에도 신고 안했어. 호노카를 풀어줘." 내가 말했다.

"약속은 아직 안 지켰잖아요. 그대로 앞으로 나아가세요. 여기저기 잡동사니가 굴러다니는 것 같으니 발밑을 조심하시고요."

나는 천천히 발을 내디뎠다.

"거기서 멈춘 다음 열 걸음 정도 오른쪽으로 이동해 다시 앞으로 가세요."

시키는 대로 하자 방치된 차량 한 대가 보였다.

"거기서 됐습니다."

차 바로 앞까지 오자 놈이 말했다.

"차 트렁크를 여세요."

스마트폰을 들지 않은 손으로 더듬더듬 트렁크를 여니 안에서 무언가 움직이는 것이 느껴져 뒤로 살짝 물러났다.

나도 모르게 '호노카!'하고 외칠 뻔했지만 트렁크 안에 있는 것은 웬 덩치 큰 남자였다. 청 테이프로 입이 막히고 두 손 두발이 모두 묶인 한 남자가 발버둥치고 있었다.

"이이야마…"

나는 남자의 정체를 깨닫고 중얼거렸다.

"그렇습니다. 어제 그가 내게 겨우 도움을 청해 와서 신주쿠에서 만날 수 있었어요. 내가 당신을 위해서라도 빨리 이리로 오는 편이 좋다고 충고했지요? 약속대로 신주쿠에 왔으면 당신의 고통은 어제부로 끝났을 텐데요."

놈은 어제 이이야마를 만남으로써 내 거짓말을 알아챘고, 그래서 전화를 받지 않았던 것인가….

"조수석에 칼이 있습니다. 그걸로 약속을 지켜주세요. 젊은 여성을 강제로 범하고 인간으로서의 존엄을 실컷 유린하고 죽음에 이르게 한…, 당신과 마찬가지로 살아갈 가치가 없는 인간입니다."

나는 그 말을 듣자마자 차 앞으로 튀어나가 주변을 둘러보았다. 어디에 있는지 알 수 없는 놈의 기척을 필사적으로 찾았다.

"나는 분명 못된 인간이었어. 젊은 여성을 노려 강도짓을 거듭했다. 집 안으로 밀고 들어가서 묶어놓으면, 여자들이 주변으로부터 성폭행을 당했다고 오해받을까봐 신고하는 걸 꺼릴 거라는 생각으로…. 그런 얄팍한 심산으로 나쁜 짓을 거듭해왔어. 그건 명백히 사실이야. 하지만 난 그 누구도 실제로 폭행하지는 않았어. 믿어줘! 23년 전 일을 잘 떠올려 줘! 난 너랑 같이 벽장 속에 숨어 있었잖아!"

"무슨 알 수 없는 말을 지껄이시는 건가요? 빨리 이이야마를 죽여요. 그러면 호노카의 목숨만은 살려 주지요."

"부탁이야! 믿어줘!"

"지금 호노카의 목에 칼을 대고 있습니다. 짐승만도 못한 두 명의 목숨과 아무런 죄도 오점도 없는 소녀의 목숨, 어느 쪽이 더 무거울까요? 앞으로 10초 안에 결정하세요. 10⋯. 9⋯. 8⋯. 7⋯. 6⋯."

나는 꼼짝 않고 카운트다운 소리를 듣고 있다.

"5⋯. 4⋯. 3⋯. 2⋯."

"알았어!"

나는 그렇게 소리치고 조수석 문 옆으로 향했다. 문을 열고 시트 위에 놓여 있던 칼을 손에 쥐었다.

"네 말대로 하지. 단, 한 가지⋯, 부탁이 있다."

"뭔가요?"

"네 정체를 가르쳐 줘. 내 앞에 얼굴을 드러내 주겠나?"

고헤이의 눈을 보면서 내 말이 거짓이 아님을 직접 호소하고 싶었다. 이제는 그것밖에 남은 길이 없었다.

긴 침묵이 흘렀다.

덜컹 문 열리는 소리가 나더니 조금 떨어진 곳의 차량 한 대에서 불빛이 새어나왔다. 차량의 라이트에 비춰진 남자의 얼굴을 보고 나는 깜짝 놀라지 않을 수 없었다.

오치아이였다—.

오치아이는 재빨리 차 반대편으로 돌아가 조수석 옆에 섰다.

내가 이 상황을 이해하지 못하고 그쪽으로 가까이 다가가려하자, 오치아이는 "그 이상 다가오지 마."라고 하며 조수석 창문에 손을 넣었다. 조수석에는 미동도 없이 앉아 있는 호노카가 있었다.

"어째서…. 어째서 네가 이런 짓을…?"

나는 목소리를 쥐어짜냈다.

"어째서냐고? 네가 내 소중한 사람을 빼앗았기 때문이다."

15년간 알고 지내면서 처음 보이는 매서운 눈빛이었다.

"소중한 사람…? 사토 히데미 씨 말인가?"

"그래. 네가 그 사건을 일으켰을 때 나는 그녀와 사귀고 있었어. 내 평생 유일하게 사랑한 사람이다. 결혼 약속도 했었어. 그녀와는 일하던 이탈리안 레스토랑에서 만났지. 아이를 데리고 필사적으로 살아가고 있는 그녀에게 끌렸지만, 그녀는 좀처럼 내 마음은 받아주지 않았어. 그 사건이 일어나기 얼마 전에 그녀는 비로소 나와 함께 하겠다고 말해줬지. 결혼해서 두 사람의 가게를 내자는 꿈을 이야기하면서…. 그녀의 아이와 함께 행복한 가정을 꾸리려고 했었어."

"고헤이 말인가?"

내가 묻자 오치아이가 "그래."라고 말하고 살짝 시선을 돌렸다.

"면접 때부터 알고 있었던 건가?"

"그랬지. 물론 고헤이는 전혀 눈치채지 못한 것 같지만. 우연은 잔혹한 법이지. 나로서는 장차 사카모토 노부코 씨와의 약속을 지켜야 하고, 너에 대한 복수도 완수해야 했기 때문에 고헤이를 채용하는 것에 반대했었는데…."

"내게 복수를 하기 위해 함께 가게를 하자고 제안했던 건가?"

나는 믿을 수 없는 마음으로 물었다.

"달리 무슨 이유가 있겠어?"

오치아이의 말을 듣고 온 몸에서 힘이 빠져나갔다.

"히데미는 네게 유린당한 충격으로 자살하고 말았는데, 너는 그것에 어울리는 벌을 받지 않았어."

부모에게 버려져 보육시설에서 자랐고, 게다가 얼굴에 멍이 있는 탓에 제대로 된 직장도 갖지 못했다고, 내 국선변호사는 재판부에 필사적으로 정상참작을 구했다. 나는 교도소에 오래 들어가 있어도 좋다고 각오했었지만, 그 호소들이 재판관의 동정을 이끌어 냈을 것이다.

"한동안 보육시설에 들어간 고헤이를 만나러 갔었지만, 내가 계속 가까이 있게 되면 아무리 시간이 지나도 엄마를, 그리고 네가 일으킨 그 무시무시한 사건을 잊지 못할까 봐, 나는 고헤이를 찾아가는 걸 관뒀어. 나는 수년이 지나도 그녀를 잊지 못했다. 그 괴로움을 누구도 이해해 주지 못했고, 삶의 의미를 느끼지 못한 채 살아가고 있을 때 그 사람들과 만났어."

"사카모토 노부코 말인가?"

"그래. 범죄 피해자 단체를 통해서 말이지. 특히 노부코 씨는 내 괴로운 마음을 잘 이해해줬어. 그 분의 따님이 두 남자에게 능욕당하고 살해당했으니까. 서로의 사건과 범인, 그리고 잊을 수 없는 소중한 사람에 대한 이야기를 하면서 흐느껴 우는 나날을 보냈어. 하지만 울고 있을 수만은 없었어. 단체 활동 일에서 벗어나 고헤이를 맡을 수 있을 정도의 생활력을 가지려고 일을 열심히 하기도 했지. 하지만 히데미를 잊지는 못했어. 그러다 오랜만에 노부코 씨에게서 전화가 걸려왔다. 너란 인간을 우연히 만났다고…."

"오너가 이 계획을 세운 건가?"

나는 너무나 씁쓸한 마음으로 물었다.

"누가 먼저랄 것 없지. 오랜만에 만난 노부코 씨는 원통함에 시달리고 있었어. 딸을 죽인 범인에게 증오심을 안고, 범인들이 사회로 돌아오면 자기 손으로 원수를 갚아주고 싶다고 간절히 바라고 있었는데, 말기 암에 걸려 버려서 그 바람도 이룰 수 없게 됐으니까. 10년 가까이나 범인의 동창 행세를 하며 자신이 이 세상에서 가장 싫어하는 인간에게 격려 엽서까지 계속 보냈는데…."

"사카모토 노부코는 어떻게 고모리라는 사람을 알게 되었지?" 나는 물었다.

"요코하마에서 범죄 가해자에 대한 엄벌을 촉구하는 단체 활동을 익명으로 하고 있을 때, 가도쿠라와 이이야마의 초등학교 동창이라는 고모리가 연락을 해왔어. 초등학교 때는 괴롭힘 당하던 자신을 감싸주는 상냥함을 가지고 있었는데 이런 지독한 사건을 일으켜서 너무 분하다고. 노부코 씨는 고모리에게서 초등학교 시절의 두 사람에 대해 이것저것 물었어. 그때는 왜 그런 것이 궁금한 건지 이상했지만, 오랜만에 만난 노부코 씨로부터 교도소에 들어간 두 사람에게 엽서를 보내고 있다는 얘기를 듣고 납득했지. 노부코 씨와 얘기하는 사이에, 두 사람의 원통함…, 아니 네 사람의 원통함을 풀 수 있는 계획이 생각났어."

노부코가 내게 돈을 주는 대가로 가도쿠라와 이이야마를 죽인다는 약속을 하게 하고, 오치아이는 그 둘이 출소했을 때 내게 실행을 시킨다는 계획이다.

"물론 망설이지 않았던 건 아니야. 아무리 밉다고 해도 너한테 두 사람을 죽이게 하는 일이니까. 그런 추악한 면상으로 이 세상에 태어난 네게 일말의 동정이 없었던 건 아니야. 하지만 교도소를 나와서도 전혀 갱생하지 않는 네

모습을 보고, 주저함은 사라졌어. 노부코 씨에게는 부모의 빚 때문에 야쿠자에게 쫓기고 있다고 말한 것 같지만, 네게 부모는 없어. 아마 다시 범죄에 손을 대고 누군가로부터 도망치고 있었을 거라고 생각했지."

"노부코가 죽고 나서 집 정리를 하고 유품을 처분한 것도 오너인가?"

"그래. 그때 노부코 씨에게 두 가지 물건을 양도받았어. 그중 하나는 네가 요리를 도와줬을 때 썼다는 부엌칼이야."

"또 하나는 가도쿠라와 이이야마에게 계속 보내고 있던 엽서겠지?"

내가 그렇게 묻자 오치아이가 작게 고개를 끄덕였다.

"필체를 흉내 내야 하니까 말이지."

"왜 굳이 나한테 가게까지 같이 하자고 했지? 나는 오너가 가장 증오해야할 인간이잖아."

"넌 인내심이 없으니까 말이지."

오치아이가 웃었다.

"무슨 뜻이야?"

"넌 전혀 눈치채지 못했겠지만, 나는 가게에서 널 만나기 이전부터 네 근처를 맴돌았어. 넌 후쿠오카에 머문 반년 남짓한 동안에만 5번이나 직장을 바꾸고, 다시 도쿄 일대로 돌아왔지. 얼굴과 호적을 바꾸고도 어슬렁거리며 거리를 배회하는 널 보면서 어떻게든 내 옆에 머물게 할 방법이 없을까 고심했어."

"그것이 우리의 15년이었던 건가?"

의식이 혼미해져가는 것을 느끼며 물었다.

"그래. 23년 전에 히데미가 죽었을 때 내 인생도 끝났다. 너를 계속 증오하는 것밖에 내가 살아갈 이유가 없었어. 너를 진심으로 미워하지만 가오루 씨와 호노카에게는 아무런 원한도 없어. 그래서 너에 대한 복수로 인해 그 두 사람이 불행해 지는 게 내키지는 않았지—."

"그래서 늘 우리 가족을 피했던 건가?"

"맞아. 하긴 오래 알고 지내면서 몇 차례 널 용서할 뻔한 일이 없지는 않았다. 그때마다 가도쿠라와 이이야마에게 편지를 쓰고, 히데미의 원통함을 상기했어. 너는 네가 저지른 죄를 잊어가고 있었다. 네가 행복한 가정을 손에 넣고 나서는, 겉으로 아무리 성실히 일하는 척해도 마음속으로 갱생하지 않았다는 걸 그 날에서야 확실히 깨달았어."

"그 날?"

"1월 14일. 네가 히데미를 덮친 날짜다."

오치아이의 말을 들으며, 갑자기 뇌리에 '딩동'하는 초인종 소리가 울려 퍼졌다.

그날, 전라인 채로 뒤로 손이 묶여 괴로워하며 신음하는 히데미를 풀어주려고 밧줄에 손을 뻗었을 때 초인종이 울렸다.

조금 전까지 있던 남자가 나간 바로 직후라서 현관문은 잠겨 있지 않은 상태였다. 나는 재빨리 창문을 통해 밖으로 뛰쳐나왔다.

다음 순간 들려오는 남자의 비명 소리를 등 뒤로 들으며 나는 캄캄한 주택가를 뛰어나왔다.

"히데미의 인생을 짓밟은 날이라는 걸 다시 한번 알려줬는데도, 너는 그것을 전혀 떠올리지 못하고, 전골 요리 파티니 메구미 씨가 어쩌니 하는 당치도 않은 이야기를 하며 히죽이고 있었다. 마지막에는, 뭔가 싫은 일이 있어도 가족들의 얼굴을 보면 행복해질 수 있다는 말을 지껄이면서 말이지."

나는 그날 밤 일이 떠올랐다.

"그것이 네게 편지를 보내게 된 방아쇠야. 슬슬 끝내자. 네게도, 내게도 밝은 미래 따윈 있으면 안 되니까."

오치아이가 호노카의 목으로 칼을 뻗었다.

"잠깐만. 나는 아무 짓도 안 했어! 히데미 씨의 집에 억지로 밀고 들어간 건 엄연한 사실이야. 하지만…."

소란피우면 죽여 버리겠다고 히데미를 겁박해 바닥으로 밀치고 불을 켠 순간, 침대에서 자고 있는 아이가 눈에 들어와 나는 깜짝 놀랐다.

소란을 알아채고 잠에서 깬 아이는 나를 보고 겁에 질렸다. 그 아이가 쳐다본 순간 나는 얼음처럼 굳어버렸다.

그 순간 초인종이 울려 제정신으로 돌아온 나는 히데미를 쳐다보았다.

"누구야?"

히데미에게 작은 목소리로 묻자 "아마 남자 친구일 거예요."라고 대답했다.

"나는 아무 짓도 안 하고 나갈 테니까 일단 남자 친구를 돌려보내. 그러지 않으면 저 꼬맹이를 해칠 거다."

나는 그렇게 말하고 히데미의 몸에서 떨어져 침대로 간 뒤, 아이에게 칼을 들이댔다.

히데미가 고개를 끄덕이고 현관으로 갔다. 그 모습을 방 문틈으로 보고 있었는데, 현관문이 열리고 우락부락한 느낌의 남자가 들어왔다. 나는 큰일이다 싶어 아이 입을 막고 벽장 속으로 들어갔다.

"나한테서 도망칠 수 있을 것 같아?!"

밖에서 들리는 남자의 성난 목소리를 들으며 문틈으로 방 안의 모습을 살폈다.

"배짱도 좋군! 두 번 다시 그런 생각을 하면 안 된다는 사실을 뼈저리게 깨닫게 해주지!"

남자는 히데미를 후려치며 말하더니, 바닥에 밀어 쓰러트리고 그녀의 옷을 잡아 찢었다. 그러고는 남자도 옷을 벗더니 히데미를 억지로 범했다. 마구 폭행을 당하며 유린당하는 히데미를 보는 동안 그녀를 구해주고 싶다는 마음도 솟았지만, 남자의 등짝에 새겨진 문신을 보고 나는 기가 죽었다. 더욱이 남자가 하는 말을 듣는 동안 그가 보통인간은 아니라는 두려움에 사로잡혀 대항할 용기를 잃어버렸다.

그때 나는, 엄마의 비명을 듣지 못하도록 아이의 귀를 두 손으로 막으며 빨리 남자가 떠나기를 빌 수밖에 없었다.

마침내 남자가 그 짓을 끝내고, "평생 도망칠 생각 마."라며 막말을 내뱉고는 집에서 나갔다.

나는 벽장에서 나와 안타까운 마음으로 히데미를 쳐다보았다. 전라인 채로 뒤로 손이 묶여 괴로워하며 신음하는 히데미를 풀어주려고 밧줄에 손을 뻗었을 때 또다시 초인종이 울렸다. 그것이 오치아이였던 것이다.

"웃기지 마!"

오치아이의 절규에 나는 입을 다물었다.

"그런 엉터리 이야기를 믿을 것 같아!"

"정말이야."

나는 오치아이의 눈을 똑바로 응시하며 말했다.

"집에는 네가 쓴 칼이 있었어. 네가 위협한 거지?"

"분명 그 칼은 내 것이 맞아."

칼에 묻어 있던 지문 탓에 소년원에 들어갔던 전과가 있던 나는 바로 체포되었다.

"히데미는 경찰에 신고하지 말라고 강하게 말했지만, 내가 신고했어. 히데미에게 그런 짓을 한 놈을 그대로 둘 수 없었으니까 말이지. 히데미는 네가 범인이라고 경찰에 말했어. 네 사진을 보여주자 틀림없다고 말이지."

"그렇게 말할 수밖에 없는 이유가 있었기 때문이야."

"헛소리하지 마! 그럼 너는 왜 부인하지 않았지? 네가 한 짓이 아니라면 수사 과정이나 재판에서 그렇게 말하면 되잖아. 하지만 너는 히데미를 폭행했다고 깨끗이 인정했잖아."

깨끗이는 아니다. 경찰에 붙잡힌 나는 집에 억지로 들어간 일은 인정했지만, 성폭행은 인정하지 않았다. 하지만 피해자인 히데미가 내게 성폭행당했다고 진술하고 있다는 말을 듣고, 그 말에서 그녀의 절박한 바람을 감지하고 말았다.

인정해 버리면 형기가 길어지겠지만, 그 무렵의 나는 아무래도 좋았다. 이런 얼굴로 속세에 있어도 불편할 뿐이었다. 그렇다면 세 끼 굶을 일 없는 교도소에 조금이라도 오래 있는 편이 낫다고도 생각했다. 게다가….

"그녀를 범하고 있던 건 친아버지야."

내 말에 오치아이는 두 눈을 부릅떴다.

"그녀는 어릴 때부터 친아버지에게 성적으로 학대당하고 있었어. 고헤이는 친아버지와의 사이에서 태어난 아이야. 임신한 그녀는 아버지로부터 도망쳐 그 집에서 고헤이와 생활하고 있었겠지."

"그런…."

오치아이의 몸이 부들부들 떨리기 시작했다.

"말도 안 되는 소리 하지 마!"

나는 고개를 옆으로 흔들었다.

남자는 그날 히데미를 범하면서 원래 그들이 함께 살던 집에서 있었던 쾌락의 날들을 희희낙락하게 이야기했다. 그리고 방에 아이의 옷이 있는 것을 발견하고선, "설마 낳은 건 아니겠지?"라고 겁박했다. 히데미는 처음엔 단호히 고개를 저었다. 하지만 남자가 못 믿겠다는 듯 "애새끼 어디 있어? 바른대로 말해!"라고 목을 조르며 추궁하자, 히데미는 "혼자서는 키울 수 없어서 시설에 맡겼어요."라고 말했다.

그 후, 방에서 애인과 찍은 사진을 발견한 남자는 "누구한테도 널 넘기지 않을 거야. 방해하는 놈은 다 죽여 버리겠어."라고 말하며 히데미를 위협한 뒤 방에서 나갔다.

"왜 그녀는 내게 폭행당했다고 거짓 진술을 한 걸까…, 그 이유에까지 생각이 미친 나는 죄를 순순히 인정하기로 했어."

"무엇 때문에 자신이 저지르지도 않은 죄를 인정한 거지? 너한테는 히데미의 가정사 따위는 아무 상관없잖아!"

오치아이가 소리쳤다.

"그래. 나는 그녀의 사정 따윈 상관없었어. 하지만 아이를 생각해서 인정하기로 했어."

근친상간으로 태어난 아이라는 것이 세상에 알려지게 되면 더러운 존재라고 손가락질 받으며 평생을 살아가게 될 것이다. 그때의 나처럼.

"내가 맛봐온 괴로움을 그 아이가… 고헤이가 맛보게 하고 싶지는 않았다."

나는 오치아이를 쳐다보고 말했다.

"거짓말이야…. 그런 말은 다 거짓말이야."

호노카를 향한 칼이 부들부들 떨렸다.

"사실이야."

누군가의 목소리가 들린 순간, 오치아이가 놀란 나머지 이쪽을 보고 있던 두 눈을 부릅떴다.

돌아보니 내 뒤에 고헤이가 서 있었다.

"고헤이…."

나는 어안이 벙벙해 중얼거렸다.

"마스터 말이 맞아."

고헤이가 오치아이를 향해 말했지만 오치아이는 그 자

리에서 얼음처럼 굳어진 채 아무런 반응을 보이지 않았다.

"엄마에 대한 복수는 내가 했어."

고헤이가 다시 말했지만, 오치아이는 우뚝 선 채 꿈쩍도 하지 않았다.

"무슨 뜻이야?" 내가 고헤이에게 물었다.

"오치아이 씨와 엄마와 나 셋이서 찍은 사진을 넣어 두었던 액자 속에, 엄마는 편지 형식의 유서를 숨겨뒀었어. 거기에는 어릴 때부터 친아버지로부터 당해온 일과 내가 그렇게 무시무시한 인간의 자식이라는 얘기가 쓰여 있었어. 나는 더럽혀졌으니까 오치아이 씨와 함께 살아갈 수는 없다…. 미안하다…. 유서에는 그렇게 적혀 있었어. 엄마는 오치아이 씨를 진심으로 사랑했어. 정말 사랑했기 때문에 결혼하지도, 헤어지지도 못하고 자살하고 만 거야."

"네 엄마는 왜 유서를 숨겨 둔 걸까?"

내 질문에 고헤이가 힘없이 고개를 가로저었다.

"모르겠어…. 엄마는 자신의 마음을 누군가 알아주길 바라면서도, 한편으로는 모르길 바란 게 아닐까? 내가 17살이 되어서야 액자 속 유서를 발견하고…, 그것을 알고부터…, 내 몸에는 그런 남자와 똑같은 무시무시한 피가 흐르고 있다고 생각하게 됐지…. 그러자 나는 과연 살아도 되는 인간인지 알 수 없었어. 하지만, 내가 살아있는 동안에 해야 할 일 하나만은 잘 알고 있었지."

"그런데 아까부터 복수라니…? 그럼 소년원에 들어간 게…?"

내가 묻자 고헤이가 고개를 끄덕였다.

"내가 그 남자를 죽였어."

고헤이는 담담한 말투로 그렇게 말하더니, 나로부터 오 치아이에게로 시선을 옮겼다.

"하지만 말이야, 오치아이 씨…. 그런 복수를 해도 기분 은 전혀 풀리지 않았어. 오히려 모든 감정이 뽑혀버린 것처 럼 마음은 허탈했어. 엄마처럼 죽을 생각만 했었어. 하지만 그 전에 엄마가 그렇게 사랑한 오치아이 씨를 만나보고 싶 었지. 그 유일한 단서가 오치아이 씨의 젊은 시절 사진뿐 이라 찾느라 고생은 좀 했지만…."

"히데미의 유서는 가지고 있나?"

그때까지 시선을 둘 곳을 찾지 못해 헤매고 있던 오치아 이가 고헤이에게 시선을 고정하고 물었다.

고헤이가 고개를 끄덕이자 오치아이가 차에서 떨어져 이쪽으로 다가왔다.

나는 오치아이의 옆을 지나쳐 호노카가 있는 차를 향해 뛰어갔다.

조수석 문을 열고 호노카의 얼굴을 만져 보았다. 숨소리를 새근새근 내며 자고 있는 뺨이 희미하게 떨리고 있었다. 다치지 않은 것을 확인한 뒤 안심하고는 오치아이가 있는 쪽을 쳐다보았다.

오치아이가 칼을 든 채 종이가 뚫어질 것처럼 유서를 읽고 있었다.

나는 오치아이에게 다가갔다. 오치아이는 내가 다가온 사실을 알아채고 얼굴을 돌렸다.

모든 생기가 빠져 버린 듯한 초연한 표정을 짓고 있었다.

"괴롭혀서 미안하다."

오치아이가 말했지만 나는 대답할 말을 찾지 못했다.

다만, 내 마음속은 깊은 슬픔으로 채워졌다.

당신의 상냥함과 곧은 사랑이 나를 괴롭게 합니다. 지금까지 고마웠어요. 미안해요.

나는 히데미가 남긴 유서의 마지막 문장을 힐끗 보고 오치아이에게로 시선을 돌렸다.

"그렇다면 내가 그녀를 죽인 건가?"

오치아이가 쓸쓸한 미소를 지으며 말했다.

"경찰에 가 주겠나? 같이 가자."

나는 그렇게 말하며 오치아이의 어깨에 손을 얹으려 했다.

그 순간 오치아이가 내 손을 뿌리치고, 갑자기 칼을 높이 쳐들었다. 그리고는 자신의 가슴을 향해 내리꽂으려 했다.

순간 나는 오치아이를 내 몸으로 덮쳤다. 나는 몸에 예리한 통증을 느끼며 그대로 땅바닥을 향해 무너져 내렸다.

"마스터!"

고헤이의 외침이 들렸지만 그 다음 상황을 제대로 인식할 수 없었다.

나는 바닥에 쓰러진 채, 망연자실한 표정으로 서 있는 오치아이를 올려다보았다.

시야가 가물거리고 그 모습마저 혼미해져 갔다.

"마스터! 괜찮으세요? 정신 차리세요!"

캄캄한 어둠 속에서 고헤이의 목소리만 귓가에 울려 퍼지고 있었다.

"그렇게 해서 당신이 병원으로 옮겨진 거군요…."

침대 옆에 앉아 있는 형사의 말을 듣고, 나는 모호한 표정으로 고개를 끄덕였다.

그 뒤의 일은 기억에 없기 때문에 전혀 알지 못한다.

병원으로 옮겨지고 일주일이 지났다고 한다. 오늘 아침 겨우 눈을 떴을 때, 의사가 한때는 꽤나 심각한 상황이었다고 알려주었다. 하지만 이제는 안심해도 된다는 얘기다.

"오늘은 이쯤 해두죠. 의식이 막 돌아온 참이라 몸도 힘드실 테죠."

형사는 그렇게 말하고 일어섰다.

"저기…."

내가 부르자 병실을 나가려던 형사가 이쪽을 보았다.

"오치아이는 뭐라고 하고 있나요?" 내가 물었다.

"당신이 이제까지 한 얘기와 대략 비슷한 진술을 하고 있습니다."

"그렇습니까…"

"면회자가 와서 들여보내겠습니다."

형사가 문을 열고 병실을 나갔다. 복도에 있는 누군가에게 "들어가세요."라고 말하는 소리가 들렸다. 나는 긴장한 채 문을 쳐다보았다.

고헤이가 들어온 것을 보고 나는 조금 실망했다.

"몸은 좀 어떠세요?"

고헤이가 그렇게 물으며 침대 옆에 둔 보호자용 의자에 앉았다.

"그럭저럭."

"그런 것 치고는 표정이 안 좋네요."

"너한테 한 가지 사과해야 할 것이 있어." 나는 말을 꺼냈다.

"왜 그러세요, 갑자기. 새삼스럽게."

"히데미의 아들 이름을 알고 나서, 나는 사실 너를 의심했어."

내 말에 고헤이는 살짝 웃었다.

"뭐 할 수 없지요. 별로 신경 안 써요."

"하나 묻고 싶었는데…."

"뭔데요?"

"우리가 그 폐차장에 있다는 걸 어떻게…. 그런 상황이 된 걸 어떻게 알았지?"

"마스터 상태가 줄곧 이상해서 신경 쓰였어요. 수제자로서 말이죠. 스케이트장에서 호노카의 사진을 찍는 사람이 없었냐고 묻기도 했잖아요. 손님과의 대화를 엿들어 봐도 마스터가 절박하게 누군가를 찾고 있는 게 아닐까 생각되었고요."

"그것만으로는…."

"직접적인 첫 계기는 와인 시음회예요."

내 말을 끊고 고헤이가 말했다.

"와인 시음회?"

"오치아이 씨는 시음회장이 넓어서 나를 못 만났을 거라고 했는데, 작년에는 분명 시음회장이 꽤 넓었지만 올해는 그렇게 넓지 않았어요. 게다가 저는 하루 종일 시음회장에 있었기 때문에 오치아이 씨를 못 만난다는 건 있을 수 없었어요. 그때는 별로 마음에 두지 않았지만, 나중에 기사에서 보니 그 날이 바로 가도쿠라라는 사람이 살해당한 날이라는 걸 알고…."

"그랬던 거구나."

"결정적이었던 것은 마스터 집에서 가오루 씨랑 호노카를 지키고 있을 때 사진을 보게 된 거예요."

"사진이라니…? 내 옛날 사진?"

고헤이가 고개를 끄덕였다.

"그때 나는 3살이었지만 마스터의 얼굴은 기억에 남아 있어요. 어린 마음에 무서운 얼굴이라고 생각했지만 벽장에서 나와서 엄마를 쳐다볼 때의 마스터는, 굉장히 상냥한 눈을 하고 있었어요."

"그냥 강도일 뿐이야."

"그렇지만…. 내게는 상냥한 사람으로 기억에 남아 있었던 것 같아요. 엄마 유서를 읽고 그 사람이 경찰에 붙잡혔었다는 건 알고 있었어요. 그런데 그 사진을 통해 엄마 사건의 범인인 마스터와 오치아이 씨가 같은 가게에서 일하고 있다는 것을 알게 되자, 그것은 우연히 일어날 수 없는 일이라고 생각했어요. 오치아이 씨라면 분명 소중한 사람에게 상처를 준 범인의 재판을 방청했을 테니까."

"그래서 오치아이의 동향을 살피고 있었던 건가?"

"맞아요."

"왜 가게에 들어왔을 때 오치아이에게 히데미 씨의 아들 이라고 밝히고 이런 사연을 말하지 않았지?"

내가 묻자 그때까지 미소를 띠고 있던 고헤이의 표정이 어두워졌다.

"그러게요…. 제가 좀 더 빨리 그 얘기를 했다면 오치아 이 씨가 그런 일을 저지르는 걸 막을 수도 있었겠지요."

맥이 풀려 고개 숙인 고헤이에게 나는 손을 뻗었다.

"하지만 불안했어요. 진실을 얘기하면 나를 거절해 버리 지는 않을까 하고요. 보육시설에 맡겨진 후로 오치아이 씨 는 저를 만나러 오지 않았으니까. 나랑 엄마 따윈 벌써 과 거의 일이 아닐까 싶었죠. 하지만 오치아이 씨가 줄곧 독 신으로 살고 있다는 걸 알고, 오치아이 씨에게 엄마는 지 금도 무엇과도 바꿀 수 없는 소중한 존재가 아닐까 싶어서 말을 할까도 했죠…. 그런데 그렇게 생각하면 할수록 더 진 실을 말하지 못하게 되었어요. 그런 소중한 사람의 드러내 고 싶지 않은 비밀을 제가 밝혀도 좋을지 의문이었죠. 정 직원이 되겠냐는 제안을 들었을 때는 큰맘 먹고 진실을 얘 기할까 결심했었지만, 역시 그게 과연 좋은 걸까 고민이었 죠…. 제삼자인 마스터에게 상의하려고 하던 참이었어요."

고헤이가 하는 말을 듣고 있으니, 언젠가 고헤이가 나에게 상의하고 싶은 일이 있다고 했던 게 생각났다.

그 때의 나는 도저히 그럴 상황이 아니라고 생각해서 고헤이의 제안을 매정하게 거절했었다.

"마스터도 멘붕이었겠지만, 가장 안 된 건 메구미 씨네요. 메구미 씨는 오치아이 씨를 진심으로 좋아했어요."

나도 그럴 거라고 짐작했었기 때문에 고개를 끄덕였다.

"오치아이가 경찰에 붙잡힌 후에 메구미 씨를 만나 본거야?"

"네에. 마스터가 가게에서 없어지기 직전에 고백했었대요. 그랬더니 오치아이 씨가…. '당신과 준에게는 미래가 있지만, 내게는 미래가 없으니까요.'라며 거절했대요."

"그랬구나."

"마스터는 동의할지 모르겠지만 어쩌면…"

고헤이는 거기까지 말하고 입을 다물었다.

"어쩌면 뭐?"

"어쩌면 오치아이 씨는 만약 마스터가 이이야마라는 사람을 죽였더라도 실제로 그 일이 벌어지고 나면 자신이 가도쿠라라는 사람을 죽인 죄는 자백하려 했던 게 아닐까 하는 생각이 들어요."

그럴지도 모른다고 생각한다.

만약 내게 두 명을 죽인 죄를 모두 뒤집어쓰게 하려 했다면, 아무리 내가 간청했어도 그 때 오치아이가 자신의 얼굴을 드러내지 않았을 것이다.

게다가….

'네게도, 내게도 밝은 미래 따윈 있으면 안 되니까.'

그때 오치아이가 한 말을 떠올리며 고헤이를 다시 쳐다보았다.

"그러네."

내 말에 고헤이의 표정이 밝아졌다.

"빨리 퇴원해서 가게를 다시 열어주셔야 저도 먹고 살 수 있어요." 고헤이가 갑자기 화제를 바꾸더니 웃으면서 머리를 긁적였다.

"무슨 소리야? 나도 오치아이도 없으니 가게는 이제 열수 없잖아."

살인 누명은 벗었다 치더라도 나는 남의 호적을 사칭하고 다녔던 죗값을 치르게 될 것이다.

"뭐, 그동안은 저랑 메구미 씨가 마음 편하게 운영해 나갈게요."

"각종 사연이 얽힌 가게가 되어버렸잖아. 이제 손님이 올리 없어."

"그럴까요? 저는 반대로 지금 음식 값의 두 배로 가격을 올려도 구경꾼으로 넘쳐날 거라 예상하고 있는데요."

나도 모르게 웃자, 등이 욱신거렸다.

"게다가 저는 《HEATH(히스)》라는 가게 이름이 마음에 들어요. 최근에 알았는데, 스코틀랜드의 황무지에서 군생하는 키 작은 식물을 뜻하는 거죠? 기후가 무척 험한데도 1년 중 한 달만큼은 황량한 대지에 히스와 엉겅퀴 꽃을 피운다. 왠지 우리한테 딱 어울리는 가게 이름 같은걸요."

"네가 그렇게 하고 싶다면 마음대로 해도 돼."

"그럼 그렇게 하겠습니다. 의식이 막 돌아오신 참이라 피곤하시지요? 슬슬 가 볼게요."

"저기…. 가오루랑 호노카는?"

가장 묻고 싶지만 물어보기 두려웠던 것을 물어보았다.

"같이 면회를 가자고 해봤는데 아직 마음의 정리가 안 되어서 마스터 얼굴을 못 보겠대요. 이걸 제게 맡겼어요."

고헤이가 그렇게 말하더니, 겉옷 주머니에서 봉투를 꺼내 내게 건넸다.

"이혼 서류구나."

나도 모르게 중얼거렸다.

"그건 잘 모르겠지만요…."

가만히 봉투를 쳐다보고 있자 고헤이가 내 어깨를 두드리며 쳐다보았다.

"한쪽이 쓰기만 해서는 이혼이 성립되지 않아요. 뭐, 지금부터잖아요. 노력하시기에 따라 얼마든지 빛이 보일 거예요."

고헤이의 말에 나는 쓴웃음을 지었다.

"어느새 입장이 반대가 되었군." 내가 말했다.

"뭐가요?"

이 청년을 이끌어줄 요량으로 고용했는데 지금은 내가 이끌려가고 있다.

"가게에서 기다릴게요. 빨리 약속을 지켜주세요."

"약속?"

그 말에 흠칫했다.

"조만간 마스터가 쏜다면서 한잔하러 데려가 준다고 했잖아요."

고헤이가 미소를 지으며 병실에서 나갔다.

문이 닫히자, 나는 손에 든 봉투로 시선을 돌렸다. 주저주저하면서 안에 든 것을 숨죽이고 꺼냈다.

그것을 보자 눈에서 눈물이 흘러넘쳐, 눈앞에 비치는 나와 가오루, 호노카의 모습이 뿌옇게 바뀌어 갔다. 가족사진을 뒤집어보니 글자가 쓰여 있다는 걸 알 수 있었지만, 시야가 번져 읽을 수 없었다.

나는 세 사람의 즐거웠던 기억을 되새기며 눈물이 마르기만을 가만히 기다렸다.

옮긴이 김성미

일본 출판물 기획 및 번역가. 번역작으로 《상냥한 저승사자를 기르는 법》, 《기다렸던 복수의 밤》, 《도지마 저택 살인사건》, 《스마트폰을 떨어뜨렸을 뿐인데》, 《여행을 대신해 드립니다》 등이 있다.

돌이킬 수 없는 약속

개정판 6쇄 발행 2024년 10월 15일
저자 야쿠마루 가쿠
옮긴이 김성미
편집 나다연
디자인 전여원
ISBN 979-11-90157-89-6 03830

출판사 도서출판 북플라자
주소 서울시 강남구 논현동 118-13 5층
홈페이지 www.bookplaza.co.kr

영화 판권, 오탈자 제보 등 기타 문의사항은 book.plaza@hanmail.net으로 보내주세요. 잘못된 책은 구입하신 서점에서 교환해 드립니다.